16.10. 2011

Für Anni!
Einer Jugendfreundin, die ich
aus den Augen verloren habe.
Man kann sich wieder finden...
Ich wünsche dir alles
Liebe und Gute
Gabriele

MEIN SOHN WILL MICH TANZEN SEHEN

edition
innsalz

Gabriele Pointner
MEIN SOHN WILL MICH TANZEN SEHEN

Herausgegeben von:
edition innsalz
A-5282 Ranshofen/Osternberg, Ranshofner Straße 24a/A2
Tel. +43/664/338 24 12, Fax +43/77 22/646 66-4
Homepage: www.edition-innsalz.at, E-mail: edition.innsalz@ivnet.co.at
Alle Rechte liegen beim Autor

ISBN 978-3-902616-53-1
1. Auflage 2011

Gestaltung und Druck: Aumayer Druck und Verlag
A-5222 Munderfing, Gewerbegebiet Nord 3
Telefon: +43/7744/200 80, E-mail: office@aumayer.co.at

Gabriele Pointner

MEIN SOHN WILL MICH TANZEN SEHEN

Für Günter, Florian, Lisa,
Raffaela und Elias

Einen Menschen lieben heißt,
ihn so zu sehen,
wie Gott ihn gemeint hat.

FJODOR MICHAILOWITSCH DOSTOJEWSKI

Inhalt

2003

1 | Donnerstag, 11. Dezember

„Bitte, lieber Gott, mach, dass nichts passiert ist! Bitte, lieber Gott, mach, dass nichts passiert ist!" Leise diese Worte betend, hastete Anna zu der Wohnung ihres Sohnes. Ihr heftig pochender Pulsschlag raste vom Herz Richtung Kopf, ihre Beine drohten zu versagen, sie ahnte Schreckliches. Diese Angst, diese Panik, diese Ohnmacht kannte sie. Erinnerungen wurden wach.

Es war im Sommerurlaub in der Türkei gewesen, vor vielen Jahren. Mit einem Motorboot graste Anna mit ihrer Familie und Freunden die Inseln ab. Während eines Inselaufenthaltes zog sich Annas damals neunjährige Tochter Mara auf einen Hügel zurück, um ihre Notdurft zu verrichten. Eine ganze Weile verging. Als die Kleine nicht zurückkam, begann sich Anna zu sorgen und nach ihr zu rufen. Nachdem Mara weder antwortete noch auftauchte, wurde Anna von einer panischen Angst erfasst. In ihrer Phantasie spielten sich Horror-Szenarien ab. Womöglich ist sie den Hügel hinuntergelaufen und in die Klippen gestürzt, schoss es Anna durch den Kopf, begleitet von einem Ohnmachtsgefühl. Unbekümmert, von allem stets abgelenkt, keine Gefahren erkennend, wäre Mara das zuzutrauen.

Mit klopfendem Herzen rannte Anna die Felsen entlang, den Blick auf die Klippen gerichtet. In der Hoffnung, keinen leblosen Kinderkörper zu entdecken, betete Anna stets dieselben Worte:

"Bitte, lieber Gott, mach, dass nichts passiert ist! Bitte, lieber Gott, mach, dass nichts passiert ist!"

Als Mara mit ausgebreiteten Armen, wehendem Haar, lachendem Gesicht über den Hügel schwebte und „Mama, fang mich auf!" schrie, schloss Anna das ahnungslose Wesen erleichtert in ihre Arme, erdrückte es beinahe und flennte vor Glück. Ihre Tochter hatte in einer Mulde gehockt und aufgrund des Windes ihr Rufen nicht gehört. Keiner der Mitreisenden konnte sich Annas Aufgelöstheit erklären, niemand vermochte ihre Gedanken- und Gefühlswelt zu verstehen.

Mit derselben Unruhe und den furchtbarsten Gedanken befand sich Anna auf dem Weg zu ihrem Sohn, in der inständigen Hoffnung, ihre Sorge würde sich wie damals in nichts auflösen.

Julian hatte sich einen ganzen Tag und eine Nacht nicht gemeldet und auf ihre in immer rascherer Folge getätigten Anrufe nicht reagiert. Dieses seltsame Verhalten beunruhigte Anna zutiefst. Julians Gegensprechanlage war defekt, Anna drückte irgendeinen anderen Klingelknopf, und irgendjemand öffnete ihr die Tür. Sie rannte die Treppe hinauf, der „Standard" vom Vortag lag auf der Fußabstreifmatte. Entweder ist Julian nie weggegangen oder noch nicht wieder nach Hause gekommen, dachte Anna. Sie läutete Sturm, hämmerte gegen die Tür, schrie den Namen ihres Sohnes. Keine Reaktion. Er ist nicht zu Hause, denn sonst würde er mir öffnen, redete sich Anna ein. Und wenn er zu Hause ist …, Anna weigerte sich, den Gedanken zu Ende zu denken. Ihr Kreislauf spielte verrückt. Ihr Herzrasen beschleunigte sich, Tränen liefen über ihre Wangen. Trotz Übelkeit zündete sie sich eine Zigarette an. Es galt einen kühlen Kopf zu bewahren. Anna klingelte beim Nachbarn, einem älteren Herrn. Sie bat ihn um Papier und Stift und schrieb eine Nachricht sowie ihre Telefonnummer für Hakan, Julians Mitbewohner, darauf. Er solle sich bei ihr melden.

Nun eilte Anna zu Johannes, dem Freund ihrer Tochter zurück, der die Sorge mit ihr teilte. Nach zahlreichen Versuchen gelang es ihnen, Hakans Nummer zu eruieren. Seit zwei Tagen befand er sich im Haus seiner Eltern, hatte weder mit Julian gesprochen noch ihn gesehen. Anna wurde schlecht. In einer halben Stunde wolle er in der Wohnung sein, sagte er.

Wieder hastete Anna, sich wie auf Gummibeinen fühlend, die Wiedner Hauptstraße hinauf. Wieder flehte sie Gott an, dass nichts Schlimmes passiert sei. Zeitgleich mit Hakan ankommend, stürzte sie die Treppe hinauf, in der inständigen Hoffnung, keinen Wohnungsschlüssel in der Garderobe vorzufinden, denn das würde bedeuten, dass Julian nicht zu Hause ist. Beim Anblick des Schlüssels auf der Ablage stockte Annas Atem. Sie rannte ins Wohnzimmer und sah ihren Sohn regungslos am Boden liegen. Annas Herz drohte zu zerspringen. Sie schrie wie noch nie in ihrem Leben.

Anna kniete sich zu Julian, schüttelte seinen leblosen Körper, tätschelte seine Wangen, befahl ihm zu atmen und munter zu werden. Kalt fühlte sich Julian an, und es dauerte, bis Anna begriff, dass sie es nicht vermochte, ihren Sohn ins Leben zurückzuholen. Sie hörte Hakans lautes Schluchzen, nahm ihn in die Arme und stimmte in sein Weinen ein. Irgendwann löste sich Anna sachte von ihm, kniete sich wieder zu ihrem Sohn und begann ihn sanft zu streicheln. Sie verstand die Welt nicht mehr, sie konnte diesen plötzlichen Tod nicht fassen. Er hatte geschlafen, als sie seine Wohnung verließ. Und jetzt ist er tot, ihr Sohn, er ist ihr einfach weggestorben. Wie Bäche liefen die Tränen über ihre Wangen.

Von einer neuerlichen Unruhe gepackt, durchkreuzte Anna irritiert den Raum. Die Wände drehten sich, ein Schwindel zwang sie in die Knie. Eine eisige Kälte durchfuhr ihren Körper, Übelkeit stieg auf. Was soll ich tun, fragte sie sich und fühlte sich wie in einem luftleeren Raum. Ich muss Paul anrufen, entfuhr es ihr. Mit zitternden Händen drückte sie die Nummer ihres Mannes. Er meldete sich sofort. Anna schleuderte ihm die entsetzliche Nachricht in den Hörer. „Julian ist tot, unser Sohn ist tot!" „Was?", hörte sie Paul am anderen Ende der Leitung fassungslos schreien. „Dreh ihn um, hörst du? Du sollst ihn umdrehen!" Paul, von Beruf Krankenpfleger, wiederholte immer wieder dieselben Worte, bis Anna ihm glaubhaft machen konnte, dass ein Umdrehen nichts mehr nütze. „Nein, das gibt es nicht, das darf nicht wahr sein, das darf einfach

nicht wahr sein", schluchzte er hemmungslos. „Ich komme sofort!"
Anna befahl ihm, nicht allein zu fahren.

Gleich darauf verständigte sie ihre Schwester Marie, die ähnlich reagierte, und bat sie, den Rest der Familie über Julians Tod zu informieren. Dann benachrichtigte sie Johannes, der auf ihren Anruf gewartet hatte. Er werde sich um Mara kümmern, versprach er ihr.

Anna wickelte sich in eine Decke, setzte sich aufs Sofa und starrte mit leerem Blick auf ihren Sohn. Eine Endzeitstimmung schien sie zu erdrücken, so, als hätte alles um sie herum aufgehört zu existieren. Sie fühlte sich verloren, verlassen, hilflos, allein in dieser Ausnahmesituation, in der ihr fremden Wohnung, mitten in Wien. Sie überlegte, wen sie kontaktieren könnte. Kurt fiel ihr ein, ein vertrauter Freund aus Jugendtagen. Er befand sich in einer wichtigen Besprechung, als er ihre Nachricht vernahm. Geschockt sagte er sein Kommen zu.

Anna konzentrierte sich wieder auf ihren Sohn. Dass Hakan in der Zwischenzeit gegangen war, bemerkte sie nicht. Sie kniete sich zu Julian. „Du warst ganz allein, als du gestorben bist", wimmerte sie leise und streichelte sein Gesicht. Bei dieser Vorstellung zog sich ihr Herz zusammen. Schuldgefühle fingen an sie zu peinigen. Anna hatte die Wohnung verlassen, während Julian schlief. „Wenn ich dich geweckt hätte, wärst du noch am Leben", flüsterte sie. Die Frage, woran Julian gestorben war, fing an sie zu beschäftigen. Sie ließ die letzten Minuten mit ihrem Sohn Revue passieren. Nach einem Disco-Besuch hatte Anna ihm gegen Morgen die Haustüre aufgesperrt. Wie ein Wiesel rannte Julian die Stufen herauf. Er war weder betrunken gewesen, noch hatte sie sonst eine Auffälligkeit bemerkt. Ob sein Tod mit dem Flex-Besuch zusammenhängt, fragte sich Anna.

Plötzlich kehrten ihre Lebensgeister zurück, auf der Stelle wollte sie Klarheit haben. Anna stand auf, verließ das Zimmer, rief Jonas an und verlangte Auskunft in einem scharfen, vorwurfsvollen Ton. Dabei machte sie sich keine Gedanken darüber, wie Jonas sich dabei fühlte, in einem Atemzug vom Tod seines besten Freundes zu erfahren und zugleich mit Vorwürfen konfrontiert zu werden.

Es dauerte eine Ewigkeit, bis er reagierte. „Wir haben nur ein paar Biere getrunken", beteuerte er mit leiser Stimme.

Abgelenkt von einem Schrei, der Anna durch Mark und Bein ging, wurde Jonas die ihn bedrängende Anna los. Mara war in Begleitung von Johannes gekommen. Sie kniete sich zu ihrem Bruder, drückte ihn, schrie und schluchzte laut. Mara küsste und streichelte Julians Gesicht. Annas Herz drohte erneut zu zerspringen. Sie drückte ihre Tochter an sich, und ihre Tränen wollten nicht versiegen.

Plötzlich füllte sich die Wohnung mit Menschen, Hakan hatte Polizei und Rettung verständigt. Eine mollige Frau von der Krisenintervention, mit liebevollen, vertrauenswürdigen Augen stellte sich vor. „Ich bin schuld am Tod meines Sohnes, ich hätte ihn wecken müssen, ich hätte nicht weggehen dürfen", wimmerte Anna. „Hätte Gott gewollt, dass Sie Julian retten, wäre es Ihnen gelungen. Glauben Sie mir, Sie trifft keine Schuld, Julian geht es gut, er ist uns nur vorangegangen", sagte sie mit fester, freundlicher Stimme. Diese fremde Frau drückte Anna an ihren großen Busen, streichelte ihr Haar, während Anna hemmungslos in ihren Schoß rotzte. Sie fühlte sich schwach, bedürftig, klein und tauchte dankbar in den Schutzmantel voller Wärme ein.

Mara und Anna wurden gebeten, das Wohnzimmer zu verlassen, der Notarzt wollte Julians Körper untersuchen. Margret und Gisela, zwei Freundinnen aus Annas Heimat, die von Kurt verständigt worden waren, kündigten ihr Kommen an. Ihre Schwester Marie rief an und bat Anna, sie solle Julian einen Kuss von ihr geben. Ihr Bruder Michael meldete sich, er sei auf dem Weg zu ihr. Anna drohte zu kollabieren. Ist dieser Wahnsinn Wirklichkeit, oder befinde ich mich in einem schlechten Traum, fragte sie sich. Das ständige Klingeln des Mobiltelefons holte sie brutal in die Realität zurück. Viele Leute riefen an, auch solche, die von der Tragödie nichts wussten. Anna beschloss nicht mehr abzuheben. Die Frau von der Krisenintervention flößte ihr und Mara Beruhigungstropfen ein.

Nach der ärztlichen Untersuchung wurde Anna und ihrer Tochter untersagt, Julians Körper zu berühren. Die beiden widersetzten sich diesem Verbot. Mit dem Bedürfnis, ihn nie mehr loszulassen, hielten sie seine kalten Hände, streichelten sein Haar, küssten seine kalten Wangen. Erst jetzt fiel Anna sein in sich ruhender Gesichtsausdruck auf. Wie ein schlafender Engel, der Zufriedenheit und Glückseligkeit ausstrahlte.

Anna dachte an ihre Mutter, die vor drei Jahren gestorben war. Sie hatte denselben friedlichen Ausdruck gehabt. Damals wusch Anna den Körper ihrer Mutter, streifte ihr Kleider über, faltete die Hände, um einen Rosenkranz herumzulegen, zündete viele Kerzen an und sorgte für angenehme Musik. In friedvoller, schöner Stimmung wurde ihre Mutter zu Hause aufgebahrt, und alle Kinder konnten sich verabschieden.

Plötzlich wurde Anna bewusst, dass sich ihre Familie nicht von Julian würde verabschieden können, denn der Bestattungswagen befand sich bereits auf dem Weg. „Ich will wenigstens Kerzen haben." Die Betreuerin erfüllte ihr diesen Wunsch.

In der Zwischenzeit waren Annas Freundinnen gekommen. Sie bemerkte Hakans Abwesenheit und Mathias` Anwesenheit. Wie versteinert stand Jonas` Bruder in der Tür. Nur peripher nahm Anna das rege Treiben wahr, das in der Wohnung herrschte. Margret und Gisela kochten Tee. Abwechselnd hielten sie Mutter und Tochter in den Armen, deren Tränenstrom unaufhörlich floss.

Ein Kriminologe, dessen Aufgabe darin bestand zu untersuchen, ob Fremdverschulden vorliege, zitierte Anna in Hakans Zimmer zu einem Verhör. Aus unerklärlichen Gründen schloss er Mara, die dabei sein wollte, aus. Alles was sich in den letzten Tagen ereignet hatte, wollte er wissen. Anna entging nicht der bedeutungsschwangere Ausdruck bei der Erwähnung des Flex-Besuches, einer legendären Wiener Diskothek. Von Einfühlungsvermögen geschweige denn Mitgefühl konnte keine Rede sein. Im Gegenteil, der Beamte verlangte von Anna, sich noch am selben Abend im Revier einzufinden, um ihre Aussage zu protokollieren, die Aussage einer Mutter, die gerade ihr Kind verloren hatte, die vor einem Trümmerhaufen ihrer bisher heilen Welt stand, die gerade den Boden unter ihren Füßen verloren hatte, die versunken war in einem uferlosen Tränenmeer. Obwohl Anna weinend verweigerte, bestand der Polizist darauf.

„Wahrscheinlich handelt es sich um einen Drogentoten." Als Anna diesen Satz während eines endlosen Telefonats aus dem Munde des Kriminologen vernahm, rastete sie aus. Unverschämt fand Anna, mit welcher Lakonik diese Worte über seine Lippen kamen, mit welch geschäftiger, kalter Routiniertheit er diesen „Fall" behandelte. Wie ein verletztes Muttertier fauchte sie ihn an. Er solle vorsichtiger mit seiner Wortwahl sein und erst die Untersuchungen abwarten, bevor er solche Aussagen tätige. Anna fragte ihn, ob es Usus sei, eine jugendliche Leiche in einer Studentenwohnung mit Drogen in Verbindung zu bringen. Ihr Ausbruch überraschte ihn, das unerwartete Erscheinen seines Vorgesetzten allerdings verblüffte ihn vollkommen. Plötzlich war keine Rede mehr von einem abendlichen Besuch im Revier. Der Kriminologe begnügte sich mit einem Termin am nächsten Tag. Annas Jugendfreund Kurt, der zu dieser Zeit gerade Innenminister war, löste mit seiner Anwesenheit bei der Beamtenschaft eine Welle des Erstaunens aus. Ohne viel Aufhebens versuchte er im Hintergrund für Anna und Mara da zu sein.

Anna ging jegliches Zeitgefühl verloren, Stunden waren vergangen. Die Kriseninterventionsfrau bereitete Anna und Mara darauf vor, dass Julians Leichnam abgeholt werde. Ein letztes Mal umarmten und küssten sie ihn. Erst jetzt nahm Anna den unangenehmen Geruch wahr, der von den bereits ausgetretenen Körperflüssigkeiten herrührte. Unfähig, dem Abtransport von Julians Körper beizuwohnen, lagen sich Mutter und Tochter in den Armen. Ihre Tränen sollten Julian begleiten.

Die gute Fee der Krisenintervention drückte Anna ein letztes Mal fest an sich. „Julian geht es gut, und glauben Sie mir, Sie trifft keine Schuld", sagte sie.

Lautlos, wie das Kommen all der fremden Leute, gestaltete sich ihr Verschwinden. Eine gespenstische Ruhe kehrte ein. Vom dringenden Bedürfnis befallen, auf der Stelle die Wohnung zu verlassen, packte Anna die notwendigsten Sachen ein. Michael stand vor der Tür, er kam zu spät. Anna ließ sich weinend in die kräftigen Arme ihres jüngsten Bruders fallen.

Ein kalter Wind peitschte ihr ins Gesicht, als sie vor die Haustür trat. Als würde sie aus dem Kino kommen, in Gedanken noch einzelnen Szenen nachhängend, kam sich Anna vor. Die eben erlebte Tragödie hatte sie in ihrer eigenen Wirklichkeit überhaupt noch nicht erfasst. Es war bereits dunkel. Eine unendliche Leere machte sich breit. Den hektischen Großstadtlärm nicht ertragend, verabschiedete sich Anna rasch von ihren Freunden, die ihr in den schlimmsten Stunden ihres Lebens beigestanden hatten.

Anschließend fuhr Anna mit ihrer Tochter und ihrem Bruder nach Schwechat in Margrets Haus. Die Freundin hatte Anna und die Familie eingeladen, um ein Zusammensein zu ermöglichen. Paul, von seinem Nachbarn chauffiert, war kurz zuvor angekommen. Anna, Paul und Mara konnten sich kaum lösen aus ihrer Umarmung zu dritt. Sie hatten den Sohn, den Bruder verloren. Dieses Unglück in seinem Ausmaß zu begreifen, gelang ihnen nicht. Auch einige von Annas Geschwistern samt Partnern trafen ein. Eine finstere Wolke aus Verzweiflung und Traurigkeit hüllte sie ein. Eine karg aufflackernde Konversation unterbrach die bedrückende Stille. Mechanisch tranken sie Tee und Wein und aßen die von Margret zubereiteten Brote. Zu später Stunde brachen die Geschwister, bis auf Michael, auf. Der wollte am nächsten Tag die Familie nach Wien fahren.

Unablässig dem Kreisen der Gedanken ausgesetzt, das Geschehene nicht begreifend, schlief Anna eng an Paul gekauert vor Erschöpfung ein. Bereits nach ein paar Stunden Tiefschlaf wachte sie auf, der erste Gedanke galt ihrem Sohn. Es dauerte einige Sekunden, bis Anna realisierte, dass es sich um keinen bösen Traum handelte, den sie träumte. Mein Sohn ist gestorben, stellte sie fest und fing wieder zu weinen an. Um Paul nicht zu wecken, schlich Anna auf Zehenspitzen nach unten. Das ganze Haus lag noch in tiefem Schlaf. Wie in Trance wandelte Anna Richtung Wintergarten, legte sich auf eine Liege, wickelte sich in eine warme Decke und ließ ihren Tränen freien Lauf. Der Morgen fing bereits zu dämmern an, als Anna die Stimmen ihrer Gastgeber, die das Frühstück

zubereiteten, vernahm. Ihre Anwesenheit blieb unbemerkt. Erst als
der Hausherr mit seinem Sohn aufgebrochen war, schlich Anna in
die Küche, um Kaffee zu holen. Margret nahm ihre Freundin sanft
in die Arme und wiegte sie, während Anna leise weinte.

2 | Freitag, 12. Dezember

Nach dem Frühstück verließen sie Schwechat in Richtung Wien. Paul stand wohl der schwerste Gang seines Lebens bevor. Er wollte in die Gerichtsmedizin, um sich von seinem Sohn zu verabschieden. Paul kannte dieses Prozedere, als Krankenpfleger hatte er schon mehrmals Angehörige in die Prosektur geführt. Nun befand er sich in der umgekehrten Position, nun wurde er begleitet, zum Leichnam seines Sohnes.

Von schweren Psychopharmaka ruhig gestellt, mit einer unnatürlichen Leichtigkeit schwebte Anna mit Mara ins Revier. Der Kriminologe, so Mitte dreißig, erwartete sie. Nicht unattraktiv, mit seinem etwas zu langen Haar, das ihm eine gewisse Progressivität verleihen sollte. Unerwartet höflich gab er sich. Exakt dieselben Fragen wie am Vortag stellte er. Gefasst und ruhig antwortete Anna. Dienstbeflissen tippte er ihre Aussagen in den PC. Anna fragte sich, ob sein plötzlicher Sinneswandel von ihrem Auftritt herrührte. Denn entschlossen und selbstsicher, mit erhobenem Haupt betrat sie die Station. Von der Verletzlichkeit einer gebrochenen Mutter, in der sie sich ihm am Vorabend ausgeliefert hatte, war nicht mehr viel übrig geblieben. Erst als der Kriminologe in verklärtem Ton über das überraschende Erscheinen seines obersten Chefs zu schwadronieren begann, konnte sich Anna sein devotes Verhalten erklären. Mit einem leicht debilen Grinsen erkundigte sich der Kommissar, ob sie verwandt mit dem Minister sei. Als ob diesen Wurm das etwas angeht, dachte sich Anna wütend und enttäuscht. Der Beistand ihres Freundes schien ihn mehr zu beschäftigen als Julians Tod. „Wir sind nicht verwandt", antwortete sie knapp. Ob das sein Sohn sei, lenkte Anna ab und zeigte auf das eingerahmte Foto, das am Schreibtisch stand. Das Gesicht eines aufgeweckten Jungen lachte ihnen entgegen. Sichtlich stolz, ein wenig gerührt, die Augen auf das Bild gerichtet, bejahte er ihre Frage. Anna wiederholte ihr Statement von gestern und legte dem Kriminologen noch einmal nahe, in Zukunft mehr Rücksicht und Einfühlungsvermögen in Situationen wie ihrer an den Tag zu legen. Seine Vermutungen solle er für sich behalten und erst die Untersuchungen abwarten. „Wozu gibt es eine Obduktion?", fragte Anna ihn forsch. Sie tadelte seinen herablassenden Ton, mit dem er das Wort „Drogentoter" formuliert hatte. Das wäre nicht angebracht, das könnte er sich sparen. „Selbst wenn es sich um einen Tod durch Drogen handelt, hat man den Angehörigen Würde und Achtung entgegenzubringen." Mit diesem Satz endete ihr Plädoyer. Seine Entschuldigung, die ausschließlich darin bestand, ihr zu unterstellen, keine Ahnung zu haben, wie es mit der Wiener Drogenszene stehe, wie viele Jugendliche zugrunde gehen würden, wollte Anna nicht akzeptieren. „Das eine hat mit dem anderen nichts zu tun", setzte sie nach. „Diese Tatsache rechtfertigt ihr Benehmen nicht", rügte sie ihn. Gerade als Polizist und Vater müsste er sich imstande sehen, sich in die Lage der Eltern zu versetzen. Außerdem hätte er auf unnötige Schikanen zu verzichten. Mit diesem Seitenhieb, den Termin im Revier betreffend, beendete Anna unmissverständlich das Gespräch. Kleinlaut nickend, unbeholfen schluckend, gab er sich geschlagen, der Kommissar. Zufrieden, in der Gewissheit dem unsensiblen Klotz den Kopf gewaschen und in die Schranken gewiesen zu haben, verließ Anna mit ihrer Tochter das Revier. Bevor sie die Tür schloss, drehte sie sich ein letztes Mal um. „Üben Sie sich in Demut, Herr Kommissar, auch Ihr Sohn wird eines Tages erwachsen, seine eigenen Wege gehen, und wer weiß, wo diese enden werden", rief sie ihm zu.

Trotz dieses kleinen Triumphes, den sie den Psychohämmern zu verdanken hatte, beschloss Anna in Zukunft ausschließlich pflanzliche Beruhigungsmittel einzunehmen.

Mit Tränen in den Augen erzählte Paul vom Abschied von seinem Sohn. Tut mir Leid Papa, aber ich musste gehen, las er in seinem Gesicht.

Der nächste Weg führte sie in Julians Wohnung, um seine Dokumente und Annas Gepäck zu holen. Anna ignorierte den inneren Widerstand, an diesen Ort zurückzukehren. Kaum betrat sie das Zimmer, in dem Julian gestorben war, wurde sie von einem unendlichen Schmerz befallen. Anna hatte den leblosen Körper ihres Sohnes vor Augen gesehen. Dieses Bild hatte sich in ihr eingebrannt. Nie mehr will ich diese Wohnung betreten, beschloss sie in diesem Moment. Anna entdeckte Julians Handy. Unzählige Anrufe in Abwesenheit waren verzeichnet, alles Anrufe von ihr. Da war er schon tot, mein Sohn. Instinktiv habe ich gefühlt, dass etwas nicht stimmt, dachte Anna.

Etwas in den Händen halten wollte sie von ihm. Anna nahm seinen Schal, in dessen weichen Stoff sie ihre Nase drückte. Er roch nach Julian. Sie sog seinen Geruch mit all den Erinnerungen an ihn ein. Mara, vom selben Verlangen gepackt, vergrub in einem Shirt ihr Gesicht.

Bevor sie Wien verließen, wollte Anna noch Magdalena sehen. Vor drei Tagen war hier die Welt noch in Ordnung gewesen, dachte sich Anna, als sie ihre Nichte umarmte. Sie setzten sich am Boden auf eine Decke, weinten um Julian und erzählten von ihm, während Raffael, Magdalenas kleiner Sohn, sie mit seinen schönen Augen ernst zu beobachten schien.

Es war schon dunkel, als sie bei der Familie ihres ältesten Bruders, Martin, eintrafen. Wieder wurden sie von Annas Geschwistern und deren Partnern erwartet. Fassungslos dieser Tragödie ausgesetzt, fühlten sich alle hilflos und gelähmt. Erst als sie still und dankbar die gereichte Suppe löffelte, wurde Anna bewusst, dass sie den ganzen Tag noch nichts gegessen hatte. An diesem Abend wurde sie sich des innigen, familiären Zusammenhalts richtig gewahr.

Ihre Heimreise führte sie über ihre Geburtsstadt zu Annas Vater, bei dem sie die Nacht zubrachten. Völlig gebrochen nahm er sie in Empfang. Vor drei Jahren hatte er seine Frau verloren und nun seinen Enkelsohn. Fotos von Julian waren aufgestellt, umsäumt von vielen Kerzen. Bis tief in die Nacht saßen sie, weinten, redeten und hörten Musik von Norah Jones.

3 | Samstag, 13. Dezember

In Begleitung von Marie fuhr die Familie nach Hause. Annas Schwester, die extra aus Würzburg angereist war, wollte ihnen ein paar Tage beistehen. Unfähig sich Gedanken über den Haushalt zu machen, nahm Anna dankbar diese Hilfe an.

Paul und Anna machten sich auf den Weg zum Pfarrer, um ein Grab auszusuchen. Ein paar Wochen zuvor, bei einem Spaziergang, der sie, wie so oft, über den Friedhof geführt hatte, äußerte Anna den Wunsch nach einem Grab. Anna wollte eines an der Mauer gelegen, mit Rosen und Efeu bewachsen. Dabei hatte sie an eine Gedenkstätte für sich und Paul gedacht. „Und nun benötigen wir ein Grab für unseren Sohn", sagte Anna zu Paul.

Nachdem der Pfarrer sein Beileid ausgesprochen hatte, wurde ihm Annas Wunsch vorgetragen. Er bedauerte, ein Grab an der Mauer sei Utopie. „Die paar freien Mauerplätze sind bereits verkauft und mit einem Ziegelstein versehen. Im unteren Teil des Friedhofes ist eine neue Gräberreihe angelegt, da können sie eines erstehen." Da sich Anna mit dieser Begründung nicht zufrieden gab, erklärte sich der Pfarrer zu einem Lokalaugenschein bereit. In Jogginganzug und Schlapfen schritt Hochwürden im Regen voran. Ein kalter Wind blies ihnen entgegen.

Der alte gewachsene, sehr gepflegte Friedhof, links neben der Kirche, umsäumt von einer dicken Mauer, strahlte eine unglaubliche Atmosphäre aus. Auf dem oberen Teil stand der Karner, der

Ort, wo der Leichnam aufgebahrt wird, der Ort des Abschieds von den Toten. Von dort erstreckt sich der Blick weit über das Tal, bis zum Inn, über die Grenze hinaus ins Nachbarland Bayern. Der Großteil der Gräber war passend zur Jahreszeit mit Blumen geschmückt, angezündete Kerzen deuteten auf regelmäßige Grabbesuche hin.

Mit dem Bedürfnis, sich rechtfertigen zu müssen, wies der Pfarrer auf jeden Ziegelstein der leeren Mauergräber hin. Auf dem Weg hinab zum unteren Teil entdeckte Anna einen ziegelfreien Platz, den der Pfarrer auf ihre Bitte hin mit seinen Schritten ausgemessen hatte. „Er ist zu eng und zu klein", befand Hochwürden. „Ein Grab an diesem Platz würde die Menschen bei Prozessionen behindern", erklärte er zitternd vor Kälte. Ohne Vorwarnung packte ihn Anna am Arm, zerrte an seiner Jacke, fixierte seine Augen und insistierte mit fester Stimme. „Meinen Sohn kann ich nicht mehr lebendig machen und ob sie es glauben oder nicht, ein Grab an der Mauer würde mich ein wenig versöhnlich stimmen." Mit entsetztem Blick befreite sich der Pfarrer von Annas Arm. Abrupt drehte er sich um. Wahrscheinlich bat er Gott und alle himmlischen Wesen um Hilfe, denn bevor Anna ihn erneut packen konnte, fiel ihm ein besitzerloses Grab ein. Paul, der sich bereits genierte, stapfte unwillig hinter Anna her, die dem Pfarrer folgte. An einem verlassenen, ungepflegten Grab, das an der Mauer lag, machte er Halt. Das ist es, wusste Anna in diesem Moment. Er müsse in einem Buch nachsehen, sobald er Gewissheit darüber habe, würde er ihnen Bescheid geben. Die Erleichterung stand ihm ins Gesicht geschrieben. Hochwürden verabschiedete sich rasch. „Er muss mich für verrückt halten", sagte Anna zu Paul.

Mara und Marie hatten in der Zwischenzeit die Wohnung aufgeräumt. Und während ihre Schwester mit Paul die Einkäufe erledigte, legte sich Anna eng an ihre Tochter geschmiegt auf den Boden. Schweigend, weinend lauschten sie der Musik von Norah Jones.

Marie verordnete Anna ein Bad, die dankte es ihr. Es tat gut, das heiße Nass in der Wanne, das sie mit ihren Tränen aufzufüllen schien.

Altäre mit Fotos von Julian, umringt von Blumen und Kerzen beherrschten die Räume.

Abends nahmen die vier eine Einladung zu ihrer Freundin Birgit an, deren Haus für alle offen stand, die mit ihnen Julians Tod betrauern wollten.

Der großzügige Wohnbereich mit dem langen Esstisch war mit Menschen gefüllt. Freunde und Verwandte teilten mit der Familie ihr Leid. Suppe und Nudeln wurden aufgetischt. Anna verweigerte, sie hatte keinen Appetit. Stattdessen rauchte sie zuviel und trank den Wein, als könne sie ihre Trauer hinunterspülen. Unentwegt erzählte sie von den letzten gemeinsamen Stunden mit ihrem Sohn.

Als Anna erfuhr, dass Julians bester Freund mit niemandem mehr spreche, drückte sie schuldbewusst seine Nummer. Jonas Stimme erklang sofort, als hätte er auf ihren Anruf gewartet. Den Tod seines Freundes konnte er nicht fassen, zudem bedrückte ihn die Tatsache, nicht die ganze Wahrheit gesagt zu haben. Leise und verzweifelt berichtete er. Die Biere, die sie getrunken hatten, hatten sie müde werden lassen. Sie hätten Speed genommen, um sich aufzuputschen. Um keinen Preis wollten sie die Party zu früh verlassen. Er sei bereits einvernommen worden auf der Polizei und hätte alles erzählt.

Erleichtert wirkte er nach dieser Beichte, die Anna einen Stich versetzte. Obwohl sie wusste, dass die Einnahme von Speed nicht zum Tode führt, überraschte sie die Tatsache, dass ihr Sohn Aufputschdrogen genommen hatte. Julian war weder ein Draufgänger noch ein Suchtmensch. Drogen passen nicht zu ihm, dachte sich Anna. Speed zu nehmen in Kombination mit Alkohol nach dieser schweren Grippe fand sie mehr als leichtsinnig. Anna beruhigte Jonas und bat ihn um ein ausführliches Gespräch. Sie behielt diese Neuigkeit für sich, fühlte sich müde, ausgelaugt und zeigte sich erleichtert, als sich ihre Familie zum Heimweg anschickte.

Mara schlief die ersten Nächte im Bett ihrer Eltern. Felix, der rote Kater, ein Überbleibsel aus Julians und Maras Kindheit, der sich stets über deren Besuche freute, da er in ihren Betten einen kuscheligen Schlafplatz wusste, strich schnurrend um Maras Beine.

Enttäuscht sah er sie hinter der elterlichen Schlafzimmertür verschwinden. Hartnäckig, jämmerlich miauend verharrte er davor. Paul und Anna ließen sich erweichen und erlaubten Felix, dem eine Berührung des Ehebettes bisher nicht ansatzweise gestattet war, eine Nacht neben Mara.

In Gedanken bei ihrem Sohn, eng an Paul und Mara gekuschelt, schlief Anna ein.

4 | Sonntag, 14. Dezember

Wieder wachte Anna in den frühen Morgenstunden auf. Wieder galt der erste Gedanke ihrem Sohn. Wieder musste sie feststellen, dass Julians Tod kein böser Traum, sondern Realität war. Wieder versank sie in einem unaufhörlichen Tränenstrom. Anna legte sich im Wohnzimmer auf die Couch. Ihr Körper fühlte sich bleiern an. Was ist passiert, warum ist es passiert? Vor einer Woche war die Welt für sie noch in Ordnung gewesen. Tag für Tag ging sie in Gedanken durch, als würde sie eine Antwort finden.

Sie dachte an den Montagvormittag dieser Woche zurück, ein strahlend kalter Wintertag, der 8. Dezember 2003, ein Feiertag, an dem die Geschäfte offen haben. Anna fuhr auf der Autobahn Richtung Wien, um ihre Kinder zu besuchen. Sie hörte dabei ein herrliches Konzert, drehte das Radio auf volle Lautstärke, genoss die Musik und brauste voller Vorfreude auf das Wiedersehen über den Asphalt.

Endlich würde sie Johannes, den Freund ihrer Tochter kennen lernen. Sie hatte ihn bei ihrem letzten Wien-Besuch bereits gesehen. Ein brotloser Künstler mit Dreadlocks, sympathischer Ausstrahlung, gewinnendem Wesen, der mit 32 Jahren noch immer auf die Unterstützung seines Vaters angewiesen war. Bei der ersten Zusammenkunft flutschte Anna das Wort „Zottelbock" über die Lippen. Ein Wort, das sie nicht selten aus dem Munde ihrer Mutter zu hören bekommen hatte. Auch Anna hatte in ihrer Jugend ein Faible für unkonventionelle Männer mit wallenden Haaren und Jesusbärten gehabt, die sich ohne Sicherheitsdenken durchs Leben wurschtelten. Ihr „Zottelbock" war nicht so ernst gemeint und Annas Bedenken nicht mit denen der Mutter zu vergleichen. Dennoch erstaunte sie die Tatsache, dass sie sich desselben Vokabulars bediente, das sie in ihrer Jugend so überaus genervt hatte und nun zum geflügelten Wort in der Kommunikation mit ihrer Tochter gehörte. Zum Glück bewertete Mara es nicht negativ, sondern konnte darüber lachen. Ihre Tochter zeigte sich glücklich verliebt, und Julian, der Oberkritiker, der bei Maras Freunden stets etwas zu beanstanden wusste, schien von Johannes begeistert zu sein. Diese Woche würde sie die Gelegenheit haben, sich selbst ein Bild von ihm zu machen.

Über einen Monat war es her, seit sie mit ihren beiden Kindern zusammen gewesen war. Zu Allerheiligen stand Anna mit ihren fünf Geschwistern und deren Familien am Grab in ihrer Heimatstadt. Das obligatorische Zusammensein im Hause ihres Vaters war gemütlich und lustig, denn die anwesenden Tanten verstanden es, unzählige Anekdoten über die Mutter zu erzählen.

Ein strahlender Sonntag folgte, ideal für einen ausgedehnten Spaziergang. Sehr zu Julians Leidwesen, der von seiner Mutter genötigt wurde, daran teilzunehmen. Auf Grund seines langsamen Ganges musste er sich Annas nicht enden wollende Vorwürfe anhören. Er würde zu wenig Sport betreiben, zuviel Zeit vor dem Fernseher und dem Computer verbringen, so mancher Rentner würde ihn an Fitness übertreffen. Julian rechtfertigte sich nicht. Sein genervter Blick traf Anna wie ein Pfeil.

Am darauffolgenden Montag brachte sie Julian, Mara und die Hündin Luna zum Bahnhof. Während sie auf die Ankunft des Zuges warteten, betrachtete Anna ihre Kinder aus dem Augenwinkel heraus. Ein auffallend hübsches Paar, stellte sie mit Stolz wieder einmal fest. Der leicht wehmütige Blick, der immer dann über ihre Gesichter huschte, wenn es hieß Abschied zu nehmen, löste auch in ihr eine gewisse Schwermut aus. Anna machte sich in letzter Zeit vermehrt Sorgen um ihren Sohn. Er vermittelte einen glücklosen Eindruck. Sein Studium, bei dem er nicht vorwärts kam, wollte er unterbrechen, um seinen Zivildienst zu absolvieren. Die Suche nach einer geeigneten Stelle ging Anna zu langsam voran. Telefonische Streitgespräche nahmen überhand. Sie hatte vor, sich während ihres Wien-Besuches in aller Ruhe mit Julian über seine Zukunft zu unterhalten.

Ihre Kinder und Johannes, samt Hündin, standen bereits Spalier, um Anna zu begrüßen, als sie mit dem vollbepackten Kombi in die Schönbrunner Straße einfuhr. Herzlich war sie, die Wiedersehensfreude. Sie küssten und umarmten sich. „Deine Haare sind zu lang", nörgelte Anna, während sie Julian drückte. „Einen Frisörbesuch kann ich mir derzeit nicht leisten", klärte er sie nüchtern auf. Anna sprach eine Haarschneideinladung aus.

Ihr gefiel die Wohnung, die Johannes Vater gehörte und die er seit kurzem mit Mara bewohnte. Sie bewunderte Johannes Kunstwerke an den Wänden. Er malt nicht schlecht, dachte Anna, er müsste die Bilder nur verkaufen.

Sie beschenkte die drei mit verspäteten Nikolaussackerln und selbst gebastelten Adventkalendern, mit Süßigkeiten gefüllt. Das Gelächter und die Freude darüber waren groß. Die Unterstellung, sie im Rentenalter noch mit derlei Dingen zu beglücken, gelang Anna nicht zu entkräften. Das Murren und Seufzen beim Auspacken des Fotoapparates, das zur Folge haben würde, dass sie mit den Geschenken vor der Kamera zu posieren hätten, half nicht. Fotografieren bei jeder Gelegenheit, eine von Annas Leidenschaften, war ein unbedingtes Muss, vor dem es kein Entrinnen gab.

Maras Versuch, ihren Bruder beim Aufteilen der mitgebrachten Lebensmittel auszutricksen, indem sie ein größeres Stück Parmesan einheimsen wollte, scheiterte kläglich. Julian folgte jedem ihrer Handgriffe mit seinen Argusaugen. Angesteckt von der Fröhlichkeit der Jugend genoss Anna diesen Augenblick. Sie haben wieder zueinander gefunden, dachte sie glücklich und froh.

Mara machte sich für die Arbeit bereit. Sie jobbte in einem renommierten Cateringbetrieb. Dieser Abend sollte ohnehin ihrem Sohn gehören.

Julian hatte sich stets über die Besuche seiner Mutter gefreut, die meist ohne seinen Vater abliefen, da Paul kein Freund der Großstadt ist. Doch dieses Mal verriet sein Blick eine außergewöhnliche Freude. Sein Glänzen in den Augen, sein extremes Bemühen konnte sich Anna nicht wirklich erklären.

Abgesehen von seiner Gewichtsabnahme überraschte Anna Julians Gesamtzustand. Er schien sich erholt zu haben von dieser schweren Grippe, die er sich im Waldviertel anlässlich der Geburtstagseinladung seines Cousins Lino im November eingefangen hatte. Julian hatte es nicht der Mühe wert gefunden, einen Arzt aufzusuchen, wieder einmal ein Streitpunkt zwischen Anna und ihrem Sohn, den sie am Telefon ausfochten.

Auf dem Weg zu seiner Wohnung deckten sie sich mit Rotwein und Weißbrot ein. Verstohlen legte Julian eine Packung Likörfläschchen der Marke Brandt in den Korb. Der Anblick der Rechnung löste Entsetzen bei ihm aus, denn die Könige unter den Likörfläschchen schienen ihm zu teuer.

In der Wiedner Hauptstraße angelangt, schleppten sie die mitgebrachten Sachen in die Altbauwohnung im ersten Stock, die Julian mit Hakan, einem jungen Kurden, teilte. Jede Menge Lebensmittel, eine Wäschekommode, Annas Gepäck und die vielen Spiele, die Julian geordert hatte, um mit seinen Freunden die langen Winterabende zu verbringen. Außerdem hatte sie zwei Geschenke mitgebracht. „Damit du nächste Woche zu deinem Geburtstag etwas zum Auspacken hast", sagte Anna zu Julian. Er grinste, fingerte herum, schüttelte die Geschenke und machte mit beim Ratespiel, das er als Kind so sehr geliebt hatte. Schokolade, Buch, Spiel, sie lachten, doch Anna verriet nichts davon.

Wohlwollend die Ordnung registrierend, die in diesen Gemächern herrschte, denn Hakan, der Sauberkeitsfanatiker, duldete keinen Dreck, breitete Anna sich aus. Sie hatte vor, die paar Tage ihres Wien-Besuches bei ihrem Sohn zu verbringen.

Seit letztem Sommer, als sie Julian beim Übersiedeln geholfen hatte, hatte Anna sein Reich nicht mehr gesehen. Die Veränderungen gefielen ihr. Das helle große Zimmer, hofseitig gelegen, mit einem alten Holzboden versehen, den weiß gestrichenen Wänden, an denen ein einziges Poster hing, strahlte eine freundliche Atmosphäre aus. Eine grüne, abgewetzte, ziemlich zerkratzte Chesterfield Ledergarnitur, Julians ganzer Stolz, dominierte. Er hatte sie bei der Caritas um 200 Euro erworben. Anna erinnerte sich an die vielen Telefonate, die er mit ihr geführt hatte, um diesbezüglich Rat einzuholen. Der große Schreibtisch mit PC in Fensternähe, sein Bett, ein Bücherregal und die mitgebrachte Kommode ergänzten das Interieur. Pflanzen und Bilder fehlten, die sich Julian zum bevorstehenden Weihnachtfest und zu seinem Geburtstag wünschte.

Anna durfte in seinem für sie hergerichteten, mit frischer Wäsche überzogenen Bett schlafen. Wie aufmerksam, dachte Anna, während Julian im Wohnzimmer sein Lager aufschlug. Bevor sich Mutter und Sohn über den Verlauf des angebrochenen Abends Gedanken machten, deckten sie den Tisch und gönnten sich ein Glas Wein. Julian hat sich zum Feinschmecker entwickelt, stellte Anna fest, als sich ihr Sohn mit sichtlicher Freude über die italienischen Antipasti hermachte. Der Höhepunkt war der Verzehr der heißgeliebten Likörfläschchen. Mit der Andacht eines Pfarrers bei der Eucharistie befreite Julian die Fläschchen von ihrem Silberpapier. Mit den Zähnen köpfte er voll Genuss den Schokoladenhals, zuzelte mit der Zungenspitze den süßen Likör heraus und ließ zum Abschluss die Schokohülle hingebungsvoll in seinem Mund schmelzen. Beim Beobachten dieses faszinierenden Schauspiels füllte sich Annas Mund mit Speichel. Und bevor dieser in einem Rinnsal aus ihrem Mundwinkel zu entfliehen drohte, schob ihr Julian ein Fläschchen zwischen die Lippen. Anna teilte die Likörfläschchenliebe mit ihrem Sohn. Am liebsten eiskalt, aus dem Kühlschrank heraus.

Nach dieser Zelebrität entschieden sich Mutter und Sohn für einen Kinobesuch. Sie wählten den österreichischen Film „Böse Zellen" von Barbara Albert, der im Schickaneder lief. Sehr praktisch für sie, da sie das Kino zu Fuß erreichen konnten. Wieder einmal beschwerte sich Julian über den Laufschritt seiner Mutter, den er nicht imstande war mitzuhalten. Wieder einmal regte sich Anna über seine Laschheit auf, die sie nicht verstehen konnte. Auf dem

Weg ins Kino ließ Julian seinem Unmut freien Lauf. Alles würde ihn nerven, die Stadt Wien, die Menschen, der Hundedreck. Den Frust über den Hundedreck konnte Anna verstehen, in dem Punkt herrschte Einigkeit, nicht aber im nächsten. Julians Phantasie über einen Stadtwechsel. Tokio würde ihn reizen. Er würde nur flüchten wollen, er sollte sich der Herausforderung hier und jetzt stellen und sich über sein berufliches Ziel Klarheit verschaffen, riet Anna ihrem Sohn. Er wirkte so freudlos, so frustriert, so hoffnungslos. Annas Sorge wuchs.

Kurz bereute Anna die Wahl des Films, den sie beide als beklemmend empfanden. Wortlos schlenderten sie ins Wiedner-Bräu auf ein Bier. Regelrecht überreden musste Anna ihren Sohn zu einer Essensbestellung. Es hatte eine Zeit gegeben, wo er sich bei diversen Wirthausbesuchen ohne große Aufforderung den Bauch mit Schnitzel, Steaks oder Koteletts vollgeschlagen hatte. Die Bestellung eines getoasteten Mozarellabrotes, mit dem Julian an diesem Abend vorlieb nahm, verwunderte Anna sehr.

Sie sprachen über den Film und über das Thema Familienaufstellung, weil eine der Protagonistinnen an einer solchen teilgenommen hatte. Julian schien sehr interessiert und wollte mehr darüber wissen. Da Anna das nötige Quantum Hintergrundwissen besaß, um diese Szene zu verstehen, berichtete sie davon. Aufmerksam folgte Julian der Ausführung seiner Mutter. „Mama, ich glaube, ich brauche eine Therapie", sagte er nach einer kurzen Pause. Obwohl Anna längst der Überzeugung war, dass ihr Sohn Hilfe benötige, überraschten sie seine Worte dennoch. Ob er depressiv sei, fragte sie. „Nicht depressiv, orientierungs- und antriebslos, als wäre ich in ein Loch gefallen, aus dem ich ohne Hilfe nicht mehr rauskomme", antwortete er. Julian erzählte über seine Probleme an der Uni, an der er nie heimisch geworden war. Verloren im Dschungel der Bürokratie gelang es ihm nicht, sich wohl zu fühlen. Nach seinem Zivildienst hätte er vor, in ein College zu wechseln, das vorgegebene Strukturen aufzuweisen hätte. Seine angeschlagene Psyche, das Resultat all dieser Faktoren, mache ihm zu schaffen, verriet er ihr. Dankbar für sein Vertrauen, erzählte Anna von ihrem Psychologenfreund, den sie mit seiner Zustimmung kontaktieren würde.

Nun, da er sich geöffnet hatte, war Anna überzeugt davon, dass sich seine Probleme lösen würden. Sie hob ihr Glas und prostete ihm zu. „Auf dich und deine Zukunft!" Er prostete zurück. „Auf mich und meine Zukunft!"

Julian wirkte relaxt und befreit. Endlich hat er seine Gefühle artikuliert, dachte Anna. Mit einem Anflug eines Lächelns, als sei eine schwere Last von ihm gefallen, lehnte er sich, beide Arme über die Bank ausgebreitet, zurück. Immer, wenn sein smartes Lächeln über seine Lippen huschte und er die Augen zusammenkniff, erinnerte er Anna an James Dean, an einen schüchternen James Dean.

„Du würdest ein interessantes Model abgeben und könntest dir ein gutes Taschengeld verdienen", schlug Anna vor. Sie lachten darüber, die Stimmung stieg, selbst diesem Vorschlag gegenüber zeigte sich Julian an diesem Abend nicht abgeneigt. Eitel war er, ihr Sohn, der kaum an einem Schaufenster vorbeigehen konnte, ohne einen Blick hineinzuwerfen. Sein Äußeres war ihm immer wichtig gewesen und Anna glaubte behaupten zu können, dass Julian mehr Zeit vor dem Spiegel zubrächte als sie. Auch sein Duschverhalten war Anna suspekt. Jeden Tag zehn bis fünfzehn Minuten duschen, als würde er direkt von der Kohlengrube kommen. Und hatte er sich einmal zu einer sportiven Betätigung überwunden, wurde vorher und nachher geduscht. Auch so ein leidiges Streitthema, wenn ihr Sohn zu Hause war und Anna seinen fanatischen Sauberkeitswahn verfolgte. Sparen konnte er mit allem, außer mit Wasser. Und wieder prostete sie ihm zu. „Alles wird gut!"

Diesen intensiven Abend, an dem kein einzig wirklicher Streitpunkt Platz hatte, rundeten die beiden mit einem Glas Wein zu Hause ab. Anna fühlte sich ihrem Sohn ganz nah. Er wirkte plötzlich reif, als hätte er beschlossen, erwachsen zu werden. Aufgewühlt von den vielen Eindrücken, kreisten ihre Gedanken. Schließlich glitt Anna mit einem wohligen Gefühl in den Schlaf.

Um sechs Uhr früh musste sie raus, um ihr Auto umzuparken. Der verbogene Wohnungsschlüssel, den Anna schon bei ihrer Ankunft aufs heftigste beanstandet hatte, regte sie auf. Die Vorstellung ihn abzubrechen und nicht mehr in die Wohnung zu gelangen, behagte ihr nicht. Die Parkplatzsuche in aller Herrgottsfrüh endete erfolgreich, ebenso das Aufsperren der Tür. Anna kroch in das noch warme Bett, um ihren Träumen nachzuhängen, und fiel wieder in einen tiefen Schlaf. Kurz vor Mittag brachten die beiden ihre Körper in Schwung. Es war Dienstag, der 9. Dezember 2003.

Nach einer Katzenwäsche ihrerseits und einem ausgedehnten Waschvorgang seinerseits machten sich Mutter und Sohn, ohne gefrühstückt zu haben, auf den Weg zu Magdalena, Annas Nichte. Sie wollten den Geburtstag ihres Freundes feiern. Im Treppenhaus überfiel Anna das dringende Bedürfnis, ihre Oberbekleidung zu wechseln und die schwarze gegen die braune Jacke einzutauschen. Also machte sie kehrt, und just in dem Moment, als sie die Wohnung aufsperren wollte, brach der Schlüssel ab. Wieder einmal mutierte Anna zur Furie. „Warum hast du dir nicht schon längst einen neuen besorgt, es war eine Frage der Zeit, dass er abbricht", warf sie ihm vor. „Was gedenkst du nun zu tun?", fragte sie laut. „Den Hausmeister suchen gehen." „Suchen gehen, du weißt nicht einmal, wo der wohnt? Das zu eruieren, ist doch das Erste, wenn man in ein Haus einzieht", keifte sie.

Nach einer erfolglosen Suche nach dem Hausmeister, der ohnehin nichts bewirken hätte können, sah Julian seine Mutter mit traurigen Augen an. „Dein hysterisches Geschrei und deine Vorwürfe bringen mich auch nicht weiter", meinte er resigniert. Julian holte Werkzeug von einem in der Nähe wohnenden Freund. Trotz des Wissens, dass auch dies sinnlos sei, entließ Anna ihren Sohn. Unzumutbar fand sie ihren schrillen Ton, die herabwürdigende Art, diese überzogene Reaktion. Sie schämte und hasste sich für diese unkontrollierten Ausbrüche und nützte die Zeit seiner Abwesenheit, um sich zu beruhigen. Im Stiegenhaus las sie die Telefonnummer eines Schlüsseldienstes. In einer halben Stunde würde jemand hier sein, versprach man ihr am Telefon. Als Julian mit dem Werkzeug seines Freundes erschien, hatte sie sich wieder im Griff.

„Das Schloss ist defekt und muss ausgewechselt werden", stellte der Schlüsseldienstmann fest, eine Notwendigkeit, mit einigen Kosten verbunden. Auch ein neuer Schlüssel hätte nichts genützt und sich mit der Zeit verbogen. Anna tat es in der Seele weh, dass sie so ausgeflippt war, und ihr Gewissen drückte sie. Sie übernahm die Kosten und entschuldigte sich bei Julian. Zum Glück besaß ihr Sohn die Tugend, nicht nachtragend zu sein.

Kurz vor Magdalenas Wohnung trafen sie auf eine Pferdemetzgerei. Julian wollte seiner Mutter unbedingt den Pferdeleberkäse schmackhaft machen. Schon der Gedanke, ein Stück Pferd zu essen, löste Übelkeit in ihr aus. Aus Liebe zu ihrem Sohn, gepaart mit dem Gefühl, einiges wiedergutzumachen, ließ sie sich auf dieses kulinarische Abenteuer ein und würgte tapfer Bissen für Bissen hinunter. Julian, der das Pferdeprodukt sichtlich genoss, konnte Annas Widerwillen, der ihm nicht verborgen blieb, keineswegs verstehen.

Die beiden wurden bereits von Mara, Magdalena, ihrem Freund Albert und dem kleinen Raffael erwartet. Das aufregende Schlüsselerlebnis erzählend, Annas Ausbruch, im gegenseitigen Einvernehmen verschweigend, machten sie sich nach dem Ausblasen der 24 Kerzen über die Geburtstagstorte her, die auf die Pferdeleberkäsesemmel himmlisch schmeckte.

In neun Tagen feiert Julian seinen 24. Geburtstag, dachte Anna und fühlte sich glücklich, zufrieden und reich beschenkt inmitten ihrer Schar. Der liebevolle Umgang zwischen ihren Kindern und Magdalena, die ihnen wie eine Schwester war, wärmte ihr Herz. Das unbeschwerte Kinderlachen von Raffael, der sich von Julian necken ließ, steckte an.

Eine Freundin für ihren Sohn wünschte sich Anna. Eine, die Verständnis zeigt und ihm beisteht in seinem seelischen Tief.

Abends nahm Anna die alljährliche Einladung zu einer Ausstellung ins Innenministerium an. Dieses Mal würde sie ohne Begleitung ihrer Kinder sein, denn Mara hütete Raffael, Julian zog es vor, diesen Abend mit seinen Freunden zu verbringen. Voller Vorfreude auf die Flex-Party, auf der Julians Idol, DJ Hell, auflegen würde, glühten die Burschen Zuhause mit Glühwein vor. Belustigt folgten sie Annas Modenschau und verstanden es nicht schlecht, sie in der Auswahl ihrer Kleidung zu beraten. Nachdem sich ein Freund nach dem anderen eingestellt und sich am Glühwein bedient hatte, erteilte Anna den Befehl zur festen Nahrungsaufnahme. Anstandslos gehorchten sie und deckten sich im Supermarkt mit Broten ein. Anna genoss es, ihren Sohn ausgelassen mit seinen besten Freunden zu erleben.

Da Julian nur einen Wohnungs- und Haustürschlüssel hatte und eine lange Nacht im Flex plante, vertraute er diesen seiner Mutter an. Auch die Sprechanlage funktionierte nicht, daher vereinbarten sie, dass Julian sich telefonisch melden würde, sobald er vor der Haustür stünde.

Bevor Anna die Wohnung verließ, entledigte sie sich ihrer „Wie sehe ich aus?“-Frage. „Fesch bist, Mama, passt schon“, antwortete Julian spontan, lässig an die Wand gelehnt, die Arme verschränkt, mit seinem smarten Lächeln.

Wie charmant, mein Sohn hat dazugelernt, dachte sich Anna. Eine Begebenheit, die vor ein paar Jahren stattgefunden hatte, fiel ihr ein.

Anna, Anfang Vierzig, befand sich mit ihrer gleichaltrigen Freundin Susan auf einer Beisltour. In der Nähe der Diskothek, in der Susan arbeitete, traf sie Julian in Gesellschaft einiger Burschen an. Alle begrüßten Susan, die sie von der Bar her kannten, und fragten Anna kokett: „Und wer bist du?“. Noch bevor sie antworten konnte, klärte Julian seine Kumpane auf. „Das ist meine Mutter“, sagte er streng. Verlegen entschuldigten sich seine Freunde bei Anna über ihr Duzen. „Sie sehen so jung aus“, schmeichelten sie ihr. Amüsiert über diesen Vorfall, erkundigte sich Anna später bei Julian, ob er stolz auf ihre jugendliche Erscheinung sei. In einem schulmeisterlich gefärbten „Mama“-Tonfall, gepaart mit einem mitleidigen Blick, folgte in seiner üblichen, trockenen Art die desillusionierende Bemerkung, dass es erstens dunkel gewesen sei und zweitens die Freunde einige alkoholische Getränke intus gehabt hätten.

Umso mehr sog sie nun die Worte ihres Sohnes ein. Nachdem sie ihre mütterlichen Ratschläge, nicht zu viel zu trinken und nicht zu spät nach Hause zu kommen, losgeworden war, verabschiedete sich Anna von Julian.

Aufgebrezelt, in High Heels auf Pflastersteinen, noch dazu in aufrechter Gangart, eine Kunst, die erst gelernt sein musste, stolperte sie ins Ministerium.

Von Jahr zu Jahr werden die Ausstellungen von immer mehr Menschen frequentiert. In dem Raum, in dem die Begrüßung und die Ansprachen stattfanden, bestand keine Aussicht mehr auf einen Platz ohne Bereitschaft, zum Sandwich zu mutieren. So nutzte Anna die Zeit, sich in Ruhe die Fotos und Objekte zum Thema Konzentrationslager anzusehen. Diese lösten Traurigkeit und Schwere in ihr aus. Anna zeigte sich erleichtert über die ersten vertrauten Gesichter. Adäquat zum Thema der Ausstellung verzichtete man auf ein üppiges Büffet. Brot und Wein wurden offeriert. Ohne feste Unterlage schlich sich der Geist des Weines in Annas Körper ein und machte sich mit einer angenehmen Beschwipstheit bemerkbar. Die Unterhaltung mit Freunden aus Jugendtagen, mit der Kuratorin der Ausstellung und einigen interessanten Menschen, die sie kennen lernte, trugen zu einem amüsanten Abend bei. Trinkfestigkeit und Sitzfleisch, zwei von ihrem Vater vererbte Eigenschaften, hielten sie vom Nachhausegehen ab. Anna wechselte die Lokale und verbrachte eine außergewöhnlich verrückte Nacht.

Etwas betrunken sank sie in den Morgenstunden in einen kurzen Schlaf, der unterbrochen wurde von ihrem Handyton. Julian war am Apparat, er stand vor dem Haus. Anna sperrte ihm die Tür auf. Schnell wie ein Wiesel rannte Julian die Treppe hinauf. „Wie war dein Abend?", fragte sie. „Cool", antwortete er. „Und deiner?", fragte er. „Verrückt", antwortete sie. Nach dieser aussagekräftigen Kommunikation wünschten sie sich eine gute Nacht. Ein Fauxpas angesichts der frühen Morgenstunde.

Mit einem wohlverdienten Kater wachte Anna nach Mittag auf. Mehrmals huschte sie leise auf Zehenspitzen durch das Wohnzimmer, um Julian nicht zu wecken. Anna duschte und trank Kaffee. Die zweimalige Veränderung seiner Schlafposition registrierend, überlegte sie kurz, ob sie ihren Sohn wecken sollte. Der vorprogrammierte Gluckenvorwurf, den sie ernten würde, hielt sie davon ab. Julian wusste ohnehin Bescheid um ihre und Maras geplante Einkaufstour. Anna war am Handy erreichbar, und ihr Sohn könnte nachkommen, sofern es ihm beliebte. Es war Mittwoch, der 10. Dezember 2003.

Den Einkaufsbummel, der sich als Einkaufsgeschiebe entpuppte, sowie die musikalische Vergewaltigung durch die weihnachtlich gefärbten, nie enden wollenden Einspielungen zu ertragen, setzten ein Quantum an Masochismus voraus. Sich durch die Menschenmassen quälend, von einem Geschäft zum anderen wechselnd, blickte Anna in regelmäßigen Abständen auf ihr Handydisplay. Angesichts des vorherrschenden Lärmpegels befiel sie die Angst, Julians Anruf zu verpassen. Doch dieser meldete sich nicht. Scheinbar zeigt er keine Lust zum Shoppen, dachte Anna. Am späten Nachmittag versuchte sie ihren Sohn zu erreichen, jedoch ohne Erfolg. Als sich Julian gegen Abend noch immer nicht gemeldet hatte, begann sich Anna zu sorgen. Mara versuchte ihre Mutter zu beruhigen. „Nach einer langen Disconacht ist für junge Menschen mindestens ein Regeneriertag nötig. Außerdem würde dich Hakan informieren, sollte etwas nicht stimmen."

Anna gelang es, weder die abendliche Verabredung mit einer Freundin im Alt Wiener Cafe zu genießen, noch den Verzehr des berühmt-berüchtigten Gulaschs. Ständig weilten ihre Gedanken bei ihrem Sohn. Mara bemerkte die Ruhelosigkeit ihrer Mutter und versuchte Julians Freunde zu kontaktieren. Zwei von ihnen befanden sich bereits in Oberösterreich. Jonas galt als unauffindbar, nicht unüblich nach einer langen Nacht, wie Mathias, sein Bruder, ihr zu verstehen gab. Julians suspektes Schweigen betreffend, fabrizierte sich Mara folgende Erklärung zu Recht: „Julians Handy-Akku ist leer, er findet das Aufladegerät nicht, er wird vor dem Fernseher dösen und seine Ruh haben wollen." „Und was ist mit mir, mit meinem Schlafplatz?", fragte Anna. „Julian weiß dich aufgehoben bei mir", konterte Mara. Alles plausible Theorien, dachte sich Anna, jedoch überzeugten sie diese nicht. Sie hatte keinen Schlüssel und hätte Julian rausläuten müssen, um in seine Wohnung zu gelangen. Um seine angebliche Ruhe nicht zu stören und nicht wieder als sorgende Übermutter zu gelten, beließ es Anna dabei. „Er ist erwachsen, Mama." „Ja, er ist erwachsen", stimmte sie ihrer Tochter zu und verabschiedete sich endgültig von dem Gedanken, in die Wohnung einzudringen. Nach einer unruhigen Nacht und einem erfolglosen Telefonatversuch am frühen Vormittag wuchs Annas Sorge um Julian. Sie machte sich auf den Weg zu ihm.

Immer wieder durchlebte Anna das Geschehene. Antwort fand sie keine. Der Tod ihres Sohnes war eine Tatsache, die zu fassen ihr nicht gelang.

5 | Die nächsten Tage

Annas Schwester reiste ab, Johannes mit Hündin Luna an. Anna bat ihn um die Gestaltung des Erinnerungsbildes von Julian. Er kam dieser Bitte gerne nach, hatte vier Entwürfe mit. Auf einer Zeichnung nahm Anna eine Höhle wahr, in deren Mitte eine rote, von Licht erstrahlte Blume rankte, umrahmt von roten und lila Tönen. Intuitiv entschied sie sich dafür. Paul und Mara zeigten sich einverstanden damit. Die Höhle assoziierte sie mit dem Uterus, Geborgenheit vermittelnd. Der Lichtkegel symbolisiert den Kanal, den man passiert, um in die Ewigkeit einzutauchen. Die Blume mit knospendem Rot bedeutet Leben.

Einige Menschen sahen in dieser Zeichnung das Antlitz eines Hundes. Auch recht, Julian liebte Tiere, dachte Anna. Das Foto, auf dem Julian verschmitzt lächelt, sein Haar wirr in der Stirn, aufgenommen zwei Tage vor seinem Tod, an dem Anna die Einladung zum Frisör ausgesprochen hatte, wählten sie für das Erinnerungsbild und die Parte.

Fünf Tage nach Julians Tod bekamen sie Besuch von Annas Cousin und seiner Frau. Anna thematisierte deren Kinderlosigkeit, über die sie sich gerne bedeckt hielten. Zu einem weiteren Versuch einer künstlichen Befruchtung riet sie, über Adoption sprach sie, Anna, die gerade ihr Kind verloren hatte.

Nachdem die Polizei endlich Julians Leichnam freigegeben hatte, begann die Odyssee in der Gerichtsmedizin. Anna wurde aufgefordert, sich jeden Vormittag dort zu melden. Niemand schien den Zeitpunkt seiner Obduktion zu wissen. Regelrecht hingehalten wurde sie. Keiner fühlte sich zuständig. Täglich meldete sich eine andere Person am Telefon. Die meisten reagierten teilnahmslos, die wenigsten waren nett, einige verhielten sich pietätlos. Die Aufforderung eines Bediensteten in heischendem Ton, Anna solle ihm gefälligst die Nummer des Toten durchgeben, das würde die Suche des Aktes beschleunigen, versetzte ihr einen Stich ins Herz und schnürte ihr die Kehle zu. Ist mein Sohn nun eine Nummer, fragte sich Anna. Sie erwartete kein Mitgefühl, dieses kaltschnäuzige, abgebrühte Verhalten jedoch, das diese Menschen an den Tag legten, konnte sie weder ertragen, noch verstehen. Bei einem ausnahmsweise freundlichen Herrn beklagte Anna sich über die Zustände, vor allem über den unsensiblen Umgang seiner Kollegen mit den Hinterbliebenen. Der nette Herr entschuldigte sich für seine Mitarbeiter. Er erklärte ihr Benehmen mit der derzeitigen Überforderung mangels Personals und mit den anstehenden Feiertagen. Außerdem ließ er sie wissen, dass sich zurzeit sehr viele jugendliche Leichen in der Gerichtsmedizin befänden. Auch deren Eltern warteten auf eine Obduktion. Anna wollte keine Bevorzugung. Lediglich eine würdevolle Behandlung, eine adäquate Auskunft forderte sie.

Dass diese Beamten, die täglich konfrontiert werden mit Toten, die Nummern bekommen und in Akten abgelegt werden, keinen Platz mehr für Gefühle haben, verstand Anna. Sie verstand jedoch nicht, dass man diese Beamten mit den Angehörigen der Toten telefonieren ließ. Der Herr hatte kapiert. Er wiederholte seine Entschuldigung und versprach die Beschwerde weiterzuleiten. Nach Weihnachten sollte Anna sich wieder melden. Auch wenn ihr das Warten unerträglich schien, so konnte sie sich mit dieser Aussage abfinden.

6 | Julians Geburtstag

Am 18. Dezember 2003 wäre Julian 24 Jahre alt geworden. Er wäre zu Weihnachten nach Hause gekommen, und sie hätten seinen Geburtstag im Kreise der Familie nachgefeiert. Er wäre im Mittelpunkt gestanden und wäre glücklich gewesen, denn er liebte es zu feiern. Wäre, wäre, wäre. Anna begann dieses Wort zu hassen. Seine Geburtstagsgeschenke lagen verpackt in seiner Wohnung. Die braucht er nun nicht mehr. Sie sah seine Mimik beim Ratespiel, hörte sein Lachen, als er ihr versprach, die Geschenke nicht vor seinem Geburtstag aufzumachen. Warum musste mein Sohn sterben, warum er, der in der Blüte seiner Jugend stand, dachte sie, und ihre Augen füllten sich mit Tränen. Wie an jedem Geburtstag erlebte Anna in Gedanken seine Geburt.

Am Dienstag, den 18. Dezember 1979 um 7 Uhr früh spürte sie die erste Wehe. Anna hatte sich im Haus ihrer Eltern befunden, das unweit vom Entbindungsheim lag, in dem sie ihr erstes Kind gebären wollte. Zehn Tage über der Zeit, zeigte sie sich froh über das erste Anzeichen der Geburt. Anna packte in Ruhe ihre Sachen zusammen, bevor sie die Eltern weckte. Der Gesichtsausdruck ihrer Mutter, die selbst sechs Kinder geboren hatte, verwandelte sich in einen sorgenvollen, in einen voller Mitleid, in einen „Wie gerne würde ich dir diese Geburt abnehmen, mein Kind"-Ausdruck. Wird es wirklich so schlimm werden, dachte Anna. Sie wurde von ihrem Vater ins kleine, heimelige Entbindungsheim chauffiert. Die Hebamme, eine ältere, erfahrene Frau, die eine fürsorgliche Ruhe ausstrahlte, empfing sie freundlich.

Eine einzige Mutter war stationiert, die einen Sohn geboren hatte, zwei Tage zuvor. Anna kannte sie von früher her, es war bereits ihr zweites Kind, auf das Anna neidisch blickte. Die hat es hinter sich, dachte sich Anna, während die Hebamme sie einwies ins Entbindungszimmer und die Öffnung des Muttermundes prüfte, die gerade einmal einen Zentimeter weit war. Annas Vater verabschiedete sich rasch mit einem „Du tust mir so leid mein Kind"-Blick. Er müsse Paul verständigen, der bei der Geburt dabei sein wollte. Er drückte seine große Tapfere, die ihn mit 47 Jahren zum Opa machte. Annas Vater hatte anfangs ein Problem mit dem Großvatersein. Vor sechs Jahren hatte er selbst noch einmal das Vaterglück erleben dürfen, und ein blond gelocktes Mädchen hatte das Kinderquintett in ein Sextett verwandelt.

Im Laufe des Vormittags verkürzte sich die Zeit zwischen den Wehen, die Schmerzen nahmen an Heftigkeit zu. Mittags erschien Paul, der hilflos wirkte beim Anblick von Annas schmerzverzerrtem Gesicht. Verunsichert und überfordert fühlte er sich. Unbeholfen und ungeschickt benahm er sich. Die Hebamme drückte ihm einen feuchten Waschlappen in die Hand. Paul wischte damit Annas Schweiß von der Stirn und kam sich endlich nützlich vor. Anna wollte nicht liegen bleiben, sie drehte ihre Kreise im Zimmer und auf dem Gang, hielt sich irgendwo fest, während die Wehe sie in die Knie zwang. Wie die Indianer im Hocken zu gebären, wünschte sich Anna. Doch das Platzen der Blase durchkreuzte ihren Plan, und fassungslos sah sie zu, wie das Fruchtwasser über ihre Schenkel floss, um in einer Pfütze zu münden. Nun war sie ans Bett gefesselt, und sie dachte an einen Freund, der sich seit seinem Autounfall vor einigen Monaten nur langsam erholte, der keinen Tag ohne Schmerzen war, der gelernt hatte, damit zu leben und trotzdem Optimismus versprühte. An ihm muss ich mir ein Beispiel nehmen, dachte sich Anna und versuchte tapfer, den in regelmäßigen Abständen „Wie weit ist der Muttermund offen"-Griff über sich ergehen zu lassen. Minimal gedachte sich der Geburtskanal zu weiten, Stunden würde es noch dauern, und Anna fing zu zweifeln an. „Ich hab gar nichts in meinem Bauch", begann sie resigniert zu jammern. Der Arzt beruhigte sie und widmete sich nach einer ausgiebigen Untersuchung der werdenden Mutter, ausgiebig dem werdenden Vater. Sie debattierten über Gott und die Welt, während sich Anna vor Schmerzen wand. Am Höhepunkt der hitzigen Diskussion über Politik warf Anna beide hinaus, den Arzt und Paul. Und dann, um 21 Uhr 10, war es soweit, und ihr Sohn flutschte aus ihr heraus. Ohne Schnitt und ohne Komplikation, nachdem Anna gepresst und gekeucht hatte. „Ich habe einen Sohn geboren", sagte Anna voller Glücksgefühl, und jeglicher Schmerz verging. Auch Paul badete im Glück, und vergessen war die nervenaufreibende Zeit zuvor. Man ließ die drei allein. Und bevor Paul sich von seiner Familie verabschiedete, schenkte er Anna einen Strauß weißer Nelken und einen Ring. Anna mochte keine Nelken. Wie bei einer Beerdigung, dachte sie und schwieg. Der Ring freute und rührte sie, das kostbarste Geschenk jedoch lag neben ihr. Sie streichelte zärtlich ihren kleinen Prinzen. Sie war Mutter und 21 Jahre jung. „Ich hab das schönste Baby auf der Welt", strahlte Anna vor Glück. „Mein Leben hat sich verändert, ich hab ein Kind geboren, nun hab ich Verantwortung zu tragen."

„Mein Leben hat sich verändert, ich habe mein Kind verloren. Nichts ist mehr so, wie es einmal war", sagte Anna voller Traurigkeit.

7 | Zeit der Leere / Traum

In den folgenden Tagen und Wochen kamen Freunde, Nachbarn und Verwandte, um mit der Familie zu trauern. Jeder wollte von Julians letzten Stunden hören. Wie eine hängengebliebene Platte berichtete Anna davon. Völlig in ihrem Schmerz gefangen, bemerkte sie weder Maras noch Pauls Abwesenheit, sobald sie zu erzählen anfing. Die beiden, die es nicht mehr hören konnten, flüchteten, denn ihnen war diese letzte, intensive Zeit mit Julian verwehrt geblieben.

Die Familie wurde von Freunden eingeladen und bekocht. Vorsichtig in den Gesprächen, unsicher in den Gesten, wirkten alle sehr bemüht. Keiner wusste so recht umzugehen mit dieser Ausnahmesituation. Anna hatte keine Träne mehr, sie fühlte sich kraftlos und leer. Ohne Interesse folgte sie den Gesprächen, deren Inhalt ihr entschwand.

Stundenlange Spaziergänge führten Anna über Wiesen und Felder in die nahe gelegenen Wälder, in die Wälder, die sie weinen ließen, die ihr Klagen hörten, die geduldig ihre Wut einsaugten. Die Wälder, die Anna lieben lernte, in denen sie sich geborgen fühlte, die Wälder, die ihr Ruhe gaben nach ihrer seelischen Explosion.

Anna verlor jegliches Interesse an dieser Welt, sie las weder Zeitung noch hörte sie Radio oder sah fern. Sie dachte nur an ihren Sohn, an das Geschehene, an das Unwiederbringliche. Die Gedanken vor dem Schlafen, die Gedanken nach dem Aufwachen galten ihm. Das sollte sich über ein Jahr nicht ändern.

Als Anna eines Tages bei gnadenlosem Licht einen Blick in ihren Vergrößerungsspiegel wagte, erschrak sie. Abgesehen von den geschwollenen Augenlidern und den Tränensäcken, die von dem vielen Weinen herrührten, sah sie in das Antlitz einer ungepflegten Frau. Die Barthaare sprossen, von einer Fasson der Augenbrauen konnte keine Rede sein, unzählige Mitesser bevölkerten das Gesicht, nicht zu übersehen war der Nachwuchs der gefärbten Haare. Julian, der Ästhet, hätte bei diesem Anblick die Nase gerümpft. Anna erinnerte sich an sein letztes Kompliment, „Fesch bist, Mama, passt schon!" Davon konnte jetzt keine Rede mehr sein. Obwohl sie zurzeit keinen Wert auf ihr Äußeres legte, vereinbarte Anna einen Kosmetiktermin. Ich muss auf mich schauen, das bin ich meinem Sohn schuldig, dachte sie.

Die zierliche Kosmetikerin wusste über Annas Schicksal Bescheid. Eine Freundin, die es gut mit ihr meinte, bezahlte im Voraus einen Hand- bzw. Fußwickel, die Auswahl darüber sollte ihr obliegen. Als Anna nach langem Überlegen sich für den Handwickel entschied, machte ihr diese mitfühlende Person spontan ein Geschenk und wickelte auch ihre Füße ein. Dankbar versuchte Anna sich zu entspannen, ohne ihren Sohn aus ihren Gedanken zu bannen. Mit der nötigen Sensibilität massierte die Kosmetikerin ihre Gliedmaßen mit herrlich duftenden Ölen ein, um sie später in vorgewärmte Tücher zu wickeln. Sachte drückte und zupfte sie im Gesicht. Die Masken und Cremen, vermischt mit Annas Tränen, wurden eingesogen von ihrer trockenen Haut.

Der Besuch von Julians besten Freunden löste bei Anna Freude, Sehnsucht und Wehmut aus. Rauchend lümmelte sie mit ihnen am Boden, lauschte ihren Erzählungen von der gemeinsam verbrachten Zeit. Sie weinten und lachten, Anna zeigte sich dankbar für ihre Offenheit.

Zwei Jahre hatte Julian mit Jonas und Lukas zusammen gelebt, bis es zur Wohnungskündigung gekommen war. Ein Aushang auf der Uni führte Julian in sein letztes Domizil, das er mit Hakan teilte. Obwohl er den neuen Mitbewohner mochte, vermisste er die wunderbare Zeit mit seinen engsten Freunden. Diese berichteten nun von ihrem Wohngemeinschaftsleben, über ihren Klamottentausch, das Bescheidwissen über ihre Befindlichkeiten, die, ohne viele Worte zu verlieren, keinem verborgen blieben. Über ihre Verbundenheit, die sie zum Ausdruck brachten, indem ein jeder von ihnen die Tür einen Spalt offen ließ, wenn er sich in sein Zimmer verkroch. Über ihren Sprachwitz und Schmäh, die eigens kreierte Sprache, die Außenstehenden ein Rätsel blieb. Sie waren ein eingespieltes, unzertrennliches Team mit denselben Gepflogenheiten und Interessen. Und konnte einmal einer bei einer gemeinsamen Aktivität nicht dabei sein, wurde er vermisst.

Uneinigkeit herrschte in Punkto Sauberkeit. Dieses Wort, rigoros gestrichen aus dem Wortschatz seiner Freunde, verfolgte Julian von Kindheit an. Sein Zimmer, vorbildlich aufgeräumt, stach stets heraus wie ein Kuckucksei. Dem Chaos der restlichen Wohnung, die einer Müllhalde glich, beugte er sich. Julians ausgesuchte Kleidungsstücke wurden gepflegt. Qualität statt Quantität hieß seine Devise. Die Schuhe wurden mit Strecker versorgt, die Hosen zusammengefaltet und aufgehängt, die Hemden mit Kleiderbügeln versehen. Nur mit dem Bügeleisen stand er auf Kriegsfuß.

Aus seiner Familienverbundenheit machte er kein Hehl, selbst auf die Gefahr hin, von anderen belächelt zu werden. Nicht unbemerkt blieb den Freunden die Trauer um seine Großmutter, der er sehr nahe gestanden war.

Sie erzählten von Julians Gabe, unbewusst Menschen zusammenzubringen sowie seiner Anziehungskraft auf Kinder. Nicht selten passierte es, dass sich bei diversen Biergarten- oder Parkbesuchen kleine „Ungeheuer" an ihn heranpirschten und wie die Kletten an ihm hingen. Auch über seine beinahe stoische Ruhe in vielen Situationen berichteten sie. Das Amüsement über seine Eitelkeit und die damit verbundenen Kommentare seiner Freunde schienen Julian nicht weiter zu tangieren. Sein sozialer Charakter und die vielen Gedanken, die er sich um das Heil dieser Erde machte, zeichneten ihn aus, erschwerten jedoch das Leben in dieser rauen Welt. Julian, dem stillen Beobachter, entging der Rauswurf eines Obdachlosen im Museum nicht. Erst, als er beim Verlassen der Räume dem Mann ein Bier spendierte, erfuhren seine Freunde davon.

Warum er keine Freundin hatte, wollte Anna wissen. Julian wäre sehr anspruchsvoll gewesen. Gut aussehende, intelligente, humorvolle, warmherzige, sozial eingestellte Mädchen mit Einfühlungsvermögen gäbe es nicht wie Sand am Meer. Die Freunde beschlich manchmal das Gefühl, dass Julian die Bereitschaft für eine Beziehung fehlte. Schon die Liebeskummergeschichten in seinem Freundeskreis machten ihm zu schaffen.

Anna erinnerte sich an Julians einzige Freundin, die er nach Hause mitgebracht hatte und deren Name ihr entfallen war. Ein hübsches Mädchen, groß und schlank, mit wunderschönem, langem, kastanienbraunem Haar. Unglaublich verliebt, scheute er sich nicht, sie in Anwesenheit seiner Eltern zu herzen und zu küssen. Erst kurz im Besitz eines Führerscheins, spielte Julian den Chauffeur. Er holte sie ab, fuhr sie nach Hause, um sie wieder abzuholen. Ein schönes Paar, dachte Anna, doch plötzlich war es aus. Für das Mädchen war es ein Flirt gewesen, Julian hatte es ernst gemeint. Sie verdrehte anderen Jungen die Köpfe, er sah nur sie. Julian litt stillschweigend vor sich hin, ohne sich seiner Mutter mitzuteilen. Seine Mutter teilte seinen Schmerz, ohne ihm helfen zu können.

Schließlich erzählten die Freunde von ihrem letzten gemeinsamen Abend im Flex und bestätigten Jonas Worte. Müde von den Bieren bedienten sie sich der Aufputschdroge Speed, um möglichst lange diese fantastische Nacht mit ihrer coolen Musik genießen zu können.

Annas Frage, ob die Einnahme eines Speeds öfter vorgekommen sei, wurde einhellig und spontan verneint. Anna glaubte den Freunden. Julian hätte seinem Idol, DJ Hell, ein Freundschaftsband, einen bunten Pulswärmer schenken wollen, doch seine Schüchternheit verbat es ihm. Höchst zufrieden hätte er sich mit einem Abziehbild von seinem Guru gegeben, das Jonas für ihn ergattert hatte. Glückselig wäre er nicht müde geworden zu betonen, wie cool dieser Abend gewesen sei.

Die Freunde gaben Anna einige CDs mit der Lieblingsmusik ihres Sohnes, die sie sich gemeinsam anhörten. Die ihr unbekannten Lieder berührten und überraschten sie. Diese schaurig schöne Musik mit den sphärisch anmutenden Klängen lösten Sehnsucht, Schwere und eine widersprüchliche Leichtigkeit aus. Wie sah es aus in Julians Gedankenwelt, die er vor ihr verschlossen gehalten hatte?

Anna genoss die feste Umarmung der jungen Männer. Mit dem Versprechen regelmäßiger Besuche verabschiedeten sie sich.

Sie hatten einen besonderen Freund verloren, ihre Trauer war groß.

Traum:
Anna telefonierte, der Hörer fiel ihr aus der Hand. Julian bückte sich, hob ihn auf, gab ihn jedoch nicht zurück, sondern schäkerte mit seiner Mutter. Er grinste sie an, hielt ihr den Hörer hin und immer wenn Anna danach greifen wollte, zog er ihn weg. Kurz ärgerte sich Anna, doch Julians Amüsement steckte sie an. Und beide lachten sie.

In den nächsten Tagen kreisten Annas Gedanken ausschließlich um Julians Begräbnis. Persönlich und schön sollte es werden, sein letztes Fest auf dieser Welt, sein Abschiedsfest. Wie eine Getriebene, bis tief in die Nacht schrieb Anna über ihren Sohn und sein viel zu kurzes Leben, wählte Texte, Fotos und Musik aus. Als würde diese Aufgabe sie am Leben erhalten. Mit einer aufkeimenden, unerklärlichen Energie organisierte sie. Freunde und Bekannte halfen ihr bei der Umsetzung der Ideen. Auch Schulkolleginnen aus Julians Handelsakademiezeit riefen an und wollten einen Beitrag leisten. Sie hatten an ihn gedacht beim ersten Klassentreffen ohne ihn. Julian hatte gefehlt.

Obwohl weder die Parte ausgeschickt worden war noch der Termin für das Begräbnis feststand, war der Briefkasten jeden Tag mit Kondolenzschreiben zum Bersten voll. Ein tägliches Ritual wurde das Lesen der vielen Briefe und Karten. Erst wenn die Kerzen brannten, die Musikeinspielung lief und sie es sich bequem gemacht hatte, las Anna Zeile für Zeile der mitfühlenden Worte, immer wieder und wieder. Auch Paul und Mara sogen die Worte ein, jeder für sich. Die große Anteilnahme der vielen Freunde und Bekannten tat gut.

Da waren auch Menschen, die weder schrieben noch anriefen, die den Kontakt mieden. Menschen, die mit ihnen fühlten, jedoch nicht die Fähigkeit besaßen, dies zum Ausdruck zu bringen. Menschen, die Zweifel hatten, die richtigen Worte zu finden. Menschen, die gelähmt waren und keine Worte hatten. Menschen, die nicht Trost spenden wollten, wo es keinen gab. Viel später erst begann Anna dieses Schweigen zu verstehen.

Julians Wohnung musste geräumt werden, Anna fehlte die Kraft dazu. Paul, in Begleitung eines Freundes, übernahm mit Unterstützung von Julians Freunden diesen Part.

Währenddessen besuchte Anna ihren Pfarrersfreund aus Jugendtagen, den sie um die Mitwirkung bei der Beerdigung bitten wollte. Da er Julian nicht gekannt hatte, brachte Anna Fotos mit. Einen Abend lang erzählte sie von ihm. Erinnerungen wurden wach, der ganze Wahnsinn nahm wieder seinen Lauf. Anna fand keinen Sinn, zu groß empfand sie ihren Schmerz. Selbst die Hilfe ihres Seelsorgerfreundes fruchtete nicht. Als am Nachhauseweg der Schneefall einsetzte und Annas Wagen bei einer Kurve ins Schleudern geriet, sie diesen jedoch herausmanövrieren konnte, wurde ihr klar, dass ihre Zeit zu gehen noch nicht gekommen war.

Julians persönliche Sachen, in Kisten verpackt, die Paul nach Hause geholt hatte, wurden im Keller und am Dachboden verstaut, sein Mobiliar bei Freunden untergestellt. Das ist übriggeblieben von ihm, dachte Anna, während sie zärtlich seine Wäsche glättete. Und wieder versank sie in einem Tränenmeer.

8 | Weihnachten

Weihnachten, Annas liebstes Familienfest, stand vor der Tür. Aus ihrem Leben verbannen wollte sie das Fest der Feste, das sie früher so sehr geliebt hatte. Wären da nicht Raffael, Mara und Magdalena, die ein Anrecht darauf hatten. Also erstand Anna einen Christbaum, einen ganz kleinen.

Es wurde gekocht, der Tisch festlich gedeckt, der Christbaum geschmückt, darunter die wenigen Geschenke verstaut. Und als sie alle bei Tisch saßen und aßen, dachte jeder, dass einer fehlte. Und während sie sich unterhielten und bemühten, nicht an Julians Tod zu denken, kämpfte Anna. Ich muss stark sein, sagte sie zu sich, wenn sie sich wieder gefangen hatte nach einer Tränenattacke im Bad.

Nach dem Essen zündete Paul die Kerzen und Sternspritzer an, Anna klingelte mit der Glocke. Das Zeichen der Ankunft des Christkindes. Ein Ritual, das Anna seit ihrer Kindheit kannte, das sie übernommen hatte und über das sich ihre Großen seit Jahren amüsierten. Diesmal lachte niemand, witzelte keiner, Stille hüllte sie ein, die Aufmerksamkeit auf Raffael gerichtet, der mit großen Augen die Lichter bestaunte. Es wurde nicht gesungen, die ersten Weihnachten, seit Anna denken konnte. Stattdessen erklangen Weihnachtslieder aus der Konserve. Beim Frohe-Weihnacht-Wünschen brachen sie alle in Tränen aus. Was soll hier froh sein, wo Julian, den sie so liebten, nicht mehr unter ihnen war. Raffael, irritiert vom kollektiven Weinen, verzog verschreckt sein Gesicht.

Anna mahnte zur Vernunft. Raffael spürte Annas und Pauls Schmerz und wich nicht von ihrer Seite. Und während Anna ihr Junge so fehlte, bezeugten zwei andere Jungen ihre Zuneigung. Unabhängig voneinander flüsterten Johannes und Albert, die Freunde von Mara und Magdalena Anna ins Ohr, noch nie solch innige Weihnachten erlebt zu haben. Weihnachten, geprägt von Traurigkeit und Herzlichkeit. Sie fühlten sich angenommen von Annas Mütterlichkeit und bedankten sich für ihre Wärme. Tief im Innersten war Anna zerrissen und wund und es schrie in ihr: Ich will nicht eure Mutter sein, ich will Mutter sein für meinen Sohn!

Es hatte die letzten Tage geschneit, ein Weihnachtsabend wie im Bilderbuch. Weiße Weihnachten, wie man sie sich wünscht. Anna wünschte sich, dass ihr Sohn hier wäre, sonst nichts. Ironisch fand sie ihn, den Schnee, eine Wut hatte sie auf ihn. So viele schöne Weihnachten hatten sie gefeiert, wo er gefehlt hatte, der Schnee. Nun waren die traurigsten Weihnachten und er war da, der Schnee, den sie nun nicht mehr brauchte. Es fehlte ihr Sohn.

Früher wäre sie verzückt gewesen bei jedem knirschenden Schritt in der winterlichen Landschaft beim mitternächtlichen Kirchgang. Nun sah und spürte Anna nichts. Freudlos und leer stapfte sie in die Mette. Enttäuscht war sie von der Messe, die sie nicht festlich gestaltet fand. Unangenehm war ihr das Friede-sei-mit-dir-Hände-Schütteln mit all den glücklichen Menschen, mit denen sie nichts verband. Was hatte sie erwartet, ein Wunder vielleicht, Anna versuchte nicht zu werten. Zurück von der Kirche trank sie mit Paul ein Glas Wein. Der Anblick der Jugend, sich unterhaltend auf dem Sofa sitzend, löste bei Anna eine tiefe Sehnsucht aus. Sie unterdrückte ihre Gefühle und versuchte mitzuspielen bei dem Spiel. Denn es war nichts anderes als ein Spiel, das sie da spielten. Ein Nicht-dran-denken-Spiel, ein Ablenkspiel, ein Überleben-Spiel.

So dankbar Anna war, ihre Familie um sich zu haben, so erleichtert fühlte sie sich über das Ende der Feiertage. Die Jugend fuhr nach Wien, und ihre Gedanken durften wieder ausschließlich ihrem Sohn gehören.

9 | Ein „Nachhausekommen"

Nach Annas Anruf in der Gerichtsmedizin wurde ihr die Freigabe von Julians Leichnam bestätigt. Eine kleine Erleichterung machte sich breit. Auskunft über die Ursache seines Todes bekam sie nicht.

Nun gab es viel zu tun. Der Termin des Begräbnisses wurde festgelegt, die Parte sowie das Erinnerungsbild gingen in Druck. Das Beerdigungsinstitut wurde kontaktiert, alle Freunde, die an der Gestaltung der Verabschiedungszeremonie mitwirkten, verständigt, die Zehrung organisiert. Am Montag, den 29. Dezember, verschickten sie die Parten. Die Beerdigung wurde auf den 2. Jänner 2004 fixiert.

Anna machte sich über den Blumenschmuck auf Julians Sarg Gedanken. Etwas Besonderes sollte es sein. Gemeinsam mit Paul suchte sie die Gärtnerei eines befreundeten Ehepaars auf. Die Entscheidung für die Blume fiel leicht, eine Rose, lachsfarben und dick gefüllt. Unbefriedigt blätterte Anna in dem ihr dargebotenen Katalog. Die abgebildeten Gebinde gefielen ihr nicht, zu herkömmlich, zu normal fand Anna sie. Nach langem Hin und Her, nicht in der Lage, ihre Wünsche zu artikulieren, brachte es die Gärtnerin, selbst Mutter zweier Kinder, auf den Punkt. „Es soll mit Liebe gebunden werden." „Ja, es soll mit Liebe gebunden werden".

Das Bestattungsinstitut schickte einen Wagen nach Wien, um Julians Leichnam abzuholen. Am Dienstag standen Anna und Paul im Karner vor dem Sarg ihres Sohnes. Geschmückt mit wunderbaren Rosen, umringt von Efeu, Baumwollästen und Zweigen verschiedenster Art, mit Liebe arrangiert. Weinend lagen sich Anna und Paul in den Armen. Endlich war er zu Hause, ihr Sohn. Dicke Kerzen umsäumten den Sarg, flankiert von Kränzen und Bouquets. Sie stellten einen Rahmen mit seinem Foto davor, unzählige Grabkerzen und Teelichter säumten den Boden, ein wahres Lichtermeer. Ein Freund brachte auf Annas Wunsch eine Musikanlage in den „Karner". „Come away with me" von Norah Jones wurde eingelegt und nonstop gespielt. Beruhigung sollte ausgehen von dem Ort, der einladen sollte zum Verweilen, um an Julian zu denken, um Abschied von ihm zu nehmen.

Beim Abholen des Totenscheins erfuhren Anna und Paul die Ursache von Julians Tod. Herzerweiterung mit Lungenödem, lautete sie. Zusätzlich war ihr Sohn an einer Hepatitis C erkrankt.

Anna geriet ins Wanken, als würde man ihr zum zweiten Mal den Boden unter den Füßen wegziehen. Tausende Stiche bombardierten ihr Herz, ihr Körper wurde vom Weinen geschüttelt. Im Internet suchte sie sämtliche Informationen über diese Diagnose. Sie wollte verstehen, doch es gelang ihr nicht.

Eine Herzerweiterung kann auf Grund einer Virusinfektion eintreten, las Anna. „Kann es sein, dass Julian seine Grippe nicht auskuriert und diese eine Herzerweiterung ausgelöst hatte?", fragte sie Paul, der ihr zustimmte. Paul versuchte Anna den Zusammenhang zu erklären. „Durch die Vergrößerung der Herzhöhle, aufgrund der Erweiterung, wird die Herzwand schlaffer und kraftloser. Der Blutrückfluss aus der Lunge wird somit nicht mehr bewältigt. Dadurch kommt es zu einem Rückstau des Blutes in den Lungengefäßen, durch den erhöhten Druck zu einem Austreten von Flüssigkeit in das Lungengewebe. Dieses akute Lungenödem kann zum Atemstillstand und somit zum Tod führen."

Nun wusste Anna, dass sie ihren Sohn hätte retten können.

„Wenn ich ihn geweckt hätte oder nicht weggegangen wäre, hätte ich ihm helfen können. Ich hätte ihn ins Krankenhaus gebracht, dort hätten sie ihn durchgecheckt, hätten die Diagnose erstellt, hätten ihn geheilt, und er hätte nicht sterben müssen." Hätte, hätte, hätte!, Anna hasste dieses Wort.

Paul versuchte Anna die Schuldgefühle zu nehmen, er sah in Julians Tod eine Verkettung unglücklicher Umstände. Seine Hepatitis-Erkrankung, die seinen Körper zusehends geschwächt hatte, und die Umstände seines letzten Abends hatten vermutlich diesen Vorgang beschleunigt. Auch einige befragte Ärzte bestätigten diesen Dominoeffekt, dessen Auslöser, die Grippe, schließlich zu Julians Tod geführt hatte.

Hat mein Sohn gelitten, musste er mit dem Tode ringen, wie lange dauerte es, bis er gestorben ist? Diese Fragen quälten sie und kamen zu ihren Schuldgefühlen und Vorwürfen dazu.

Faulheit und Laschheit hatte Anna Julian unterstellt, statt zu überlegen, welche Ursachen seine Langsamkeit und Müdigkeit haben könnten.

Julians Schnelligkeit war im Laufe der Jahre der Langsamkeit gewichen. Wehmütig erinnerte sich Anna an seine Kinder- und Jugendzeit, an seine Aufgewecktheit und sein Temperament zurück. Bilder eines unerschrockenen kleinen Kerls, eines sportlichen Jungen, eines bewegungsfreudigen Jugendlichen sah sie vor sich.

Wie gerne hätte sie diesen Wildfang angeleint, wenn er wieder in der entgegengesetzten Richtung verschwand. Als Pädagogin durfte sie solche Gedanken natürlich nicht haben. Anna freute sich über Julians Fußballtalent und verfolgte mit pochendem Herzen das Maibaum-Kraxeln. Wie ein Äffchen kletterte er in Windeseile den Dreimeter-Stamm hinauf und wurde sehr zu Mutters Stolz als Sieger prämiert. Die Hyperaktivität, welche Julian in der Gymnasialzeit attestiert worden ist, belastete Anna. Einen Psychologen solle sie aufsuchen, rieten ihr die Lehrer im Kollegium. Dabei sträubte sich Julians Körper bloß gegen das stundenlange Verharren am Schreibtischpult.

Die pubertäre Veränderung schien seinen Bewegungsdrang zu regulieren, die langsame Bedächtigkeit, die sich im Studienalter eingeschlichen hatte und die Anna als Faulheit auslegte, stellte sich nach Julians Tod als Krankheit heraus.

Die Tatsache, nichts rückgängig machen zu können, tat ihr im Innersten weh. Die Frage, wo sich ihr Sohn diese Hepatitis eingefangen hatte, beschäftigte sie. Womöglich hatte er sich beim Piercen infiziert. Julian hatte sich vor Jahren über der linken Augenbraue ein Flinserl stechen lassen. Auf diese Frage sollten Anna und Paul niemals mehr eine Antwort bekommen.

Mittwoch, 31. Dezember 2003, Sylvester, wieder ein Fest, das an Bedeutung verloren hatte. Anna wollte zu Hause bleiben, Paul zog es zu Freunden. Anna kam ihm zuliebe mit.

Behutsam wurden sie aufgenommen im engsten Freundeskreis. Nach dem Essen folgte ein Spaziergang über eine verschneite Landschaft. An einer autoleeren Straße standen sie, als sie das neue Jahr einholte. Paul und Anna lagen sich in den Armen und weinten. Was soll das neue Jahr schon bringen, wie soll mein Leben weitergehen, dachte sich Anna.

Der Himmel über der Stadt leuchtete. Aus allen Richtungen schossen die Lichter wie Pfeile empor, zerstoben in wunderbaren Farben und Formen. Es zischte und krachte. Früher hätte sie verzückt aufgeschrien bei jedem Feuerwerksgebilde. Nun verfolgte Anna dieses Spektakel emotionslos und leer.

2004

1 | Begräbnis

Am Donnerstag, den 1. Jänner 2004 um 19h gestalteten drei Freundinnen von Anna und Paul die Gedenkstunde für Julian. Eine Menschenschlange wartete vor dem Karner, von unzähligen Armen wurde die Familie gedrückt, unzählige Münder sprachen ihr Beileid aus. Annas Knie wurden weich, sie war erleichtert, als sie zum Sitzen kam. In den Bankreihen wurden Teelichter entzündet, die Trauergemeinde hörte tröstende Worte, Geschichten und Gebete, einen hingebungsvollen Gesang, ein einfühlsames Spiel am Klavier. Nach dieser Stunde wurden sie erneut eingefangen von vielen Armen und Worten. Das Haus ihrer Freundin stand abermals offen. Es wurde gegessen, geplaudert, getrunken und sogar hin und wieder gelacht. Erschöpft bewegte Anna sich tränenlos, wie eine Marionette, von oben geführt. Morgen wird mein Sohn begraben, dachte sie.

Am Freitag, den 2. Jänner 2004, war das traurigste Fest, das Anna jemals organisiert, das sie bis ins kleinste Detail geplant hatte, Julians Abschiedsfest. An Magdalenas Geburtstag findet Julians Begräbnis statt, dachte Anna, als sie aufwachte an diesem Tag. Sie wollte sich allein verabschieden von ihrem Sohn. „Ich will dich sehen, dich spüren, umarmen", weinte Anna vor Julians Sarg. Der Kerzenschein, die sanften Klänge bescherten dem Raum eine friedvolle Stimmung. Anna beruhigte sich. Sie wusste, dass es nur seine Hülle war, sein Körper, der in diesem Sarg eingebettet lag und der begraben würde. Plötzlich begann sich Anna auf wundersame Weise wohl zu fühlen, als würde sie Julian spüren, auf eine andere Art. Sie fing mit ihm zu sprechen an. „Wo bist du, mein Sohn, wo schwebt deine Seele", fragte sie laut. „Über mir, vor mir, neben mir oder hinter mir?" Bei diesem Gedanken lächelte sie. Anna musste sich nicht verabschieden von ihrem Sohn, das wusste sie jetzt. Julian war bei ihr, das spürte sie. Gestärkt verließ sie den Karner, begleitet von einer seltsam anmutenden Ruhe.

Annas Pfarrersfreund traf ein, er wollte sich mit dem hiesigen Hochwürden wegen des Ablaufs besprechen. Anna bewirtete die ankommenden Familienmitglieder, zog sich um und trat mit ihnen den Gang zur Kirche an. Ein glasklarer, eisig kalter Winternachmittag, an dem die Sonne schien und der Schnee knirschte. Und wieder wurden sie erwartet von einer großen Menschenschar, die den Friedhof bevölkerte bis zum Karner hin. Einen letzten Blick wollten die vielen Freunde und Bekannten werfen auf Julians Sarg und der Familie kondolieren. Die Menschen hatten Tränen in den Augen, die Familie wirkte gefasst. Wir sind alle ausgeweint, wie ein ausgewrungenes Tuch, dachte Anna und spürte sich nicht mehr.

Ohne Vorwarnung wurde der Sarg von den Sargträgern nach draußen geschoben. Nach den Gebeten der Priester bewegte sich der Trauerzug. Und während Anna mit Paul und Mara hinter dem Sarg ihres Sohnes schritt, vorbei an der Menschenmenge, fühlte Anna eine Ambivalenz in sich. Denn einerseits war sie überwältigt von der Anteilnahme der vielen Freunde und Bekannten, andererseits fühlte sie sich preisgegeben und ausgeliefert.

Wenn Anna früher als Besucherin an einem Begräbnis teilgenommen hatte, heulte sie sich jedesmal die Augen aus, auch wenn es dabei um den Tod alter Menschen ging. Allein der Anblick der Hinterbliebenen zerriss ihr das Herz. Nun konnte sich Anna die gefassten, versteinerten Mienen der Betroffenen erklären. Man spürt sich nicht mehr, man ist nicht von dieser Welt, man kapiert nicht, was da eigentlich passiert.

In der Kirche wurden sie von wunderschönen Weisen eingefangen. Auf der Geige, der Gitarre und dem Saxophon spielten Freunde der Familie live für Julian.

Wo sollen denn die vielen Menschen hin, dachte Anna sich beim Anblick der gefüllten Kirche. Die Familie nahm in den ersten Reihen Platz. Ein Reigen, wie es Anna nannte, begann. Alle Menschen, die ein Erinnerungsbild von Julian erstehen wollten, mussten sich wieder erheben und sich nach vorne begeben zu den beiden Männern neben dem Altar, die Bilder austeilten und im Gegenzug Geld entgegennahmen. Es dauerte ewig, dieses Prozedere, und verzögerte die Zeremonie. Das Erinnerungsbild gehört am Eingang verteilt, bevor sich die Menschen setzen, dachte sich Anna und bewunderte ihre Freunde, die trotz eisiger Kälte musizierten, ausdauernd und hingebungsvoll.

Wie eine Regisseurin bei der Premiere, die ihrer Inszenierung folgt, kam sich Anna vor. Ungewohnt und fremd fand sie ihre Stimme aus der Kassette, die erzählte vom Leben ihres Sohnes. Gewaltig hörten sich Julians Lieblingslieder an, die durch diese heiligen Hallen ertönten. Das Blaue-Löwen-Lied, das mit harter Techno-Musik begann und überfloss in eine weiche, zärtlich anmutende Melodie, getragen von einer weiblichen Stimme mit zerbrechlichem Klang.

„Wenn es blaue Löwen gäbe, würd es in der Wüste regnen, würd es in der Wüste schneien. Wenn es blaue Löwen gäbe, wär der Mond rot, würden Meere weiß sein. Doch nur wenn es blaue Löwen gäbe."

Pochende, hüpfende elektronische Musik, an Pulsschläge und heftiges Herzklopfen erinnernd, leitete das Tausend-Tränen-Lied ein. Verzerrende Synthesizer wirkten bedrohlich, als würde ein Gewitter aufziehen. Bis plötzlich eine wundervolle Melodie die dunklen Wolken zu vertreiben schien, um einem strahlend blauen Himmel den Vortritt zu geben. Eine Stimme, Sehnsucht hervorrufend, erklang:

„In mir, tausend Tränen tief erklingt ein altes Lied, es könnte viel bedeuten. In den Tag hinein, will es bei dir sein, singt für dich allein von neuen Möglichkeiten. Komm zu mir in der Nacht, wir halten uns umschlungen, bis der Tag erwacht. Küss mich dann wie zum ersten Mal. Mit dir in ein anderes Blau, wir teilen einen Traum, ein Bild aus anderen Zeiten. So wie du ein Teil von mir, bin ich ein Teil von dir, ich kann es spüren, wie wir uns berühren. Ein Lied von zwei Menschen, wie Liebe sich anfühlt, wir fließen im Rhythmus der Sonne entgegen. Alles ist irdisch, die Welt liegt im Dunkeln, wir schweben im Ganzen, die Nacht gehört uns."

Abrupt endete das Lied, so abrupt wie Julians Leben geendet hatte. Wo bist du mein Sohn, fragte Anna in ihre Gedanken hinein. Hast du das Ende deines Erdenlebens schon gespürt?

Julians Lebenszyklus wurde auf eine Leinwand projiziert, beginnend mit dem Foto drei Tage vor seinem Tod, rücklaufend bis zur Geburt, um wieder beim letzten Foto zu enden, untermalt von dem Titel „Always see my face" aus der Filmmusik „High Fidelity".

Es folgten Worte und Gebete der Priester, Fürbitten und Texte von Verwandten und Freunden. Dazwischen der wunderbare Gesang mit Musik, von betörender Schönheit, friedvoll und frei. Über zwei Stunden dauerte diese Abschiedszeremonie.

Als der Sarg am Grabe abgestellt wurde, hörte man über Lautsprecher eine Stimme mit dem Text: „Steh nicht weinend an meinem Grab, ich bin nicht dort unten. Ich schlafe nicht, ich bin tausend Winde, die wehen. Ich bin das Glitzern der Sonne auf Schnee, ich bin das Sonnenlicht auf reifem Korn. Ich bin der sanfte Regen im Herbst. Wenn du erwachst in der Morgenfrühe, bin ich das schnelle Aufsteigen der Vögel in kreisendem Flug. Ich bin das sanfte Sternenlicht in der Nacht. Steh nicht weinend an meinem Grab, ich bin nicht dort unten, ich schlafe nicht. Ich bin bei dir."

Die Priester sprachen den Segen und die letzten Worte. Das Fliegenlied hallte über die Menschen hinweg. Als würde Julians Seele mit diesen Klängen hinausgetragen in die Ewigkeit, begleitet von den letzten Strahlen der Sonne. Das hatte nichts Bedrohliches, nichts Trauriges, es hatte etwas Befreiendes, fast etwas Schönes.

„Wir hören ein Singen im Raum, wir, wir jagen die Monotonie, wir machen aus Stunden ein Jahr und Mondschein aus unserem Haar. Wir fliegen so weit wie noch nie."

Und dann nahmen sie ein letztes Mal Abschied von Julian. Paul krümmte sich und schluchzte, nur kurz, dann hatte er sich wieder in der Hand. Mara weinte laut und lang. Alle hatten sie Tränen, nur Anna nicht. Sie spürte eine Kraft, unheimlich und geballt. Die geht von den vielen Menschen aus, dachte Anna. Und wieder wurden sie umarmt, gedrückt, bis es dunkel wurde und sich der Friedhof leerte. Erst jetzt wurde der Sarg in der Erde versenkt. Es war so bitterkalt an diesem Tag, vielen schmerzten die Füße, viele spürten sie nicht mehr. Alle waren sie froh ins Warme zu gelangen.

So, mein Sohn, jetzt kommt der gemütliche Teil deines Abschiedsfests, dachte Anna. Sie wandelte souverän von Tisch zu Tisch, um sich zu unterhalten mit den vielen Freunden und Verwandten. Eine Zehrung hat ihren Sinn, dachte Anna. Wie wichtig der Austausch, das Erzählen, das Erinnern ist, merkte sie jetzt. Lebhaft waren die Gespräche, bei denen es hauptsächlich um Julian ging. Es wurde auch gelacht, und sie ließen Magdalena hochleben an ihrem Geburtstag, an diesem traurigen Tag.

Zu Hause sank Anna in eine tiefe Traurigkeit. Erst jetzt wurde ihr diese Endgültigkeit bewusst. Sie hatten ihren Sohn zu Grabe getragen. Nie wieder würde er nach Hause kommen, nie wieder würde sie ihn sehen, nie wieder würde sie ihn in die Arme nehmen können. Vergessen war das Erlebnis im Karner. Von unendlichen Schmerzen begleitet, lag Anna weinend auf der Couch. Ihr Körper wurde gebeutelt vom Schluchzen und Schreien um ihren Sohn. Paul flößte Anna Beruhigungsmittel ein, er trug sie ins Bett und streichelte sie sanft in den Schlaf.

2 | Maras Geburtstag

Früh am Morgen eilte Anna zum Grab. Während sie die etwas lieblos hingelegten Blumengebilde ordnete, zogen die Bilder des Vortags vorbei. Losgelöst von allen Anspannungen konnte sie sich von ihren Emotionen befreien. Und sie weinte am Grab ihres Sohnes.

Heute hat meine Tochter Geburtstag, mein Mädchen, meine vernachlässigte Kleine, dachte sie sich, und wie jedes Jahr erlebte sie diesen Tag in Gedanken.

Vor 21 Jahren war sie zur Welt gekommen, in Annas Heimatstadt. Am Montag den 3. Jänner 1983. Wieder befand sie sich in ihrem Elternhaus, wieder war sie zehn Tage über dem Termin. Anna wollte dieses Mal im Krankenhaus entbinden, da die Schwangerschaft nicht so positiv verlaufen war. Sie hatte keine Wehen, jedoch ein ungutes Gefühl. Sie wollte sich nur untersuchen lassen an diesem Vormittag. Doch Anna wurde an einen Wehentropf angeschlossen. Weder stehen noch gehen konnte sie, von den Schläuchen gefangen lag sie im Bett. Mittags kam Paul. Er wirkte relaxter als beim ersten Mal. Etwas verlegen stand er vor Anna und hielt ihre Hand, die sie mit einer Kraft drückte, die ihn bleich werden ließ. „Kein Kind mehr!", flehte sie, „Kein Kind mehr!", schwor er ihr. Und als Paul am Bett zu nesteln begann, unruhig hin und her zu rutschen anfing und sein Magen sich mit einem hörbaren Knurren bemerkbar machte, schickte ihn die Hebamme zur Schwiegermutter nach Haus. Stärken solle er sich und dann wiederkommen, befahl sie ihm. Wie kann man in solch einer Situation ans Essen denken, dachte sich Anna und grollte. Und schon wurde sie weggespült, von einer Wehe zur nächsten, ins Land der Schmerzen, das unendlich schien. Der Pfarrer kam, um den Kreissaal mit Weihrauch zu besprenkeln. Und als er sich und alle, die ihm unterkamen, bekreuzigte, dachte sich Anna, jetzt ist es aus. Es war so ganz anders im sterilen Krankenhaus, kein Vergleich zum heimeligen Entbindungsheim. Kurz bereute Anna ihre Entscheidung. Irgendwann erschien Paul, ausgeglichen und genährt. Wirklich helfen konnte er nicht, allein seine Anwesenheit tat Anna gut.

Um 20 Uhr 35 quälte sich ihre Tochter heraus. „Ein Mädchen, es ist ein Mädchen", hörte sie Pauls Stimme in verzücktem Ton. Kurz war der Schmerz weg, der Mutterkuchen wollte nicht kommen, vergebens wurde ihr Bauch von vielen Händen gedrückt. „In den OP, sie muss in den OP!", hörte Anna den Arzt rufen und wurde der Hektik gewahr. Und dann jagte sie heraus, die Plazenta, gefolgt von einem Schwall Blut. Die Schleimhäute waren zerrissen und wurden genäht, die Schmerzen drohten nicht zu enden bei jedem Stich. Und dann durfte sie endlich ihr pausbäckiges Mädchen mit dem langen schwarzen Haar sehen und halten. Überaus glücklich streichelte Anna ihr Kind, das Ergebnis ihrer Schmerzen. Ihr Wunsch, ein Mädchen zu gebären, hatte sich erfüllt. Nun hatte sie eine Prinzessin zu ihrem Prinzenkind.

Eine Zeit zu dritt, wie bei Julians Geburt, gab es nicht. Das gerade geborene Kleine wurde ins Babyzimmer gebracht, Anna ins Zimmer gefahren, Paul hinauskomplimentiert. Erschöpft von den Strapazen fiel Anna in einen tiefen Schlaf.

Zwei unterschiedliche Geburten - zwei unterschiedliche Persönlichkeiten, dachte sich Anna.

Obwohl niemand in Feierstimmung war, wollte Anna dennoch diesen Tag zelebrieren. Auch Magdalenas Geburtstag wurde nachgeholt, und Anna holte das Essen bei ihrem Griechenfreund. Um 20h35, der Geburtsstunde von Mara, entkorkten sie eine Flasche Sekt und stießen auf die Geburtstagskinder an.

Als die jungen Leute am nächsten Tag wieder Richtung Wien fuhren, füllte sich Annas Herz mit Leere. Die plötzliche Stille ertrug sie nicht. Paul und Anna packten die Koffer und fuhren nach Würzburg zu Marie und ihrem Mann. Dort wurden sie verwöhnt mit Sauna, Spaziergängen und Gesprächen zu viert.

3 | Berufsleben

Am 7. Jänner 2004 nahmen Paul und Anna wieder ihre Arbeit
auf. 28 Tage waren vergangen seit jenem schicksalhaften Tag. Paul
freute sich auf seine Arbeit, Anna nicht. Die tägliche Konfrontation mit den vielen Menschen schien Paul nicht zu stören, Anna
schon. Paul fühlte sich wohl und aufgehoben in seinem Team.
Anna hatte kein Team, nur ihren Chef, einen langjährigen Freund,
der es nicht leicht hatte in der ersten Zeit mit ihr. Sie saßen sich
vis a vis in einem kleinen, engen Büro. Ein riesiger Bildschirm
trennte ihre Blicke. Zum Glück, dachte Anna, denn unzumutbar
fand sie ihr trauriges Gesicht. Wortkarg und im Zeitlupentempo
verrichtete sie ihre Arbeit. Leo, ihr Chef, der auch sparsam war mit
seinen Worten, hatte damit kein Problem. Der tägliche Gang in die
Stadt, zur Bank, zur Post oder in ein Geschäft erschien Anna mit
unendlichen Mühen verbunden. Ging sie früher offen auf Menschen zu, so verschloss sie sich nun. Liebte sie es früher, Menschen
zu begegnen, so bedeutete es nun eine Qual. Mit einem „Lasst
mich in Ruhe"-Blick eilte sie durch die Straßen, stets das Haupt
gesenkt. Manche Menschen ignorierten diesen Blick und sprachen
sie an. Wie es ihr gehe, wollten sie wissen. Wie soll es mir gehen,
dachte Anna, mein Sohn ist tot und ich muss leben. Sie würgte ein
„Danke, nicht gut" heraus und verlor die Gewalt über die Drüsen,
die ihre Tränen verwalteten.

Abends, sobald die Menschen ins Theater strömten, durfte Anna nach Hause. Sie mied Menschenansammlungen, weil sie jetzt Menschen nicht aushielt. Sie verlor jegliches Interesse an Kultur, weil in ihrem Kopf kein Platz war.

Anna galt als Mitbegründerin dieses kleinen Theaters, wo sie jahrelang selbst auf der Bühne gestanden hatte. Neben den Eigenproduktionen fungiert das Theater als Plattform für Kleinkunst. Kabarett, Comedy, Musikveranstaltungen und Lesungen werden angeboten. Regionale, nationale und internationale Künstler kann man dort erleben. Ein kleines Off- Theater vom Feinsten, mit einem leicht schmuddeligen Touch, jedoch großstädtischem Flair. „Wo einem der Künstler so nahe ist wie der Pfarrer im Beichtstuhl", wie der Slogan treffend wirbt.

Anna verrichtete jahrelang ehrenamtlich ihre Dienste, vom Kartenverkauf, Saaleinlass bis zur Künstlerbetreuung. Letzteres liebte sie besonders. Anna war fasziniert von dieser verrückten, verruchten Künstlerwelt, die am Wochenende für einen oder mehrere Tage Einzug hielt. Man holte sich die Welt mit ihrer Multikultur herein in die verschlafene, biedere, kleine Stadt. Kurzfristig wurde das brave, geordnete Leben gegen ein buntes, schrilles getauscht. Mit den Künstlern auf Tuchfühlung zu gehen, mit ihnen abzutauchen, ihre Luft einzuatmen, sich dazugehörig zu fühlen, die Nacht zum Tag und den Tag zur Nacht werden zu lassen, das hatte etwas.

Als würde ich in zwei Welten leben, dachte Anna oft, wenn sie nach einem exzessiven Wochenende wieder ihrer Arbeit als Kindergärtnerin nachging, ihren Haushalt schaukelte und mit ihren zwei Sprösslingen die Zeit verbrachte.

Seit drei Jahren arbeitete Anna nun hauptberuflich im Theater, ihren Kindergärtnerinnenberuf hatte sie an den Nagel gehängt. Sie hatte ein zweijähriges Kulturmanagementstudium absolviert und ihre Leidenschaft zum Beruf erklärt. Seitdem kümmerte sie sich um die Administration, das Sponsoring, die Pressearbeit und die Abwicklung der Veranstaltungen. Früher hatte Anna ihren Job geliebt, doch nun fand sie keine Freude mehr daran.

Manchmal zeigte sie sich froh über eine Ablenkung, um nicht ständig an den Tod ihres Sohnes denken zu müssen. Doch sobald sie sich alleine wähnte, fühlte sie den Schmerz und die Traurigkeit, und die Gedanken drehten sich ausschließlich um Julian. Ein paar Monate musste sie durchhalten, dann ergab sich Gelegenheit für eine Auszeit, denn das Theater sollte umgebaut werden.

Paul suchte die Normalität, er litt unter Annas schwermütiger Stimmung und ihrem traurigen Blick. Neben seinem Beruf nahm er seine Tätigkeit als Kulturstadtrat wieder auf, seine Termine wieder wahr. Er jagte von Sitzungen zu Eröffnungen, von Ehrungen zu Veranstaltungen.

Anna fühlte sich allein. Sie hatte eine Wut auf Paul wegen seiner Fähigkeit, seinen Interessen nachzugehen. Anna interessierte das gesellschaftliche Leben nicht mehr, sie beschäftigte sich ausschließlich mit den Fragen nach dem Warum. Die immer wiederkehrenden Vorwürfe quälten sie und ließen ihren Geist nicht ruhen. Wohin ihr Sohn gegangen sei, wollte sie wissen, den Sinn des Lebens wollte sie fassen. Verzweifelt versuchte sie Antwort zu finden. Sie deckte sich ein mit Literatur, die das Thema Leben und Sterben zum Inhalt hatte. Unzählige Abende verbrachte sie allein, eingeigelt und geschützt in ihren vier Wänden, die mit den vielen brennenden Kerzen und Räucherstäbchen einer mystisch anmutenden Höhle glichen.

Selten fanden sie zueinander, dann sprach Anna von ihrem Körperschmerz, den Paul nicht kannte. „Wahrscheinlich hat dieser Schmerz mit dem Muttersein zu tun, denn ich trug meinen Sohn unter dem Herzen, ich gebar ihn unter Schmerzen." Paul versuchte zu verstehen und nahm sie zärtlich in die Arme, und während sie sich liebten, begann Anna zu weinen. „Ich spüre nichts, es ist, als wäre mein Unterleib gestorben." Paul zeigte Verständnis, Julian stand zwischen ihnen, es brauchte Zeit, die sollte Anna bekommen.

Anna kränkelte in den ersten Monaten nach Julians Tod. Ihr Immunsystem war zusehends geschwächt, der Rachen ständig entzündet. Anna musste das Bett hüten, das war ihr angenehm. Dem Bedürfnis, nicht aufzustehen, durfte sie nachgeben, ganz legitim.

Tagelang verkroch sie sich unter der Decke und schickte stundenlang Julian-Sehnsuchtstränen auf Reisen. Tagelang zelebrierte sie
ihren Schmerz, schloss Paul und die Umwelt aus, wünschte sich
Julian her und verstrickte sich in Wahngedanken.

Früher lebte Anna exzessiv und sprühte vor Energie. Mit ihrem
Temperament, den rehbraunen Augen, dem dunkelbraunen, dich-
ten Haar, das sie halblang trug, ihrem Teint, der im Sommer stets
eine schöne Bräune aufwies, wurde sie oft für eine Südländerin
gehalten. Sie war fröhlich, herzlich und konnte gut mit Menschen
umgehen. Nun trauerte Anna exzessiv. Sie hatte abgenommen, die
Haut war fahl, das Haar stumpf, die Augen leer. Ihr Anblick war
von Traurigkeit gezeichnet.

4 | Schiurlaub

Der lang geplante Schiurlaub mit Annas Schwester und ihrem Schwager nahte. Anna wollte ihn stornieren, Paul wollte nicht. Ihm zuliebe fuhr sie mit. Vielleicht ist ein Tapetenwechsel nicht schlecht, dachte sie.

Bei herrlichem Wetter, klarer Luft, inmitten der Berge die mit traumhaftem Pulverschnee behafteten Hänge in kurzen Schwüngen hinunterzugleiten erzeugte in Anna ein freudvolles Gefühl, das sie erschreckte und das sie sich sofort verbat. Sie erlaubte sich kein schönes Lebensgefühl.

Mit Wehmut dachte Anna an die Kleinkinder-Winterzeit zurück.

Drei Jahre war Julian, als er das erste Mal auf den Schiern stand. Mit vier erhielt er seinen ersten Kurs, damals in Kärnten auf der Petzen. Ein schneidig tapferer Kerl, ausgerüstet mit Sturzhelm und Schischuhen, in denen er fror, raste er den Berg hinunter. Jahrelang hatte Anna mit ihrer Familie ihre Winter- und Sommerurlaube in Bleiburg verbracht, einer kleinen Stadt, die an der Grenze zu Slowenien liegt. Der Wahlort des Malers Werner Berg und die Heimat von Kiki Kogelnik.

Sie wohnten in einem Schloss neben der Brauerei, in der Annas Vater zehn Jahre das Bier gebraut hatte. Bei kostenloser Logis konnte sich die junge Familie das Schifahren leisten. Als der Betrieb geschlossen wurde und Annas Vater in seine Heimat zurückkehrte, hörten sich die Kärnten Urlaube auf. Seitdem hatte Anna ihre Kinder nie mehr Schi fahren gesehen. Jetzt tat ihr das Leid, zu gerne hätte sie gewusst, wie sich Julians Fahrstil entwickelt hätte. Während der Liftfahrten tauschten sich die Schwestern aus über diese Erinnerungen und den schmerzenden Verlust.

Den Hüttenwahnsinn mit der Hüttengaudi hielt Anna nicht aus, Paul schon. Anna verstand Paul nicht, zeigte sich ablehnend und wies ihn ab. Paul bemühte sich nicht und verhielt sich, als wäre nichts passiert in seinem Leben. Dieser Urlaub brachte sie nicht zueinander, sondern auseinander. Die Kluft zwischen ihnen wuchs.

Es war gegen Mittag, als sich Anna und Paul in einem Zweier- Sessellift Richtung Berg bewegten. Sie hatten sich gegen die Gondel entschieden, weil die Sonne schien und ihnen die Langsamkeit gefiel. Der letzte Urlaubstag. Das Gepäck hatten sie gepackt, das Hotel bezahlt, den Nachmittag wollten sie noch zum Schifahren nutzen. Sie schwiegen sich an, da jeder mit sich beschäftigt war. Ein plötzlicher Ruck riss sie heraus aus ihrer Gedankenwelt. Der Lift stand still. Vorerst dachten sie an eine Störung, die gleich behoben sein würde. Doch als einige Zeit verging und eine Formation Hubschrauber am Himmel erschien, wurde ihnen klar, dass ein Unglück geschehen war.

Anna zeigte sich über die Lift-Entscheidung froh. Die Vorstellung, mit fremden Menschen, ihren Gesprächen und Gerüchen eingesperrt zu sein, fände sie nicht toll. Was machen die Menschen, die in solchen Situationen auf die Toilette müssen, dachte Anna. „Wir haben Glück, dass wir nicht im Schatten warten müssen", sagte Anna zu Paul. Und sie schwiegen sich weiter an und zeigten der Sonne ihr Gesicht. Beinahe eine Stunde hielt sie der Lift gefangen. Bei der ersten möglichen Station stiegen sie aus und fuhren auf der menschenleeren Piste in bedrückender Stille zur nächsten Hütte. Als wäre die Zeit stehen geblieben, kam es Anna vor, als hätten sie sich verirrt, als wären sie in einer anderen Welt. Auch die Menschen vor der Hütte waren verstummt vor Schreck.

Dann erfuhren sie von der Tragödie. Eine Frau, eine Familienmutter, war nach einem Unfall im Hubschrauber abtransportiert worden. Lebensgefährliche Verletzungen hatte sie nicht. Ihr Ehemann winkte zum Abschied. Annas Schwester und ihr Schwager saßen gerade im Lift und wendeten ihre Köpfe um den Hummelflug zu begleiten. Marie meinte noch, was für ein Segen diese Rettungsmöglichkeit sei. In diesem Moment kappte der Hubschrauber die Stromleitung und stürzte in die Tiefe hinab. Die Frau starb, der Arzt und der Pilot überlebten schwer verletzt.

Anna dachte an den Witwer und die Kinder. Von einer Minute zur anderen hat sich ihr Leben verändert, nichts mehr wird so sein, wie es einmal war.

5 | Erinnerungen / Geschwisterzwiste

Der Frühling hielt Einzug, die Jahreszeit, die Natur und Menschen zum Erblühen bringt, wo es hell wird am Himmel und in den Gemütern, bunt in den Kleidern, den Wiesen und Gärten. Anna sah nur Schwarz-Weiß. Sie konnte sich nicht erfreuen am fröhlichen Vogelgezwitscher, mit dem der Tag begann, denn die Schwere ihrer Trauer hüllte sie ein. Immer wieder ertappte sie sich, wie sie wartete auf ihn. Wann kommt Julian endlich nach Hause, dachte Anna, vor Sehnsucht verrückt. Sie vermisste sein Lachen, sein Schmollen, seine Launen, die Gespräche, die Auseinandersetzung mit ihm.

Es war nicht immer leicht mit Julian gewesen, sie hatten viel gekämpft, Anna und ihr Sohn. Es hatte eine Zeit gegeben, in der sich die Auseinandersetzungen mehrten und nicht selten eskalierten. Diese Zwiste hatten nach Julians Matura begonnen. Er hatte vor, mit seinem Freund Samuel einen Auslandszivildienst in einem Blindeninstitut in London zu absolvieren. Da die Stelle erst genehmigt werden musste in einer Zeit der Regierungsumbildung, dauerte dies über ein Jahr. Ohne wirkliche Aufgabe vollzog sich schleichend eine Veränderung in Julians Gemüt. Unterfordert fühlte sich ihr Sohn, der die viele freie Zeit hauptsächlich vor dem Computer und dem Fernseher verbrachte. Selten ging er aus dem Haus, um etwas zu unternehmen. Seine studierenden Freunde waren weggezogen. Sich in der Zwischenzeit einen Job wie Samuel zu suchen, hielt Julian für nicht erstrebenswert. Wieder ein Streitpunkt zwischen Anna und ihrem Sohn.

Julian hatte bereits resigniert, als die Zivildienststelle bewilligt wurde. Samuel ging nach London, Julian verzichtete darauf und fing in Wien mit dem Volkswirtschaftsstudium an. Nach einem Jahr wechselte er zu Betriebswirtschaft und nahm das Fach Politikwissenschaft dazu. Infiziert vom Karrieretraum sah er sich als zukünftigen Cabriolet- und Wohnungsbesitzer, Haushälterin inklusive. Die Haushaltshilfe-Idee war im zarten Alter von zehn Jahren entstanden, denn da hatte Anna eine Beteiligung an der Hausarbeit verlangt. Als sie wieder in die Erwerbstätigkeitswelt eingetreten war, bestand sie drauf, dass ihr Nachwuchs sie in den Ferien unterstützte. Badezimmer putzen, Geschirr in den Spüler räumen, Staubsaugen und kleine Gartenarbeiten standen auf dem Arbeitsplan, den sich Julian mit seiner Schwester zu teilen hatte. Julian versuchte sich zu drücken, jedoch ohne Erfolg. Mit seinem Gejammer, dass kein einziger seiner Freunde zu ähnlichen Arbeiten herangezogen würde, fand er bei seiner Mutter kein Gehör. „Du wirst es mir einmal danken, selbstständige Männer sind in der emanzipierten Frauenwelt heißbegehrt", pflegte sie gerne zu sagen. Zur körperlichen Arbeit fühlte sich Julian schon damals nicht geboren. In der Tat, er hatte zwei linke Hände und zeigte nie Interesse an Bausätzen, Laubsägearbeiten, geschweige denn, dass er sich mit Werkzeug auskannte.

Als Julian in seiner ersten Wiener Wohnung einen Fernsehstuhl von IKEA zusammenbauen wollte, stundenlang dessen Anleitung studiert und ungeschickt an den Schrauben hantiert hatte, schlug Anna ihm den Rollentausch vor. Nicht gerade begeistert nahm sich Julian des Fensterputzens an, während seine Mutter erfolgreich den Stuhl zusammenschraubte.

Dass er sich in den Ferien in den umliegenden Fabriken stets für einen Arbeiterjob bewarb, lag allein am Geld. Da nahm er sogar Schichtarbeit in Kauf. Julian lebte äußerst bescheiden und kam mit wenig aus. Allein um seine Eigenständigkeit unter Beweis zu stellen, strebte er das Geldverdienen an.

Das Essen war das einzige, was ihn mit einem Arbeiter verband. Unmengen konnte er verdrücken, ohne ein Gramm zuzunehmen. Seit seinen Kindertagen blieb er dünn und schlaksig von Gestalt. Die körperliche Arbeit setzte ihm dementsprechend zu. Nach jedem Ferienjob nahm er liebend gern sein Studium wieder auf.

Lange glaubte auch Anna an eine Karriere, bis sie merkte, dass etwas nicht stimmte in Julians innerer Welt. Sie suchte das Gespräch mit ihrem Sohn. Doch der blockte stets mit den Worten ab, dass eh alles passe in seinem Leben. Julian klammerte seine Problem- und Seelenwelt vor seiner Mutter aus. An seiner Alltagswelt aber durfte sie teilnehmen. „Mama, ich will dich nur informieren", waren stets seine ersten Worte am Telefon. Und dann holte er ihren Rat ein, über den Kauf von Möbeln oder irgendwelchen Klamotten. Erzählte von Filmen, die er gesehen und von Büchern, die er gelesen hatte, darüber, wie er mit seinen Freunden die Freizeit verbrachte oder er quetschte sie über das Prozedere diverser Behördengänge aus. Und manchmal wollte er nur ihre Stimme hören. Und wenn Anna gestresst seinen Namen am Display ihres Handys sah, rollte sie oft die Augen, seufzte und fragte sich, was will er schon wieder, mein Sohn?

Bei diesen Gedanken schmerzte ihr Herz. Wie sehr fehlten ihr diese Gespräche. Nun ruft mich Julian nie mehr an, dachte Anna mit Wehmut. Seine Nummer löschte sie nicht. Es tat ihr Leid, keine einzige SMS von ihm gespeichert zu haben.

Wenn Anna ihre Tochter telefonisch nicht erreichte und Mara Stunden später noch nicht zurückgerufen hatte, verfiel sie in panische Angst um sie. Anna hatte das Vertrauen in die Welt verloren, nahm das Schlimmste an, begann zu rotieren und beruhigte sich erst, wenn sie Maras Stimme vernahm. Auch das Wissen, ihre Tochter dadurch zu belasten, änderte nichts daran. Sie konnte sich nicht dagegen wehren, vermochte sich nicht von den Fesseln der Angst zu befreien. Mara, die Verständnis dafür hatte, gewöhnte sich ein sofortiges Zurückrufen an. Der Tod ihres Bruders hatte auch ihr Leben verändert, dieses Todeserlebnis, das gnadenlos zeigte, wie schnell alles aus sein konnte. Die Tatsache, dass nichts mehr so war, wie es einmal war. Diese Endgültigkeit, die es zu begreifen galt. Dieses Sehnen, dieses Nicht-Verstehen.

Viel öfter als früher zog es Mara zu ihrer Familie nach Haus. Anna und Paul freuten sich über ihre Besuche, die wie ein Sonnenstrahl in das düstere Beziehungsduett schien. Da tauchte Anna aus ihrem Trauersee auf, verwöhnte ihr Mädchen, wo es nur ging, und stülpte die früher geteilte Mutterliebe nun ausschließlich über ihre Tochter. Auch Paul, der stets den emotional zurückhaltenden Elternteil mimte, vollzog durch Julians Tod eine Veränderung. Er telefonierte von sich aus mit Mara, zeigte Interesse an ihrem Leben und nahm sich für Gespräche Zeit.

Anna selbst hatte Angst vor einem Gegenbesuch in Wien, dieser Stadt, die sie mit Julian und seinem Tod verband. Mara ging es umgekehrt, zu Hause kreisten ihre Gedanken ständig um ihn. Anfangs deckte sie automatisch den Tisch für vier, dann brach sie in Tränen aus und sprach über den Verlust ihres Bruders. Sie vermisste den Austausch, den „Großenbruderrat", der ihr früher total auf die Nerven gegangen wäre. Prinzipiell redete Mara selten über Julian und ihre Trauer. Anna störte es nicht, im Gegenteil, sie wollte das junge Leben ihrer Tochter nicht von Todesgedanken belastet wissen.

Es hatte eine Zeit gegeben, wo kein Konsens möglich gewesen war zwischen Mara und Julian, zu unterschiedlich hatten sie ihre Welt erlebt. Wenn sie zu Hause aufeinandertrafen, merkte Anna diese Diskrepanz. Sie wünschte sich nichts sehnlicher, als dass ihre Kinder wieder zueinander fänden.

Der Bruch begann mit Julians Studium. Er schrieb sich bei einer konservativen Studentenschaft ein. Sein Glaube, später im Berufsleben von diesen Kontakten zu profitieren, gab den Ausschlag an der Mitgliedschaft in diesem Club. Auch die Vorträge zu Wirtschafts- und Rechtsthemen lockten ihn. Julian änderte seinen Kleidungsstil und tauschte das legere Fetzige gegen das Konservative ein. Wie ein aristokratisches Söhnchen zog er sich an, wie ein Collegebubi aus Oxford kam er daher. Makellose Jeans oder helle Hosen, teure schicke Schuhe, hellblaue oder weiße Hemden, Polo-

Shirts, am liebsten mit Krokodil oder Golfer-Emblem, dunkelblaue Pullover aus feinster Schurwolle waren plötzlich seins. Gerade das Halstuch fehlte noch. Hätte Julian seinem Vater nicht so ähnlich gesehen und wären damals im Entbindungsheim nicht nur zwei Babys geboren worden, hätte Anna geschworen, einer Kinderverwechslung zum Opfer gefallen zu sein.

Paul, ein eingefleischter Sozialist, kannte seinen Sohn nicht mehr. Julian wirkte überheblich und nahm herablassende, elitäre Züge an. Maras alternative Freunde schienen nicht gut genug zu sein für den jungen Herrn. Er kritisierte viel und urteilte zu schnell. „Diese Phase wird vorübergehen", sagte Anna zu Paul, die diese Verwandlung nicht so ernst genommen hatte. Mitglied einer faschistischen Partei zu sein, hätte sie nicht akzeptiert. Anna sollte Recht behalten. Die Zahl der Vorträge reduzierte sich, der Alkoholkonsum nahm zu. Die feinen Pinkel der christlichen Studenschaft soffen zu oft und zu viel. Das hielt Julian nicht aus, und er verabschiedete sich, an Erfahrung reicher, von diesem Verein.

Nie würde Anna den Anruf von Mara vergessen, als sie fröhlich erzählte, auf dem Weg ins Kino zu sein. Anna solle raten, in welcher Gesellschaft sie sich gerade befinde. Sämtliche Freunde zählte sie auf, und als Mara den Satz, „Ich bin mit meinem Bruder zusammen", in den Hörer lachte, fiel großer Ballast von ihrem Herzen.

6 | Trauerratschläge / Tanz / Astrologie / Nachbarsbaby / Ostern / Traum

„Sei froh, dass du noch eine Tochter hast", hörte Anna oft. Natürlich war sie dankbar dafür, trotzdem fehlte ihr Sohn. Und selbst, wenn sie mit einer Kinderschar gesegnet wäre, würde sie ihn vermissen. Natürlich wusste Anna, dass die Menschen, die das sagten, es gut mit ihr meinten, dass der Satz sie trösten sollte. Doch dieser Satz spendete ihr keinen Trost, im Gegenteil, er sorgte für Aggression.

„Du musst ihn loslassen, deinen Sohn, das wäre gut für seine Seele und für dich." Auch dieser Ratschlag, den Anna immer wieder zu hören bekam, von Menschen, die keine Ahnung hatten, wie es ist, ein Kind zu verlieren, regte sie auf. „Wie stellt ihr euch das vor? Neun Monate hab ich meinen Sohn unterm Herz getragen, ihn geboren, ihn behütet, versorgt, erzogen, gefördert, begleitet fast 24 Jahre. Und ein paar Monate nach seinem Tod soll ich ihn loslassen, einfach so. Wie bitte soll das gehen? Gibt es da irgendwo einen Knopf, den man drückt, von dem ich aber nichts weiß?", fragte Anna genervt. Meist wussten die Guten-Ratschlag-Geber nach dieser Frage keinen Rat.

Auch der Vorschlag, in Therapie zu gehen, wurde ihr oft nahe gelegt. „Was soll ich dort? Ein Therapeut kann mir meinen Schmerz nicht nehmen. Ich trauere um meinen Sohn, ist das so schwer zu verstehen?"

„Ich weiß nicht, was ich täte, sollte mir so etwas passieren." Bei diesem Satz verfiel Anna in eine Krise. Sie verstand einfach nicht, warum man vor ihr solche Worte aussprach. Es klang, als würden diese Satzaussprecher ihre Kinder mehr lieben als Anna ihren Sohn und sich umbringen vor Gram. Niemand kann beziehungsweise will sich den Tod eines eigenen Kindes vor Augen führen. Was sich jedoch Menschen mit diesem unsensiblen Satz von Anna erwarteten, entzog sich ihrer Vorstellungskraft. Kapiert ihr nicht, dass ein Teil von mir mitgestorben ist, wollte sie oft schreien. Stattdessen wandte sie sich ab und zog sich mehr und mehr zurück.

Viele Situationen gab es, die Anna einen Stich versetzten. In der Buchhandlung zum Beispiel, als sie ein Buch bestellte und die Verkäuferin ihren Namen in der Kundenliste runterscrollte. Alle Bachmanns flimmerten auf. Es war, als würde ein Pfeil ihr Herz durchbohren, als sie den Namen Bachmann Julian las. Soll ich ihr sagen, dass sie diesen Namen löschen kann, weil der Mensch mit diesem Namen nicht mehr lebt, weil dieser Mensch kein Buch mehr braucht? Sie drehte sich um, wischte ihre Tränen weg und sagte nichts.

Oder als ein Herr, den Anna vom Theater kannte, sie angesprochen hatte. Wie es ihren Kindern gehe, was ihr Sohn mache, wie alt ihre Tochter sei, fragte er in einem Atemzug. „Mein Sohn ist tot, meine Tochter 21 Jahre alt", entfuhr es ihr und haltlos begannen die Tränen zu fließen. Er hatte nichts davon gewusst, es tat ihm Leid, am liebsten wäre er im Erdboden versunken.

Oder wenn Anna unvermutet auf Julians Freunde traf, sie beobachtete, wie sie miteinander vergnügt kommunizierten und gestikulierten. Warum kann Julian nicht unter ihnen sein, fragte sich Anna dann, den Tränen nah.

Im Theater spielte die Münchner Band „Stimulators." Seit Jahren gab sie in regelmäßigen Abständen ein Konzert. Die Bandmitglieder gehören zu jenen Künstlern, mit denen Anna eine Freundschaft verband. Mit ihrer Musik, einer Mischung aus Latin, Blues, Reggae und Rock bringen sie den Saal zum Kochen. Anna, die keine Vorstellung mehr besucht hatte, seit Julian gestorben war, hatte vor, einen Abend zu versuchen. Sie setzte sich auf die Stufen und hörte sich die ersten Nummern an. Die Besucher tanzten vor Freude und Ausgelassenheit. Diese von unbändiger Fröhlichkeit getragene Stimmung hielt Anna nicht aus. Die lachenden Gesichter, deren Träger vor Unbeschwertheit strotzten, ertrug sie nicht. Warum könnt ihr so glücklich sein, wollte Anna schreien und verließ voller Tränen das Haus.

Früher tanzte Anna oft und gern. Den Körper spüren, mit der Musik verschmelzen, Kraft und Energie tanken und verteilen, das Leben bejahen, Freude, Lust empfinden und versprühen. All diese Attribute beinhaltet der Tanz, der zu Annas Leben gehörte. Nun tanzte und lebte sie nicht mehr, sie vegetierte und funktionierte.

Anna hatte letzte Weihnachten für Mara und Julian ein Horoskop erstellen lassen wollen. Es sollte zu einem tieferen Verständnis der Lebensgeschichte führen, Aufschluss über die eigene Persönlichkeit geben, als Hilfestellung für die Zukunft dienen. Doch dann starb Julian, und Anna schob die Gedanken daran beiseite.

In letzter Zeit dachte Anna wieder vermehrt daran. Bevor sie für Mara ein Horoskop erstellen ließ, wollte sie eines für sich. Sie rief Claus Riemann an, einen renommierten Astrologen und Psychotherapeuten, auf den sie im Herbst gestoßen war. Claus, der sich vage an Anna erinnerte, wirkte freundlich und unkonventionell. Er schrieb sich die Geburtsdaten auf und teilte ihr mit, dass er in ein paar Wochen die besprochene Kassette schicken werde.

Gerade als sich Anna wieder einmal in eine Krankheit flüchtete, erhielt sie das Paket. Verblüfft hörte sie, wie treffend, ausführlich und umfangreich Claus über sie erzählte. Seine außergewöhnlich angenehme Stimme und bilderreiche Sprache weckten die Neugier in ihr. Den will ich kennen lernen, beschloss Anna und vereinbarte einen Termin.

Ein wenig aufgeregt machte sie sich auf den Weg zu ihm ins Nachbarland Bayern, einige Kilometer von ihrem Zuhause entfernt. Ein regelrechtes Idyll fand sie vor, als sie einbog in seinen Hof. Pferde grasten in Eintracht, von einem Hund wurde sie begrüßt, ein Naturgarten, umringt von Bäumen und Büschen, umsäumte das Haus. Mit einem verschmitzten Lächeln kam er ihr entgegen, etwas grobschlächtig von Gestalt, mit freundlichen Augen. Er sieht Gerard Depardieu ähnlich, dachte Anna, während Claus sie in seine Arme nahm und herzlich drückte. Dieser Mann war ihr vertraut von Anfang an. Sie setzten sich ein wenig abseits vom Haus auf zwei Stühle mit einem kleinen Tisch, mitten im wildgewachsenen Garten. Es dauerte nicht lange und Annas Tränen flossen. Und während der Erzählung über ihren Sohn füllten sich auch die Augen von Claus mit Tränen. Ein wenig überrumpelt und überfordert fühlte er sich und wusste vorerst keinen Rat.

Nach längerem Schweigen berichtete Claus von seinen Seminaren in der Toskana, wo er geführte Traumreisen, Meditationen, Tanz und Astrologie anbot. Zu Pfingsten werde das nächste stattfinden. Die Menschen, die daran teilnehmen, seien ungezwungen und nett. Anna würde gut hineinpassen in die Gruppe, meinte er. Eine Frau, die auch ihren Sohn verloren hat, sei dabei. Annas Schmerz werde nicht vergehen dadurch, aber vielleicht könne sie ein wenig Kraft tanken in dieser Umgebung, die so traumhaft und schön sei. Anna wollte es sich überlegen und mit Paul absprechen. Sie schwiegen einen Augenblick, drehten sich eine Zigarette und tranken Wein.

Dann erzählte Claus, wie er nach einem Pferderennen vor dem Zubettgehen nach seiner Mutter sehen wollte. Diese hatte gerade einen Schlaganfall erlitten und wäre ohne sein Eintreffen gestorben. So habe er sie gerettet, nun sei sie halbseitig gelähmt und ein Pflegefall. Wieder schwiegen sie und rauchten.

Jeder hat sein Schicksal und muss damit leben, dachte Anna. Sie mochte Claus, der sich nicht wie ein Guru präsentierte. Ein fundierter Astrologe, eine Persönlichkeit, ein positiv denkender Mensch, der seine Laster nicht verschwieg. Der tut mir gut, in seiner Gegenwart fühl ich mich wohl, dachte Anna und wusste, dass sie mit in die Toskana wollte.

Alles, was ihr helfe, solle Anna machen, meinte Paul in seiner großzügigen Art, nachdem sie ihm von Claus und seinem Seminar erzählt hatte. Paul, ein Rationalist, bodenständig und schnörkellos, der sich weder für Spiritualität noch für Astrologie interessierte, legte Anna nichts in den Weg. Dafür liebte und achtete sie ihren Mann, und Anna meldete sich zum Pfingstseminar in der Toskana an.

Die Tage zerflossen, die Menschen hasteten, jeder hatte viel zu tun. Für jeden ging das Leben normal weiter, für Anna nicht, sie blieb in ihrer Langsamkeit. Ihr Temperament und ihre Energie waren ihr abhanden gekommen. Kochte sie früher mühelos für 20 Personen oder malte ihr Wohnzimmer so nebenbei aus, so fiel es ihr nun schwer, sich aus ihrem Bett zu bewegen. Ein Telefonat oder ein Einkauf war mit unendlichen Mühen verbunden, für die Hausarbeit brauchte sie fünfmal so lang.

Noch immer verging kein Tag ohne Gedanken an ihren Sohn, kein Tag, an dem sie nicht weinte. Die Menschen da draußen schienen mit anderen Dingen beschäftigt zu sein, und vorbei waren die Gespräche über ihren Sohn.

Stundenlange Spaziergänge und der tägliche Friedhofsbesuch wurden Bestandteile von Annas Leben. Immer wieder entdeckte sie Kerzen, Blumen oder Steine am Grab, von unbekannter Hand hingelegt.

Anna hörte oft das von Bauchweh geplagte Nachbarsbaby schreien. Dann ging sie hinüber zum kleinen Daniel, der als Frühchen im Februar das Licht der Welt erblickt hatte. So winzig klein war er, der arme Wurm, der sich vor Schmerzen wand. Und Anna hielt ihn im Arm, und während sie versuchte, ihm die Winde zu entlocken, dachte sie an ihren Sohn. Auch Julian hatte dieses typische Bubenproblem gehabt. Und wenn nach Massieren, Klopfen und Hüpfen endlich ein Wind abging, wurde er begleitet von verzückten Tönen, Lauten und Worten. „Ah, oh, bravo, super, toll", unbändig, diese mütterliche Freude. Doch kaum werden sie älter, werden sie gescholten dafür. Vielleicht furzen Männer deshalb so ungeniert, weil sie im Säuglingsalter so angefeuert wurden, dachte Anna und sah Julians Gesicht vor sich, wenn ihm vor ihr einer ausgekommen war, wie er zu sagen pflegte. Wie er seine Mutter angrinste, wenn sie schimpfte. „Wenn´s Popscherl brummt, is´

Herzerl g´sund", lautete sein Spruch. Welche Ironie des Schicksals. Was würde Anna dafür geben, würde Julians Herz schlagen und er neben ihr furzen. Eine Salve von Julianfurzen würde sie zum glücklichsten Mensch dieser Erde machen.

Die ersten Ostern ohne Julian, 123 Tage waren vergangen seit seinem Tod. Annas Bruder Michael hatte die Familie zu sich ins Waldviertel eingeladen. Unaufhörlich weinte der Himmel, als hätte sich das Wetter Annas Stimmung angepasst. Gerade familiäre Zusammenkünfte hielt Anna schwer aus, wenn alle versammelt waren, alle, außer ihm. Julian hatte bei keinem Fest gefehlt und seine um Jahre jüngeren Cousins und Cousinen, die ihn abgöttisch geliebt hatten, hatten zu ihm aufgeblickt. Julian hörte sich ihre Kleinkinderprobleme an, balgte mit ihnen herum oder spielte mit bewundernder Ausdauer DKT.

Nach außen versuchte Anna tapfer zu sein, doch im Innersten brannte der Sehnsuchtsschmerz, der sich eingenistet und sein Lager für einen endlosen Aufenthalt aufgeschlagen hatte.

Anna wurde krank geschrieben. Nach ihrem Arztbesuch fuhr sie ins Büro, um die Veranstaltungstermine der Presse zu senden. Anna fühlte sich nicht gut dabei, Leo schon wieder die Krankmeldung unter die Nase zu halten. Ihr Chef beruhigte sie, zeigte Verständnis, sie solle auf sich schauen. Leo fragte Anna, ob sie schon wisse, was sie zu tun gedenke in dem Jahr, in dem das Theater umgebaut werde. Sie hätte weder Kraft noch Energie, um an die Zukunft zu denken, sie werde sich eine Auszeit genehmigen, meinte Anna. Leos Tonfall hörte sich plötzlich rauer an, als er von einer Reportage erzählte, die er im Fernsehen gesehen hatte. Über eine Schauspielerin, die während der Probearbeit zur Witwe geworden war. Der Regisseur schonte sie nicht, und die Schauspielerin spielte trotz ihrer Trauer weiter. Die richtige Entscheidung, wie sich herausstellte, denn diese Frau machte Karriere, und ihre Persönlichkeit wurde gestärkt dadurch. Auch über das Schicksal eines gemeinsamen Freundes, dessen Frau an Krebs gestorben sei, ereiferte er sich. Wie beispielhaft der diese Situation gemeistert habe, merkte er an, so nebenbei. Anna solle sich eine Aufgabe suchen, die sie ablenke, riet er ihr.

Vorerst verschlug ihr Leos spontaner Monolog die Sprache. Was will er mir damit sagen, fragte sie sich. Erstens hatte sie kein tolles Engagement als Schauspielerin und würde sowieso vorübergehend in die Arbeitslosigkeit entlassen. Zweitens lehnte sie einen Verlust-Vergleich ab.

Natürlich war es für Leo nicht leicht, ständig einer gebrochenen Frau ausgesetzt zu sein, ständig in von Weinen gerötete Augen zu blicken. Natürlich meinte er es gut mit Anna und machte sich Sorgen um sie. Aber er hatte keine Ahnung, wie das ist, ein Kind zu verlieren, das auf einmal weg ist, nie mehr nach Hause kommt, mit dem man nicht mehr reden, geschweige denn, es umarmen kann. Seine Tochter, eine Freundin von Julian, lebte ja.

Anna hatte es satt, sich anhören zu müssen, wie ihre Trauer auszuschauen habe. Sich rechtfertigen zu müssen, wie, wie lange und wie intensiv sie trauern sollte. Und wenn ich mein Leben lang traure, geht das niemanden etwas an, dachte sie trotzig und gekränkt.

Anna verlangte von anderen Toleranz, was ihre Trauer betraf. Sie selbst jedoch war nicht tolerant, wenn es um Pauls Trauer ging. Sie verstand ihren Mann nicht, der nach so kurzer Zeit sein Leben lebte wie zuvor und wieder Freude daran zeigte. Anna warf ihm vor, dass er zu wenig um Julian trauere und nie ein Gespräch mit ihr suche. Sie hinterfragte Pauls Liebe zu seinem Sohn. Das ging zu weit. Paul wurde laut, ein Streit setzte ein, dem ein Gefecht mit Vorwürfen und Rechtfertigungen folgte. Es gäbe keinen Tag, an dem er nicht an Julian denke, beteuerte Paul. Er würde jedoch sein Gehirn nicht pausenlos mit Fragen über seinen Tod zermalmen. Wenn ihn der Schmerz einzuholen versuchte, wischte er die Gedanken darüber weg. Er wollte leben, und das normal. Und dazu gehöre das Umfeld, das Lachen, die Freude, fand Paul. „Glaubst du, Julian ist einverstanden damit, wie du daran zerbrichst, wie du eingeigelt in deinem Schneckenhaus deine Wunden leckst. Wie du immer einsamer wirst, weil du dich zurückziehst von dieser Welt. Hast du die Antwort darauf gepachtet, was richtig ist und falsch?"

Paul hatte Recht, ich darf nicht werten, dachte Anna. Nach jeder Versöhnung versprachen sie sich Toleranz und Achtung und sich mit keinerlei Vorwürfen zu belasten.

Eines wusste Anna nach diesem Gespräch: Paul hatte Julians Tod akzeptiert, sie noch nicht.

Traum:
8. Mai 2004
Julian war um die 10 Jahre alt, er wusste, dass er sterben musste. Gefasst und ruhig suchte er sich seine Kleidung aus, eine Jeansjacke war dabei, er lächelte. Paul ließ ein Bad ein, Anna zog Julian aus und stieg mit ihm in die Wanne. Sie hielt ihn wie ein Baby im Arm und wiegte ihn sanft im warmen Wasser. Julian schmiegte sich an Anna, schloss die Augen und starb.

7 | Urlaub am Meer / Traum

Mitte Mai fuhren Anna, Paul und Mara nach Male Losinj. Und irgendwie hatte Anna das Gefühl, dass sie jemanden vergessen hätten. Dieses Gefühl wurde sie nicht los bei ihrem Urlaub zu dritt. Die Sonne schien, das Meer war kalt, die Orte rüsteten sich für die Saison. Alles schien so klar, so frisch, so unverbraucht, so hoffnungsvoll. Nur Anna war es nicht. Es fehlte ihr die Leichtigkeit, die sie von früheren Urlauben her kannte. Auch Paul und Mara verhielten sich anders als sonst. Tief in Gedanken schien ein jeder in sich versunken zu sein. Die Tatsache des Beisammenseins an einem anderen Ort gab ihnen allen Kraft und tat ihrer Seele gut.

Das Quartier war einfach, die Landschaft schön, die Restaurants, in denen sie speisten, ausgewählt und fein. Der jährliche Tourismus hatte noch nicht Einzug gehalten in diesem Gebiet und sie genossen die Stille in den Orten und am Meer.

Anna und Paul kamen sich näher und traten wieder als Eltern auf. Und sie spürten, wie sich ihre Tochter in der elterlichen Geborgenheit wiegte.

Anna saß stundenlang am Meer und dachte über ihr Leben nach. Die Frage, warum gerade ihre Familie dieses Schicksal ereilt hatte, ging ihr nicht aus dem Kopf. Oftmals fühlte sich Anna bestraft, den Grund dafür konnte sie sich nicht erklären. Manchmal hörte sie nur zu, was das Wasser ihr erzählte. Sie liebte diesen regelmäßigen Wellengesang, der einmal heftig, einmal sanft an ihre Ohren drang.

Sie mochte den Wind, der ihren Körper zärtlich streichelte oder ihr ungestüm in die Haare fuhr. Sie liebte es sich nackt der Sonne hinzugeben, das nackte Eintauchen ins Meerwasser.

Als Anna am Rücken mit ausgestreckten Armen und Beinen sich in den Wellen wiegte und nur das Plätschern des Wassers vernahm, schloss sie die Augen, und die Erinnerungen ihres letzten gemeinsamen Urlaubs zogen vorbei.

Zu fünft waren sie im Jahr 2002 nach Rovinj gefahren, Anna, Paul, Julian, Mara und Magdalena, im achten Monat schwanger. Ein wunderbarer Urlaub, frei von Konflikten und Stress. Sie bewohnten ein Häuschen direkt am Meer, eine halbe Stunde Fußmarsch vom Zentrum weg. Tagsüber verbrachten sie die Zeit mit Lesen, Baden und Schnorcheln. Sie faulenzten am Felsenstrand und streckten ihre nackten Körper der Sonne entgegen. Abends spazierten sie in den Ort, aßen in den verschiedensten Tavernen, nahmen in der Felsen-Bar einen Drink zu sich oder spielten eine Runde Dart in der Bar. Manchmal ging Julian schon vor, um sich im Cafe ein Spiel der Fußball-Weltmeisterschaft zu gönnen. Sie hatten viel Spaß zusammen und freuten sich auf das Baby in Magdalenas Bauch. Der kleine Raffael, der gehörig strampelte, als wollte er schon heraus, zog ihre ganze Aufmerksamkeit auf sich. Von allen Seiten nahmen sie die Ausbuchtungen der Fußtritte, die ersten Boxversuche des Babys wahr, während sie die Hände auf Magdalenas drallen Babybauch legten.

Anna sah die fröhlichen Gesichter der Jugend, hörte ihr erfrischendes Lachen. Sie gaben eine schöne, glückliche Familie ab, und Anna zeigte sich dankbar und stolz.

Mit einem Schlag ist alles anders, dachte Anna wehmütig zurück. Und hätte sie nicht die Augen aufgeschlagen und das Kreisen der Möwen bemerkt, wären diese wohl herabgestürzt und hätten ihre gierigen Schnäbel in ihren Körper gehackt in der Meinung, ein Stück lebloses Fleisch vorzufinden.

Die Beruhigung, die ausging vom Meer, ließ in Anna den Wunsch aufkeimen, eine Zeit lang dort zu leben. Sie wollte über ihre Trauer, über ihr leer gewordenes Leben schreiben, nur für sich, zur Bewältigung von Julians Tod, als Therapie. Ich muss meine Gedanken loswerden, muss sie ordnen, dachte sie. Sie sah sich um, nach einem Haus, einer Wohnung, einem Zimmer und schrieb sich ein paar Telefonnummern auf.

Obwohl Julian fehlte, fuhren sie nach einer Woche Meeraufenthalt ein wenig gestärkt nach Hause.

Traum:
25.Mai 2004
Julian war krank. Anna nahm ihn auf ihren Schoß. Er klagte über Schmerzen. Anna wiegte ihn wie ein Baby und tröstete ihn. Annas Mutter nahm ihn ihr ab, auch sie versuchte zu trösten. Dann übernahm Paul seinen Sohn, anschließend hielt ihn Mara im Arm. Bei jeder Übergabe stöhnte Julian vor Schmerz. Im Hintergrund zog eine Krankenschwester eine Spritze auf, die Julian erlösen sollte. Alle wussten, dass der Abschied gekommen war. Niemand wollte den Zeitpunkt bestimmen. Alle weinten. Seine Gestalt wechselte während des Traums vom Kind zum jungen Mann.

Szenenwechsel:
Anna befand sich irgendwo in einer Gesellschaft. Sie dachte ständig an Julian. Als sie gefragt wurde, wie es ihr gehe, brach sie in Tränen aus und fragte sich, ob Julian die Todesspritze bereits bekommen hatte oder ob er noch lebe. Auf einmal wurde ihr bewusst, dass sie nicht bei ihm sei, wo sie eigentlich sein wollte. Panik und Angst schlichen sich ein, sie fühlte eine unendliche Leere.

8 | Theater / Bild / Traum

Vor dem Theaterumbau plante der Verein ein Abschlussfest. Die Vorbereitung dafür, mit viel Arbeit verbunden, lenkte Anna von ihrer Trauer ab. Alle unterstützenden Mitglieder und Sponsoren sowie alle Schauspieler, die im Laufe der Jahre bei Eigenproduktionen aufgetreten waren, wurden eingeladen zu diesem Fest. Auch sämtliche ehemaligen, ehrenamtlichen Mitarbeiter sollten vereint das alte Theater entlassen. Gerade in diesem kreativen Verein, in dem Personen mit den verschiedensten Charakteren engagiert ihre Freizeit miteinander verbrachten, eskalierte so manche Situation, und einige Vereinsmitglieder trennten sich im Streit. Anna war vom Wunsch der Aussöhnung beseelt. Wenn das alte Theater begraben wird, müssen die zwischenmenschlichen Diskrepanzen ausgeräumt und bereinigt sein, sonst bringt das neue kein Glück. Seit dem Tod ihres Sohnes hatte sich so manches in ihrem Leben relativiert, und gewisse Befindlichkeiten von gewissen Persönlichkeiten mit ihren kleinen Unzulänglichkeiten konnte Anna nicht mehr verstehen.

Es wurde ein schönes Fest, die Aussöhnung gelang, ein Filmzusammenschnitt über die gesamten Produktionen ließen die Theaterleute an die früheren Zeiten erinnern, und Anna dachte an den Anfang zurück. Wie sie mit Leo, den sie über Paul kennengelernt hatte, seine Liebe zum Theater teilte und ihm zum ersten Mal vorlas, in einem Abbruchhaus am Land. Anna wirkte in vielen Stücken mit. Anfänglich wurde in Turnsälen geprobt, in Gasthöfen und an verschiedensten Orten gespielt. Bis die Gemeindeväter ihnen den Zutritt zum Stadttheater gewährten. Mit den Einnahmen der Eigenproduktionen finanzierten sie Fremdveranstaltungen und gründeten einen Kulturverein. Auf die Dauer befriedigte sie die Benutzung des Stadttheaters nicht mehr. Die Neider unter den unzähligen Vereinen echauffierten sich, weil die Theaterleute das Theater okkupieren würden. Mit der Zeit fühlte sich die Gruppe eingeschränkt, die Abhängigkeit passte ihnen nicht. Der Wunsch nach einem eigenen Haus wurde laut. Und dann entdeckte Leo diese alte stillgelegte Fabrik, die sie für eine kurze Zeit angemietet hatten. Sie räumten die Halle aus, schrubbten, putzten sie und stellten alte Kinosessel auf. Im Winter heizten sie bereits am Nachmittag mit dem Kohleofen ein, der mit seinem Fabrikgebläse bis zum Abend das Theater erwärmte. In den Mauern, im Boden, überall lag verborgener Schmutz und Staub, und wenn sie probten oder spielten und sich schnäuzten, war das Taschentuch schwarz vor Dreck. Die Schauspieler hatten keine Garderobe, in einem überfüllten Lager ohne Heizung zogen sie sich um. Wurde jemand vor oder während der Aufführung von seiner Notdurft geplagt, musst er sich dieser in einem bereitgestellten Kübel entledigen, denn das WC befand sich im angrenzenden Haus. Die Theaterleidenschaft stand über den niedrigen Bedürfnissen.

Ein Funke dieser Leidenschaft sprang auf die Kinder der Schauspieler über und entfachte ein Feuer. Das Kindertheater war geboren, Kinder spielten für Kinder. Auch Julian und Mara wirkten mit und zeigten zu Annas Freude großes Talent.

Ein paar Jahre später wurde die Fabrik als Theater adaptiert, die Subventionen begannen zu fließen. Ausgestattet mit Dusche, WC, einer Künstlergarderobe und einem Lokal kamen sich die Protagonisten wie Könige vor. Noch immer war alles erlaubt, Nägel wurden eingeschlagen, der Boden angebohrt, ein Loch in die Decke gestemmt. Flexibel wurde die Bühne je nach Stück umgebaut, wie und wo man sie gerade wollte und brauchte. Viele Theaterstücke von nationalen und internationalen Autoren wurden mit professionellen Regisseuren erarbeitet und gelangten zum Erfolg. Auch Leo, der Kopf der Truppe, betätigte sich als Autor und führte Regie. Die Palette der zeitgenössischen Stücke umspannte einen Bogen von absurd, beklemmend, schaurig, komisch, witzig bis ernst. In zahlreichen Rollen in den verschiedensten Charakteren lebte Anna sich aus. Von der Hure bis zur verklemmten, von Psychosen verfolgten Person. Ich brauche keine Therapie, pflegte sie gerne zu sagen, ich lebe mich aus in der Schauspielerei.

Der Theaterbetrieb agierte immer professioneller. Regionale und überregionale Zeitungsmenschen interessierten sich und schrieben Kritiken. Die Proben dauerten bis tief in die Nacht. Es wurde improvisiert, viel diskutiert und philosophiert. Nach Probenschluss wechselten die Schauspieler von der Bühne ins Rathausstüberl, ihrem Lieblingslokal, in dem sie nach Mitternacht noch warmes Essen bekamen. Und zeitweise versumperten sie bis in die frühen Morgenstunden. Da kam es schon vor, dass sich Anna und Paul die Türklinken in die Hand drückten. Anna, die gerade von der Probe nach Hause kam, Paul, der sich auf dem Weg in die Frühschicht befand. Anfangs hatte Paul ein Problem damit, Annas Provinzschauspielerleben zu akzeptieren. Nachdem sie aber die Mutterrolle nicht zu vernachlässigen gedachte und er einsah, dass Anna das Theater wie die Luft zum Atmen brauchte, unterstützte er sie dabei.

Diese alten Gemäuer mit ihren vielen Geschichten hinterließen Spuren. Spuren der Freude, des Erfolges, der Konfrontation, aber auch des Streites und der damit verbundenen Demütigung. Vieles hätte man sich ersparen können, einiges trug zur Reife bei. Dieses bunte Theaterleben jedoch hätte Anna nie missen wollen. Wäre sie nicht von der Trauer um ihren Sohn umhüllt gewesen, hätte der Abschied sie wehmütig gestimmt.

Und als sie dann mit Paul tanzte, zu der Nummer „Knock, knock, knockin`on heaven`s door", flossen die Tränen. Paul hielt Anna fest im Arm. Sie drückten sich eng aneinander, und Anna folgte vertraut seinem Schritt. Auch Paul hatte Tränen in seinen Augen, und wortlos trauerten sie gemeinsam um ihren Sohn. An diesem Abend tanzte Anna das erste Mal, seit Julian gestorben war.

Am nächsten Tag lag ein wunderbares Blumengebinde, ganz in Weiß, vor der Tür mit einem Brief. Ein befreundetes Ehepaar, das Anna und Paul beim Tanzen beobachtet hatte, ließ es überbringen. Sie waren bewegt von der Traurigkeit, der Verzweiflung, aber auch von der ausgehenden Kraft, die sie spürten. Ihre Herzen seien bei ihnen, schrieben sie. Gerührt legte Anna die Blumen auf Julians Grab.

Anna litt an Schlafstörungen, ihre Menstruation war ausgeblieben seit jenem Tag, an dem Julian gestorben war. So, als würde für ein weiteres Gebären ein Riegel vorgeschoben, als wäre ihr kein neues Kind mehr vergönnt. Anna hatte es ohnehin nicht vor. Es gibt keinen Ersatz für Julian. Der Menstruationsverlust kam ihr gelegen. Ich hab mein Leben schon genug geblutet. Die Sache mit dem Schlaf jedoch beeinflusste ihr Leben. Entweder konnte sie nicht einschlafen oder sie wurde munter in der Nacht. Anna wälzte sich im Bett, ihre Gedanken drehten sich im Kreis, sie spulte ihr Leben ab, stets endend mit dem Standbild von Julians totem Körper. Bevor ihr leises Weinen in ein lautes umschlug, stand sie auf, um Paul nicht zu wecken. Anna setzte sich in die Küche, fasste ihre Gefühle in Worte und fütterte den Laptop damit. Das Schreiben beruhigte sie, ließ sie müde werden, und für einige Stunden fand sie den Schlaf.

Anna bekam ein Bild geschenkt von einer ihr unbekannten Frau. Folgende Geschichte hatte sich zugetragen:
    Einen Monat, bevor Julian gestorben war, überraschte Anna ihre Jugendfreundin Susanna, eine Goldschmiedin, in ihrem kleinen Juweliergeschäft am Hauptplatz in Linz. Beim Betrachten der Bilder, die Susanna als Leihgabe hängen hatte, blieb ihr Blick an einem haften. Ihr gefiel ein Mandoline spielender Harlekin mit traurigem Gesicht. Ein Linolschnitt von Josef Fischnaller, einem oberösterreichischen Künstler, der vor vielen Jahren in Annas Heimatstadt gewohnt hatte. Anna erinnerte sich.
    Noch unbekannt in Künstlerkreisen, lebte er sehr bescheiden mit seiner großen Familie dort. Anna war mit einer seiner Töchter

zur Schule gegangen, und manchmal durfte sie mit nach Hause zu ihr. Fasziniert war Anna von der Künstlerpersönlichkeit, die so anders war als die meisten Väter. Obwohl er kaum mit ihr gesprochen hatte, fand Anna ihn damals schon interessant. Ihr Vater hatte dem Künstler ein Gemälde in Öl abgekauft. Es stellte die Heilige Familie dar, Josef führt den Esel, auf dessen Rücken Maria mit ihrem Kind Platz genommen hat. Ein wunderbares Bild, das im Elternschlafzimmer seinen Platz erhielt.

Ein halbes Jahr später, als die Dame ihre Bilder abholte, die sie Annas Freundin als Leihgabe anvertraut hatte, erkundigte sie sich, ob sich jemand interessiert hätte. Susanna erzählte von Anna und ihrer Liebe zum Harlekinbild. „Dann soll es ihr gehören, ich schenke es ihr", sagte die Mäzenin knapp. Anonym zu bleiben wäre die einzige Bedingung, die sie stellte, als sie Susanna das Bild aushändigte.

Es gibt tatsächlich noch Menschen, die einfach so geben und andere Menschen glücklich machen.

Traum:
13. Juni 2004
Auf dem Weg zu Julians Grab begegnete Anna einer aufgeregten Menschengruppe. Anna versuchte, ohne aufzufallen daran vorbeizugehen. Kurz sah sie nach rechts, grüßte hastig und bemerkte eine befreundete Ärztin. Auch von ihr wollte sie unbemerkt bleiben. Am Friedhof stand eine riesige Leichenhalle, gefüllt mit vielen Gräbern. Julians Grab befand sich ebenfalls dort, es war vollkommen mit Wasser überschwemmt. Die Gruppe war Anna gefolgt. Sie hörte eine aufgeregte Stimme: „Das ist Julians Grab, es ist auch überschwemmt!"

Der Sarg schaukelte im Wasser, der Deckel war weg, Julian lag darin, genau so, wie sie ihn damals tot gefunden hatte. Auf einmal bewegte er seinen Mund, alle erstarrten. Anna stand davor und rief: „Julian lebt!" Die Ärztin beugte sich zu ihm und hauchte ihn an. Julian hustete ein paar Mal dezent, machte die Augen auf, das Blut im Körper begann zu pulsieren. Er sah die Menschen lächelnd an. Wieder vernahm Anna eine Stimme: „Ich kenne auch einen Menschen, der wieder lebendig wurde."

Anna erblickte in der Menge einen Freund, dessen Sohn drei Monate nach Julians Tod gestorben war. Der verwaiste Vater schenkte ihr einen tiefen Blick.

Dann nahm sie Julian in die Arme, drückte und küsste ihn und fühlte sich als der glücklichste Mensch der Welt. Neugierig wollte Anna wissen, wie es drüben sei. Der geschwächte Julian bat um etwas Geduld.

Anna erwachte aus ihrem Traum. Als sie realisierte, dass sie geträumt hatte, sank sie voller Traurigkeit in ihr Kissen zurück und schlief wieder ein. Sie träumte die Fortsetzung weiter:

Anna und Paul übersiedelten in eine Wohnung mit zwei großen, leeren Räumen. Kleidungsstücke lagen verstreut herum, die Küche stand halb im Freien, alles hatte einen schäbigen Touch. Das dazugehörende Grundstück bestand aus lauter Abhängen. Als Anna vor die Haustüre trat, traf sie eine Freundin der Mutter. Irritiert über Annas Fröhlichkeit wurde diese ins Haus gebeten. Anna erzählte von dem Wunder und führte sie zu Julian. Teilnahmslos saß er da, ließ sich von seiner Oma füttern und wickeln.

Anna fiel es wie Schuppen von den Augen: Julian hatte eine geistige Behinderung, darum konnte er nichts von drüben erzählen. Anna hatte sich Julian sehnlichst herbeigewünscht. Als hätte sich ein Fluch über diesen Wunsch gelegt: Da hast du deinen Sohn, der Preis dafür ist seine Behinderung.

Anna drückte Julian an sich, sie wusste nicht genau, was ihr lieber gewesen wäre. Die Eingeschränktheit eines solchen Lebens wurde ihr soeben bewusst.

Anna wachte auf, sie spürte Erleichterung.

9 | Toskana I

Kurz bereute Anna die Entscheidung, in die Toskana zu reisen. Am liebsten wäre sie umgekehrt, als Paul sie zu Claus brachte, doch es war bereits zu spät. Es war die erste Reise allein, seit Julian gestorben war. 176 Tage waren vergangen. Claus signalisierte ihr am Telefon, dass er Ruhe brauche nach einem anstrengenden Familienfest, das er hinter sich hatte. Dass er überschwemmt sei und vorerst lieber allein gefahren wäre. Aus welchen Gründen auch immer zeigte er sich dann doch bereit, Anna mitzunehmen auf diesem langen Weg.

Zu ihrer Verwunderung war Claus gesprächig und stellte ihr viele Fragen. Sie unterhielten sich ausgezeichnet bis zur Grenze, wo sie Halt machten, Cafe tranken und die Seiten wechselten. Anna chauffierte nun Claus, der froh darüber war. Er hatte nach dem Familienfest auch noch auf seine Pferde zu wetten. Und ein Tag auf der Trabrennbahn zehrte sehr an der Substanz. Wenn die Spannung stieg, brauchte man zur Beruhigung ein Bier, nach jedem Rennen benötigte man wieder eins oder mehr, egal ob man gewonnen oder verloren hatte. Und meistens traten zehn Formationen an.

Es dauerte nicht lange, bis Claus vernehmbar zu schlafen begann. Die eingetretene Ruhe fand Anna ganz angenehm, der Verkehr ohne LKWs zog sich fließend dahin. Sie gewöhnte sich schnell an den Geländewagen, in dem zu thronen ihr gefiel. Sie schaltete den Tempomat ein und legte eine CD ein. Die Musik übertönte die Schnarchgeräusche von Claus. Anna ließ sich treiben in ihrer Gedankenwelt. Worauf bitte, lasse ich mich da jetzt ein, dachte sie und ein ganz klein wenig wurde ihr bang. Hoffentlich tanzen da nicht diese esoterischen Jungfern an, die mit dem ewig grinsenden Gesicht, die in Vollmondnächten den Fruchtbarkeitstanz vollziehen, die alle Menschen lieben und in einem unverkennbar säuselnden Ton gute Ratschläge geben. Auch wenn sich Anna vermehrt für Spiritismus interessierte, viel bewusster ihr Leben gestaltete, demütig geworden war, hielt sie dennoch die Menschen nicht aus, deren esoterische Gesinnung man schon an der Nasenspitze erkennen konnte.

Die Fahrt Richtung Grosseto dauerte Stunden, kurz vor dem Ziel erwachte Claus. Auf Italiens angeblich schönstem Autobahnrastplatz hielten sie an, labten sich an herzhaft belegtem Ciabattabrot und einem Glas Wein und genossen die Aussicht, die den Ausschlag für diese Auszeichnung gab.

Fit und ausgeruht übernahm Claus das Steuer. Anna, müde von der langen Fahrt und ihren Gedanken, fühlte sich zu aufgekratzt für den Schlaf. Stattdessen konnte sie sich nicht satt sehen an diesem atemberaubenden Land. Sanfte Hügel, in Grünschattierungen mit Zypressen bestückt, wechselten sich mit dem offenen goldgelben Getreideland ab. Fruchtbare Gebiete mit Obst- und Gemüseanbau, Weinberge, Steilhänge voll von Buschwerk mediterraner Natur. Das Auto schlängelte sich in Kurven den Berg hinauf, während die Sonne im Meer versank. Hin und wieder säumten Kastanienbäume den Weg, doch diese malerische Landschaft war von Olivenbäumen geprägt. Überreste von etruskischen Siedlungen tauchten auf, mittelalterliche Dörfer, auf vulkanischem Tuffstein gebaut, ragten über die Täler.

Es war Abend geworden, als sie das Ziel erreichten. Schon beim Aussteigen inhalierte Anna die milde, nach Kräutern duftende würzige Luft. Claus trug ihren Koffer ins Haus, begrüßte das Gastgeberpaar auf Italienisch und tauschte sich kurz mit ihnen aus. Dann ließ er Anna allein. Er wurde bereits von Frau und Tochter erwartet, in seinem eigenen kleinen Haus, mitten in einem Olivenhain.

Das Seminar begann erst am nächsten Tag, und Anna schien der erste Ankömmling zu sein. Das war ihr recht, so konnte sie sich in Ruhe herantasten an die neue Situation.

Claus hatte nicht übertrieben, sie fühlte sich benommen von der Schönheit und Wildheit dieses Landes. Seit Julians Tod sah Anna zum ersten Mal wieder bunt. Sie goutierte ihr Zimmer, das einfach, jedoch geschmackvoll ausgestattet war, und richtete sich ein. Anschließend ging sie auf Erkundungstour. Der Blick von der Terrasse reichte über die Täler bis zum Meer. Überwältigt von dieser betörenden Vegetation, den mannigfaltigen Blumen, den blühenden Kakteen, registrierte sie die Rückzugsmöglichkeiten in Form von Nischen mit Bänken, Hängematten, Liegestühlen und erfreute sich an den unzähligen liebevollen, witzigen Details. An einem Baum hingen Glocken, an einem Strauch bunte, spiralförmige Gebilde, die sich drehten im Winde. Ein Brunnen war verschlossen mit einem Gitter, daneben kämpften zwei nackte Ritter mit Schild, Schwert und Helm, während gegenüber gelassen ein rostiger Wecker in Alarmbereitschaft lauerte. Alltagsgegenstände mit neuer Aufgabe dominierten den Platz. Eine ausgediente Lebensmittelwaage leuchtete aus einem Eck, rot gestrichen, drapiert mit einer Pflanze drauf. Eine Badewanne zwischen zwei Sträuchern versteckt, Nähmaschinen, die als Tische dienten, alte Wasserkessel mit Blumen drin. Auf einer Bank zwei Schaufensterpuppen, ohne Kleider und Hosen, in einer Stört-uns-nicht-Pose. Der Mohn blühte, Katzen und Hunde räkelten sich faul im Gras, und in die Stille hinein dominierte das Zirpkonzert mit der toskanischen Grillensymphonie. Wie im Paradies, dachte sich Anna.

Die Abendkühle ließ sie frösteln, sie wickelte sich in eine Decke ein und legte sich in die Hängematte. Und während sie sanft schaukelte, weinte sie. Sie weinte vor Glück, dass sie diese Schönheit erleben durfte, und sie weinte aus Sehnsucht um ihren Sohn.

Es war schon spät, so zehn Uhr abends, Anna wiegte sich noch immer in der Matte, als sie einen Wagen kommen hörte. Sie vernahm Stimmen, Schritte und Lachen. Autotüren wurden zugeschlagen. Die Neugier trieb sie zum Haus. Als sie die Stufen hinuntersprang und sich ein „Hallo" löste, blickten sie zwei Augen an. Augen, die ihr ein wohliges Gefühl bescherten, Augen, die ausgelassen das Leben bejahten, Augen, die Verständnis signalisierten, Augen, denen man vertrauen konnte. In diesem Augenblick funkte es, und eine Freundschaft begann. Eine Freundschaft, verbunden mit Trauer und Lust, wie man sie sich schöner nicht vorstellen kann. Sie machten sich kurz bekannt, Kristin war ihr Name.

Noch eine Frau mit ihrer Tochter war dabei. Die drei kamen direkt aus München, hungrig und durstig, von der Fahrt geschlaucht, wollten sie ein Lokal aufsuchen. Ob Anna mitkommen wolle, fragte Kristin. „Natürlich", sagte sie.

Und als sie in einer netten Taverne gerade noch etwas zu essen bekamen, erzählte jede ein wenig von sich. Andrea, die andere, die sichtlich stolz ihre Tochter Selma präsentierte, fragte Anna, ob sie auch Kinder hätte. Und kaum war diese leidige Frage formuliert, flossen wie immer ihre Tränen. „Eine Tochter hab ich, vor einem halben Jahr ist mein Sohn gestorben", presste sie heraus. „Halleluja!", vernahm sie aus Kristins Mund, „Du bist das also!" Claus hatte sie informiert. Es war totenstill, Betroffenheit hüllte die Frauen ein. Es dauerte, bis sich Kristin wieder gefangen hatte. „Ich werde da sein für dich, ich kenne den Schmerz." Sie war also die andere Mutter, die auch ihren Sohn verloren hatte. Das war gut, ein Erleichterungsseufzer stellte sich ein. Anna wollte im Moment nicht mehr darüber reden und wechselte das Thema.

Die nächsten Vormittage und Abende waren ausgefüllt mit Traumreisen, Märchen, Tanzen und Zeichnen, von Atem-, Dynamischer- oder Kundalini-Meditation. Die Nachmittage gehörten dem Meer.

Das Seminarhaus lag am höchsten, schönsten Punkt des Gartens. Die vordere verglaste Front gab den Blick frei auf das herrliche Tal. Claus legte am Beginn jeder Einheit Musik mit Power ein. Anna tanzte, das zweite Mal seit Julian gestorben war. Sie tanzte wild, stets mit Blick auf die Landschaft gerichtet. Sie tanzte sich die Trauer, Wut, Verzweiflung, Verletzung heraus, eine echte Freude spürte sie nicht. Und dennoch tat ihr das Tanzen gut.

Sie fand sich in den Traumreisen und den Märchen wieder mit Themen und Gefühlen, die zurzeit ihr Leben beherrschten. Sinnlosigkeit, Hilflosigkeit, Schmerz, Verlust, Trauer, Kindheit, Hoffnung und Zeit. Alles drehte sich um ihren Sohn und dessen Tod. Anna besaß kein Zeichentalent, das war egal. Mit einer Selbstverständigkeit fiel ihr zu jeder Traumreise oder zu jedem Märchen, ohne lange zu überlegen, etwas ein. Früher hätte sie solche Seminare belächelt, nun ergaben sie einen Sinn.

Anna nutzte die Möglichkeit zum Rückzug. Manchmal, wenn die Seminarteilnehmer sich anschließend ein Glas Wein vergönnten, verließ sie die Gruppe, legte sich in eine Hängematte, betrachtete die zum Greifen nahen Sterne und weinte. Auch in den Nächten in ihrem Bett wurde sie gebeutelt von ihrem Schmerz, immer wieder und wieder.

Sobald sie das Mittagessen eingenommen hatten, fuhren sie ans Meer. Kilometerlanger, menschenleerer Strand, so weit das Auge reichte. Es war Vorsaison, es herrschte noch Ruhe wie vor dem Sturm. Sehr angenehm, dachte sich Anna und verglich die Situation mit ihrem Urlaub am Meer in Mali Losinj.

Mammadu, ein Schwarzafrikaner, der seine Korbwaren, Schmuck und seine Tücher seit Jahren im Strandcafe verkaufte, wurde von den Langzeitseminarteilnehmern aufs Herzlichste begrüßt. Wenn er lachte, strahlten die weißen Zähne aus seinem schwarzen Gesicht. Mit ihm, Claus und Hans, einem Seminaristen, spielte Anna Tischfußball. Und als sie mit Hans nach einem spannenden Match gegen Claus und Mammadu gewann, lachte sie und spürte eine unbändige Freude dabei. Auf dem Weg zurück ins Haus erzählte Anna Claus, dass sie seit Julians Tod nicht mehr so gelacht hätte wie an diesem Tag. „Wenn es dir wieder schlecht geht und du keinen Ausweg weißt, denk an diesen Augenblick", riet er ihr.

Mit Kristin unternahm sie stundenlange Strandspaziergänge. Sie erzählten von ihren Söhnen und sprachen über ihre Trauer. Sebastian war 24 Jahre alt gewesen, als er sich für den Tod entschied. Er litt an Depressionen. Obwohl seine Mutter jede Möglichkeit in Bewegung gesetzt hatte, um ihm die nötige Hilfe zu verschaffen, lief Sebastian mit offenen Armen in einen Zug. Auch Kristin hatte lange ihren Körper nicht gespürt, auch sie hatte die Phrase des Loslassens hassen gelernt, die von jedermann gepredigt wurde. Endlich wurde Anna verstanden.

Die Gruppe war homogen, bis auf eine Person. Die hatte auch Claus vorher nicht gekannt. Dauernd meckerte sie, nichts passte ihr. Eines Tages verlautbarte sie in der Gruppe, dass sie vom Schicksal zweier Mütter gehört habe, die ihre Söhne verloren hätten. Sie wünschte, dass darüber gesprochen würde. Anna schluckte, ihr Körper fing zu zittern an. Auf keinen Fall wollte sie vor versammelter Mannschaft über ihr Leid erzählen. Sie befand sich doch nicht in einer Gruppentherapie. Anna wartete ab, wie Claus diese prekäre Situation zu meistern gedachte. Der sagte dieser aufdringlichen Frau klipp und klar, dass es sich bei seinem Seminar nicht um eine Gesprächstherapie handeln würde. Und wenn sie etwas erfahren wolle, solle sie die Personen, um die es geht, nach der Seminareinheit direkt fragen. Nach diesem unmissverständlichen Statement begann sich Anna zu entspannen und dankte Claus mit einem verschwörerischen Blick. Die Teilnehmerin verließ die Gruppe, in der sie sich angeblich nie wohl gefühlt hatte. Keiner weinte ihr eine Träne nach.

Durch Claus lernte Anna eine Taverne kennen, in der fast ausschließlich Einheimische verkehrten. In Francos Fischlokal bog sich der Tisch. Nach einer Reihe von Antipasti folgten Speisen von feinstem Fisch und Meeresgetier, sämtliche Variationen von Dolcis wurden serviert. Dazu gab es guten Tischwein und Schnaps in Hülle und Fülle. An diesem Abend, in ausgelassener Stimmung, versuchte Anna sich treiben zu lassen. Für ein paar Stunden verschwanden die Gedanken an Julian, doch nicht ohne das damit verbundene schlechte Gewissen.

Am letzten Seminartag, als Abschluss, setzten sich jeweils zwei Personen gegenüber, um die Woche Revue passieren zu lassen. Das hielt Anna nicht aus. Sie musste ins Freie, setzte sich auf eine Bank und fing zu weinen an. Wie immer, wenn es sie krass erwischte, konnte sie nicht aufhören, der Schmerz saß tief. Claus kam nach, setzte sich neben Anna, nahm sie fest in die Arme. „Nur offene Wunden können heilen", vernahm sie leise aus seinem Munde. Ob diese tiefe Wunde jemals heilen wird, fragte sich Anna. Denn kaum legte sich eine dünne Haut darüber, riss sie wieder auf.

10 | Sommer / Magdalena / Rebeccas Tod / Traum / Tod der Mutter

Der Theaterumbau begann, Anna wurde in die Arbeitslosigkeit entlassen. Froh um diese Auszeit, versuchte sie klarzukommen mit diesem neuen Leben, diesem Leben ohne ihren Sohn.

Mara besuchte mit Johannes einige Tage ihre Eltern. Wie jeden Sommer folgte die Familie der Einladung einer Freundin zu einem Gartenfest. Da traf sich dann die Jugend, die sich gerade auf Heimurlaub befand und sich seit Kindertagen kannte. Es wurde aufgetischt und gefeiert, Julian war früher immer mit dabei. Dieses Mal fehlte er.

Später zu Hause im Bett überfiel Anna ihre Julian-Sehnsuchtsattacke. Sie wimmerte leise in ihr Kissen hinein. Paul versuchte sie zu beruhigen. Auch er vermisse seinen Sohn, mit dem er die Fußballleidenschaft geteilt hatte. Gerade jetzt, wo die Europameisterschaft lief. Gemeinsam hatten sie sich ereifert, gejubelt und geschimpft, kommentiert und sie analysiert. Dabei hatten weder Chips noch Bier gefehlt. Während Paul manierlich einen Chip nach dem anderen seinem Munde zuführte, stopfte Julian diese Kartoffeldinger handvoll mit Genuss in sich hinein. Anna sah in Gedanken dieses Bild und, statt sich zu beruhigen, weinte sie noch mehr. Paul fiel es schwer, mit Annas Weinkrämpfen umzugehen, hilflos stand er ihnen gegenüber. Nimm mich doch einfach in den Arm und weine mit mir, wünschte sich Anna, ohne sich zu artikulieren. Sie fühlten sich außerstande, einander zu trösten, da jeder in seiner eigenen Trauer gefangen war. Und wieder trat Anna die Flucht in die Küche an, um ihre Gedanken in die Tasten zu hämmern.

Johannes erzählte, dass ihn Julian nach seinem Tod einige Male besucht hatte. Er saß auf einmal auf der Couch, sagte nichts, saß nur da und lächelte. Seit seine Mutter gestorben war, hatte sich bei Johannes eine Tür zur Spiritualität geöffnet. Auch sie erschien ihm hin und wieder. Anna hatte schon viel von Seelenbesuchen gehört, eine Menge Bücher über diese Thematik verschlungen. James Van Praagh, einer der bedeutendsten Wegbereiter zeitgenössischer medialer Arbeit, der weltweit als Pionier von Jenseitskontakten galt, hatte in seinen Büchern darüber geschrieben.

Die Sehnsucht nach einem Zeichen von ihrem Sohn war unendlich groß. Ungerecht empfand sie es, dass Julian sich bei Johannes blicken ließ und nicht bei ihr.

Mit dem Besuch von Annas Nichte Sophie, ihrem Neffen Lino und dem kleinen Raffael in den Sommerferien kehrte wieder Leben ein. Die Kinder taten Anna gut. Jeden Tag musste sie sich ein Programm einfallen lassen. Die Unbeschwertheit und Natürlichkeit der unschuldigen Wesen, das ansteckende Lachen wischten für eine kurze Zeit Annas Trauer hinweg. Auch wenn sich die Kinder zankten, Anna störte es nicht, das gehöre zum Geschwistersein dazu, fand sie. Sie dachte an die Zeit zurück, in der ihre Kinder sich neckten und stritten. Da gab es das Spiel des Herrn und der Dienerin, das Julian besonders geliebt hatte, wenn er wie ein Pascha seine Befehle austeilte und Mara untertänigst für einen Schilling eilte, um ihn zu bedienen. Dieses uralte Rollenspiel, das Anna am eigenen Leib erfahren hatte, da es ihr Bruder bei ihr schon praktiziert hatte, wiederholte sich nun zum dritten Mal mit Lino und Sophie.

Abends zogen die Kinder das Geschichtenerzählen dem Vorlesen vor. Da brach in Anna die Schauspielerin durch. Sie erfand kuriose Geschichten, schlüpfte in die Gestalten der Märchen- und Sagenwelt und zog die Kinder in ihren Bann. Dann kam die Kuschelphase dran. Anna streichelte sie im Gesicht, am Bauch und am Rücken. Lino, der offiziell dem Streichelalter entwachsen war, bat Anna, ihn am Rücken, der juckte, zu kratzen. Wie Julian, der sich in diesem Alter genauso verhielt und dieselben Worte gebrauchte. Und während Anna in wehmütiger Erinnerung Lino kraulte, machten sich heimlich ein paar Tränen zu einer Reise auf.

Der zweijährige Raffael, den Anna symbolisch als Enkelsohn adoptiert hatte, nahm sie völlig in Beschlag. Die drei Wochen, in denen Magdalena die Fahrschule besuchte, kümmerte sich Anna um das Kind. Sie fühlte sich gebraucht, der Kleine gab ihr Kraft und lenkte sie von ihrem Kummer ab.

Magdalena, die Tochter von Pauls Bruder Josef und Annas bester Freundin Rebecca, war 12 Jahre alt gewesen, als ihre Mutter starb. Rebecca war an Gebärmutterhalskrebs erkrankt, wurde operiert, erholte sich und glaubte geheilt zu sein. Doch das Scheusal Krebs nistete sich wieder ein, nahm Besitz von ihrem Körper, zerstörte Lunge und Knochen. Am 12. September 1990, mit 32 Jahren ergab sich Rebecca qualvoll dem Tod.

Stets beteuerte sie, dass Anna und Paul sich um ihr Kind kümmern sollten, falls etwas passiere mit ihr. Aufgeschrieben und notariell beglaubigt hatte sie das jedoch nie.

Nachdem Rebecca gestorben war, meldeten die beiden, wie versprochen, das Sorgerecht für Magdalena an. Auch Rebecccas Mutter Katharina, die im selben Ort wie Anna und Paul lebte, sowie Magdalenas leiblicher Vater zeigten sich einverstanden damit. Gleichzeitig erhob auch Hartmut, Rebeccas letzter Lebenspartner, den Anspruch auf das Kind. Zwei Fürsorgerinnen aus Wien, die zur Aufgabe hatten, die Lebens- und Schulsituation zu prüfen, entschieden sich für Magdalenas Verbleib bei Anna und Paul. Die weibliche Intuition unterlag offensichtlich der männlichen Macht. Der Richter entschied für das Bleiberecht in Wien. Eine komplette Fehlentscheidung, wie sich später herausstellen sollte. Hartmut, das Schaf im Wolfspelz, zeigte sein wahres Gesicht. Er missbrauchte die Anwesenheit des Mädchens, um den Tod von Rebecca zu verdauen. Die ersten Jahre kümmerte er sich beinahe übertrieben um sie, blockierte den Kontakt zu Anna und Paul und wiegelte Magdalena gegen sie auf. Zwei Jahre später wandelte sich die Fürsorge in Feindseligkeit um. Hartmut hatte Rebeccas Tod überwunden und ging wieder eine Beziehung ein. Das pubertierende Mädchen fing an, ihm lästig zu werden. Magdalena, in der schwierigen Lebensphase des Erwachsenwerdens, wurde das Opfer eines Terrors psychischer Natur. Jede mögliche Freizeit verbrachte sie bei ihrer Großmutter und bei Anna und Paul am Land, wo sie aufblühend die fehlende Liebe und Geborgenheit einsog.

Anna startete einen Versuch beim Jugendamt, um Magdalena aus den Klauen des Vormunds zu befreien. Nachdem das 17 jährige Mädchen ihr seelisches Leid geschildert hatte, wurde sie konfrontiert mit einer ernüchternden Bürokratie. Nach einer Anklageschrift, die der Stiefvater erhalten würde, würde viel Zeit vergehen bis zu einem Urteilsspruch, denn die Mühlen der Ämter mahlen langsam. Die Reaktion des Stiefvaters war vorprogrammiert. Magdalena solle versuchen, das Beste aus ihrer Situation zu machen. Mit 18 Jahren könne sie ohnehin ausziehen. Vielen Dank, Jugendamt, das war's dann auch, dachte sich Anna erzürnt.

An ihrem 18. Geburtstag zog Magdalena bei Hartmut aus. In ihrem Beruf als Zahntechnikerin erfolgreich, entwickelte sie sich trotz widriger Umstände zu einer lebenslustigen, aufgeschlossenen Frau. Magdalena, groß gewachsen mit einem hübschen Gesicht, langem dunklem Haar, sah ihrer Mutter ähnlich. Den lauten, breiten Lacher, ihre Stimme und manche Gesten hatte Magdalena von ihr. Nur vom Wesen unterschied sie sich komplett von ihrer Mutter und zog ein ruhigeres Leben vor. In irgendeiner Weise lebt Rebecca in ihrer Tochter weiter.

Durch ihre Freundin hatte Anna Paul kennengelernt. Rebecca, eine Zigeunerschönheit mit einer unheimlichen Ausstrahlung und einem ungezügelten Temperament hatte zwei Taufpaten für Magdalena ausgewählt, stellvertretend für die Eltern. Paul als überzeugter Atheist fungierte im Hintergrund, Anna als Katholikin im Vordergrund. Die beiden verliebten sich, und das Resultat ihrer Liebe, Julian, wurde noch im selben Jahr geboren. Die Patenschaft für ihn nahmen Rebecca und Josef an. Zwei Freundinnen, zwei Brüder, zwei Kinder, die sich verstanden. Diese Harmonie währte nicht lang. Magdalenas Eltern trennten sich, als sie vier war, ihr Vater ging nach Berlin, sie blieb bei ihrer Mutter in Wien. In den ersten Jahren funktionierte die gemeinsame Obsorge für das Kind. Als Josef jedoch seine Vaterpflichten vernachlässigte und sich über ein Jahr nicht meldete, unterband Rebecca den Kontakt.

Annas Freundin lebte in einer Intensität, als hätte sie ihr kurzes Erdenleben geahnt. Ihr Lebenstempo betrug das Doppelte, wenn nicht das Dreifache von dem Annas. Wenn Rebecca mit ihrer Tochter in den Sommermonaten zu einem längeren Besuch aufs Land zu ihrer Mutter fuhr, passte sie sich dem Rhythmus ihrer Freundin an. Unzertrennlich, verbrachten sie die Zeit zusammen, radelten mit ihren Kindern übers Land, schwammen im See, grillten im Garten, diskutierten über Gott und die Welt und tanzten am Wochenende in der Disco auf. Sie befruchteten sich gegenseitig, waren glücklich und eins. Nach dem Auftanken der gemütlichen Landenergie warf sich Rebecca wieder ins hektische Großstadtleben hinein. An notorischer Geldnot leidend, jobbte sie in den verschiedensten Beisln, stand zeitweise Modell und spielte wie Anna Theater.

Anna dachte oft an die letzten intensiven Tage mit ihrer Freundin. Sie massierte Rebeccas abgemagerten Körper sanft mit Mandelöl ein. Stundenlang hielt sie ihre Hände, erzählte von Vergangenem, von gemeinsam Erlebtem, und ab und zu nahm Anna ein Lächeln wahr, das über Rebeccas blutleere Lippen huschte.

Als sich während eines Wienbesuches Magdalena anschickte, ihrem Cousin Julian die Stadt zu zeigen, sich dafür hübsch zurechtmachte und eitel im Spiegel betrachtete, richtete sich Rebecca mit Mühe auf, um ihrer Tochter dabei zuzusehen. „Ich zeige Julian die Stadt", eiferte sich aufgeregt die Kleine. Die Kinder warfen den Müttern einen Handkuss zu und verschwanden aus der Tür. Wortlos legte sich Rebecca wieder hin. Tränen traten seitwärts aus den Augen, ohne dass ihr Gesicht eine Miene verzogen hätte. Dann drückte sie Annas Hand mit einer unerwarteten Kraft. „Versprich mir, dass du Magdalena zu dir nimmst", sagte sie mit leiser, brüchig gewordener Stimme. „Ich verspreche es dir", antwortete Anna mit einem Knödel im Hals und erwiderte sanft ihren Druck.

Magdalena verband mit Julian und Mara von Anfang an so etwas wie Geschwisterliebe. Sie hatte all die Jahre viele Male die Ferien ohne ihre Eltern bei Anna und Paul verbracht. Das geordnete Familienleben, das sie in Wien in dieser Form nicht kannte, liebte sie. Rebeccas Krankheit überforderte sie. Der Tod, der seine Kreise zog, der ständige Kerzenschein, der Duft der Räucherstäbchen, das leise Sprechen, die ruhige Musik, Rebeccas kranke Gestalt: Die Wohnung fühlte sich trostlos an. Magdalena hielt diese vom Tod geweihte Atmosphäre nicht aus, sie verlangte nach Leben und fuhr mit Anna wieder nach Hause. Schon damals sagte das Mädchen, dass sie sich ein Leben am Land, bei Annas Familie vorstellen könne.

Während es Rebecca immer schlechter ging und sich keine Heilung in Aussicht stellte, ließ ihr Partner verlauten, dass er gedenke, Magdalena bei sich zu behalten. Um seine Chancen auf ein Sorgerecht zu erhöhen, ehelichte er Rebecca unter dubiosen Umständen am Krankenbett. Wie Rebeccas Unterschrift auf dem Heiratsdokument zustande gekommen war, fragten sich viele. Denn zu diesem Zeitpunkt war sie bereits so geschwächt, dass sie weder eine Feder halten, geschweige denn ihren Namen schreiben konnte.

Nach Rebeccas Tod wurde Annas Neugier nach Esoterik und Spiritismus geweckt. Schon damals glaubte sie daran, dass es nicht aus sein könne, wenn man stirbt. Dass die Seele weiterlebe in einer anderen Welt, wo immer die auch sei.

Traum:
24. August 2004
Julian als kleiner Junge lag dicht an Anna gekuschelt und schlief. Auf einmal stand er auf, ging auf die andere Seite zu Paul, der seine Tuchent hob. Julian schlüpfte zu ihm hinein, Paul deckte ihn und sich zu.

Der Tod ihrer Mutter war der zweite Schicksalsschlag, den Anna hinzunehmen hatte. Ihre Mutter zählte doppelt so viele Jahre wie Rebecca und erlag wie sie dem Krebs, der sich genauso in den Körper gefressen hatte. Dieses hinterlistige Geschwür legte anfangs Metastasen in Lunge und Leber ab. Später drang es in ihr Gehirn. Der Tod entpuppte sich wie bei Rebecca als Segen.

Annas Wunsch, beim Sterben ihrer Mutter dabei zu sein, erfüllte sich. Es war ein Freitag, der 8. September 2000.

Anna verbrachte mit Paul eine Woche im Elternhaus, um dem Vater bei der Pflege der Mutter eine Stütze zu sein. Die letzte Nacht vor ihrem Tod wechselten sie sich stündlich ab, um an ihrem Bett zu wachen, sie zu beruhigen, ihr beizustehen. In jener Nacht flehte Anna inständig Gott um Erlösung an.

Am Morgen, als Paul seiner Schwiegermutter eine Windel anlegte, schrie sie vor Schmerz, ihr Atem ging heftig und schnell. Anna verbrachte den ganzen Vormittag damit, dem Hausarzt beizubringen, dass weder ein weiterer Krankenhausaufenthalt noch eine künstliche Ernährung in Frage kämen. Dass die Familie beschlossen habe, die Mutter in Würde sterben zu lassen. Ein Hinauszögern des Todes lehnten sie ab. Ausschließlich eine Schmerztherapie sollte sie bekommen.

Gegen Mittag stand plötzlich eine gute Freundin der Mutter vor der Tür und bat, nach ihr sehen zu dürfen. Anna kam dieser Besuch gerade recht, Hektik war ausgebrochen. Paul befand sich auf dem Weg nach Hause, der Vater war spurlos verschwunden, Mara stand aufgelöst vor ihr. Völlig verheult war sie aus dem Krankenzimmer gekommen, wo sie sich von ihrer Großmutter verabschiedet hatte, und suchte nach Trost. Mara musste nach Wien. Der zum Glück wieder aufgetauchte Großvater fuhr seine Enkelin zum Bahnhof.

Als Anna an das Bett ihrer Mutter trat, bemerkte sie die Ruhe im Raum. Sie dankte der Mutterfreundin mit einem Blick. Dann legte Anna ihren linken Arm unter den Kopf der Mutter, streichelte ihr mit der rechten Hand das Gesicht, küsste sie auf die Stirn und sagte, „Du kannst gehen, Mama, jetzt kannst du gehen." Ihre Mutter machte zwei Atemzüge, dann blieb der Atem stehen und sie ging. Es war traurig und schön zugleich. Anna durfte ihre Mutter begleiten auf dem Weg in die andere Welt.

Die Freundin erzählte, dass sie zu Hause einen Luftzug gespürt hatte. „Ganz plötzlich war er da, ich bin der Eingebung gefolgt, habe gewusst, was mich erwartet."

Als Annas Vater vom Bahnhof kam, machte er sich Vorwürfe, beim Sterben nicht dabei gewesen zu sein. „Papa, es ist gut so, wie es ist, du hättest sie nicht gehen lassen", sagte Anna und umarmte ihn.

Dass ihre Mutter wie Rebecca von den Schmerzen erlöst worden war, machte die Trauer leichter. Aber der Tod von Julian war nicht einzusehen. Anna fühlte sich zweigeteilt. Denn ein Kind leiden zu sehen, wie es so viele Eltern auf dieser Welt erleben müssen, war ihr erspart geblieben. Zum Glück hatte Julian keine Schmerzen empfunden und sein Sterben war schnell gegangen. Dass er alleine gewesen war, tat Anna in der Seele weh. Und doch wusste sie, dass sie ihren Sohn nie hätte gehen lassen.

11 | Das Haus am See

Der Sommer neigte sich dem Ende zu. Der erste Sommer ohne Julian. In einem Telefonat mit ihrem Freund Kurt erzählte Anna von ihrem Wunsch nach einem Rückzugsort am Meer. Spontan bot er Anna sein Ferienhäuschen an. Es liege zwar nicht am Meer, jedoch an einem kleinen See. Anna solle es sich anschauen, wenn es ihr gefiele, könne sie darin wohnen, solange es ihr beliebe. In seiner momentanen politischen Funktion hätte er ohnehin wenig Zeit in diesem Haus verbringen können. Anna traute ihren Ohren nicht. Da die Finanzen in ihrer Situation keine großen Sprünge erlaubten, nahm sie sein Angebot dankbar an. Und sie tauschte einen Aufenthalt am Meer, der sich ohnehin als Utopie erwiesen hätte, gegen einen Aufenthalt am See.

Am 15. September 2004, 280 Tage nach Julians Tod, fuhr Anna das erste Mal in das Ferienhaus ihres Freundes. Sie wollte sich zurückziehen, ihre Gedanken ordnen. Anna besuchte zuvor noch das Grab. Sie zog es nicht mehr jeden Tag an diesen Ort, dennoch fiel ihr der Abschied schwer.

Bevor Anna in den Wagen stieg, lief sie zurück, weil sie den Pyjama vergessen hatte. Zum Glück, denn die Kerzen an Julians Altar brannten noch. Gerade, als sie die Stadt hinter sich gelassen hatte, fiel ihr ein, die Handtücher und Bettwäsche liegen gelassen zu haben. Sie kehrte um und eilte im Laufschritt zur Wohnung zurück. Ein Segen, wie sich herausstellte, denn das Bügeleisen stand noch eingeschaltet am Brett. Ihre Konfusion regte sie auf.

Bei strömendem Regen und einem Wahnsinnsverkehr trat Anna ihre Reise in ein neues Lebenskapitel an. Zweieinhalb Stunden dauerte die Fahrt, dank der präzisen Wegbeschreibung erreichte sie ohne Umwege ihr Ziel.

Anna staunte nicht schlecht, als sie das modern eingerichtete Haus betrat. Ein Rundbogen trennte die Küche samt Esstisch vom Wohnbereich. Dunkelbraune Holzbalken trugen den Giebel. Ein offener Kamin sorgte für Gemütlichkeit. Alles, was das Herz begehrt, ist vorhanden, stellte Anna fest. Ein gemütliches Sofa-Ensemble, eine Bar, Musikanlage, Bücherregal, Kunstgemälde an den Wänden, sogar den Luxus einer Sauna fand sie vor. Die großzügigen Glasfronten ließen Licht herein. Über eine geschlungene Holztreppe gelangte man in den oberen Stock, wo sich Kurts Büro befand, sowie ein separater Raum, der zum Schlafen diente. Innerlich hüpfte Annas Herz. Sie spürte die Energie, die ausging von diesem Platz. Eingehüllt von der wohligen Atmosphäre nistete Anna sich ein. Sie wusste sofort ihren Arbeitsplatz und stellte den Laptop auf den Esszimmertisch mit Sicht auf den See. Wasser beruhigt, Wasser regt an, war Anna überzeugt.

Still ist es hier, dachte sie. Ob sie diese Stille aushalten würde? Anna wusste es nicht. Einige Häuser säumten den See, nur zwei davon schienen ständig bewohnt zu sein. Das Wochenendhaus ihres Freundes hatte nichts Protziges an sich, sondern strahlte Gemütlichkeit aus und wirkte etwas verwaist. Ich werde dir wieder Leben einhauchen, versprach Anna dem Haus.

Kurt rief an, Anna solle sich bedienen, solle sich wie zu Hause fühlen. Anna bedankte sich und ließ sich von ihm Kaffeemaschine und Musikanlage erklären. Kurt freute sich, dass es Anna gefiel, und wünschte ihr eine geruhsame Nacht.

Musik wollte sie keine hören, sie wollte zur Ruhe kommen. Anna baute einen Altar mit den Fotos von Julian auf, zündete eine Kerze an und genoss die Stille, die nur unterbrochen wurde vom beruhigenden Ticken der Uhr.

Sie schlief hervorragend, eine mittlerweile selten gewordene Wohltat, die in diesem Haus wieder möglich sein sollte.

Nächsten Morgen erkundete Anna die Umgebung, deckte sich

mit frischen Lebensmitteln ein und begann die Einsamkeit zu genießen. Mal lesend auf einer Liege neben dem See, die Sonnenstrahlen in der herbstlich gefärbten Landschaft genießend, mal mit dem Bike durch die Gegend fahrend oder in den Weinbergen spazierend, ihren Gedanken nachhängend. Sie musste erst heimisch werden, bevor sie sich ans Schreiben machen würde.

Ab und zu kam Herr Popper vorbei. Der schaute auf das Haus, brachte Holz für den Kamin, grub Stinkbomben in die Erde ein, um ungebetene Maulwürfe auszuräuchern, schnitt die Hecken und mähte das Gras. Er reparierte das Rollo an der Tür, das Anna auf den Kopf gefallen war.

Kurt erklärte Anna die Bedienungsanleitung des Geschirrspülers und der Waschmaschine am Telefon, während er sich auf dem Weg ins Hilton befand, um den libanesischen Ministerpräsidenten und den amerikanischen Botschafter in Empfang zu nehmen. Wie kurios das Leben manchmal spielt, dachte Anna bei sich.

Den ganzen Herbst über verbrachte sie in regelmäßigen Abständen einige Tage im Haus. Auch über ihre Ehe dachte sie nach. Die Beziehung war durch den Tod von Julian enorm strapaziert, die Trauer konträr ausgelebt worden. Anna trug sie offen zur Schau, Paul still, mit einem Verdrängungsventil. Insgeheim beneidete Anna ihren Mann, weil er das Leben bejahte, bewunderte ihn, weil er souverän seinen Pflichten nachging. Es kränkte sie, dass er mit allen reden konnte, mit allen, außer mit ihr. Paul weigerte sich, seine Gefühle preiszugeben. Nicht, dass er seinen Sohn aus dem Gedächtnis verbannt hätte, Paul sprach oft von Julian, jedoch immer in der Vergangenheit. Anna hatte das Gefühl, dass ihr Paul entglitt, eine Befremdung hatte sich eingestellt. Vermehrt dachte sie an Trennung, fühlte sich unverstanden und ungeliebt. Auch wenn es ihnen zwischenzeitlich besser ging, so richtig zusammenfanden sie nicht.

Auch von den Menschen in ihrem Umfeld kapselte Anna sich ab. Seit Julians Tod urteilte sie über Banalität und Oberflächlichkeit. Wenn sich Leute über Kleinigkeiten echauffierten, sich über andere mokierten, Gerüchte in die Welt setzten, über ihren Alltag sinnierten, dann hielt Anna das nicht aus. Habt ihr denn keine anderen Sorgen, dachte sie. All das interessierte sie nicht, zu sehr lebte sie in ihrer Welt, in der hauptsächlich die Trauer um Julian zählte. Vielleicht gelte ich als abgehoben und arrogant, dachte sich Anna oft. Aber selbst das war ihr egal. Sie wollte nur ihre Ruhe haben, sonst nichts.

Mit dieser ablehnenden Haltung stieß sie auch Freunde, die ihr helfen und für sie da sein wollten, zurück. Unbewusst wurde Anna hart und ungerecht. Ihr fehlte die Energie, um sich in andere Menschen hineinzudenken. Das Glück um sie herum ertrug sie nicht. Egoistische Züge nahmen immer mehr Besitz von ihr, und eine unumkehrbare Eigendynamik entwickelte sich.

In ihrem neuen Domizil kam sie den Konfrontationen aus. Keine Gespräche, keine Verpflichtung, keine Rücksicht, keine Rechtfertigung, keine Beobachtung mehr. Ihre Trauer mit all ihren Auswüchsen lebte sie aus. Anna schrieb sich ihre Wut, ihren Schmerz, ihre Sehnsucht heraus. Immer wieder erlebte sie das Geschehene, von Vorwürfen geplagt. Die Bilder der letzten Tage mit Julian tauchten auf. Die Entladung seiner Probleme, sein Lachen, seine Zuversicht, der letzte Abend mit seinen Freunden, sein letztes Kompliment. Als sie ihn schlafend zum letzten Mal lebendig sah, das Angstgefühl um ihn, als sie ihn telefonisch nicht erreichte, wie sie ihn schlussendlich tot am Boden liegend fand. Anna weinte und schrie. Sie drehte die Lautsprecher auf, damit die Musik ihr Schreien übertönte. Sie malträtierte die Kissen, fluchte und klagte an. Manchmal glaubte sie, den Verstand zu verlieren. Anna wollte nicht verstehen, warum, warum er, warum gerade ihr Sohn.

Immer öfter kam es vor, dass sie ihren Schmerz betäubte und im Alkohol ertränkte. Mit jedem Schluck löste sich die Schwere auf, mit jedem Schluck strömte eine Leichtigkeit in ihren Körper. Die Gedanken wurden ausgeknipst. Fremdbestimmt gebärdeten sich ihre Gliedmaßen, unnatürliche Lachkrämpfe nahmen überhand. Leicht wie eine Feder schwebte sie und bewegte sich zur Musik. „In diesem Zustand möchtest du mich nicht tanzen sehen", lallte sie in sich hinein. „Warum hast du mich verlassen, das hast du davon." Unbeobachtet, rechtfertigungslos, wiegte sie sich in Sicherheit, gefangen in einem Schleier voll Sucht und Schein. Der Alkohol raffte für einen Moment ihren Schmerz hinweg. Sie log sich an, machte sich etwas vor, der Morgen schleuderte ihr die Wahrheit ins Gesicht. Denn der unauslöschliche Schmerz blieb, hartnäckig zeigte er sich Tag für Tag. Und irgendwann hatte Anna begriffen, dass sie Zeit und vor allem Klarheit brauchte, um das Geschehene zu verstehen. Dass weder der Alkoholkonsum noch ein Anklagen nützte. Dass sie am Tod ihres Sohnes zerbrechen oder diesen Tod als Chance zur persönlichen Entwicklung nützen würde.

Anna verordnete sich Nüchternheit, nahm wieder das Lesen von Büchern über die Trauer, das Leben und Sterben auf. Mit Literatur von Verena Kast, Jorgos Canacakis und Elisabeth Kübler-Ross zeigten sich für Anna die Legitimität und das Verständnis ihrer Trauer. Sie setzte sich mit den Weltreligionen auseinander, verglich deren Glaubensaussagen bezüglich der Themen Leben und Tod. Obwohl Anna im Katholischen Glauben erzogen worden war, fand sie in dieser Religion keinen Trost. Die Vorstellung des Endgerichts behagte ihr nicht, sie glaubte nicht an den richtenden Gott, sondern an einen, der bedingungslos liebt. Wo befinden sich die Seelen, bevor sie angeblich auferstehen, fragte sich Anna. Dagegen kam ihr die Wiedergeburt, wie sie der Buddhismus lehrt, plausibel vor. Anna las das „Tibetische Buch vom Leben und Sterben", das ihr zu einem tieferen Verständnis verhalf, verschlang spirituelle Ratgeber als Bettlektüre und nahm das Meditieren wieder auf. Annas Körper entspannte sich, ihre Seele fand ein wenig Ruhe.

Der Abstand half auch der Beziehung zu Paul zu einem neuen Beginn. Anna freute sich auf ihn und umgekehrt. Beide bemühten sich, die kurze Zeit, die sie zusammen verbrachten, füreinander da zu sein. Anna, die sich in ihrem Rückzugsdomizil entladen hatte, zeigte sich ausgeglichen und offen für ihren Mann. Zaghaft näherten sie sich auch körperlich wieder an.

Gerade Julian mit seiner konservativen Wertevorstellung, der die Ehe als höchstes Beziehungsgut empfunden hatte und stets wenig Verständnis für Trennung zeigte, hätte diese elterliche Kluft am allerwenigsten gewollt.

12 | Paul / Mara

Wieder einmal fiel Anna auf, wie gutaussehend Paul eigentlich war. Er gehörte zu der Sorte Männer, die im Alter an Attraktivität gewannen. Groß von Gestalt, eine schlanke, sportliche Figur, breite Hände, markante Gesichtszüge, graumeliertes Haar. Paul hatte sich etwas Jugendliches bewahrt, der Schelm blitzte aus seinen blauen Augen. Anna liebte seinen Dreitagesbart, seinen Schmäh und den trockenen Humor, den er Julian vererbt hatte und der sie seit 25 Jahren immer wieder zum Lachen brachte. Paul, ein Proletariersohn, absolvierte mit ausgezeichnetem Erfolg seinen zweiten Bildungsweg im reiferen Alter. Anna gefiel Pauls Wissensdurst, sie bewunderte seinen Ehrgeiz und seine Zielstrebigkeit, schätzte seine Integrität, staunte über sein Verständnis für Weltpolitik und würdigte seine soziale Kompetenz. Sie konnte sich von Anfang an verlassen auf ihn. Anna erinnert sich, wie alles begonnen hatte.

Es war in Rebeccas elterlicher Wohnung am 3. Februar 1979 gewesen. Anna war eingeladen, um sich mit Magdalenas zweitem Taufpaten bekannt zu machen. Rebecca schwärmte im Vorfeld von Paul, der gerade solo war, pries seine Vorzüge an und hielt nicht hinterm Berg damit, dass sie sich ihn gut an Annas Seite vorstellen könnte.

Anna besaß noch keinen Führerschein und fuhr mit dem Zug. Etwas nervös machte sie sich in der Zugtoilette zurecht, bevor sie den Zielbahnhof erreichte. Ihr Herz pochte ungewöhnlich heftig, als sie in der Wohnung angelangt war und Pauls Stimme vernahm. Mit schelmischer Miene und einer Umarmung, als wären sie jahrelang miteinander vertraut, begrüßte er Anna. Selbstbewusst, direkt, unumwunden, frech beäugte er sie. Für Anna war es Liebe auf den ersten Blick. Auch Paul zeigte unverblümt, dass Anna ihm gefiel. Unrasiert, mit langem Haar, in Jeans und handgestricktem Pullover fragte er Anna, ob sie stricken könne. „Natürlich und nicht einmal schlecht", schwindelte sie. Paul erzählte Anna ungeniert, dass er von jeder Freundin einen selbstgestrickten Pullover erhalten habe. Der Gigolo verabschiedete sich mit einem feuchten Kuss. Rebecca, die perfekte Kupplerin, schmunzelte zufrieden vor sich hin. Am Nachhauseweg ertappte sich Anna dabei, wie ihre Zunge genüsslich die Lippen umkreiste.

Den Berg, den Anna jeden Tag mit Schnaufen bezwang, um in den Kindergarten, ihre Arbeitsstätte, zu gelangen, schwebte sie ab sofort vor Verliebtheit hinauf. Als hätte ihr die Begegnung mit Paul Flügel verliehen.

Das Wochenende darauf besuchte Anna Paul, der sie zu sich eingeladen hatte. Seine spartanisch eingerichtete Wohnung löste keinen Begeisterungssturm bei Anna aus. Jedoch den bemüht nett gedeckten Tisch mit Delikatessen vom Feinkost-Meindl und eine bereits geköpfte Flasche mit einem exzellenten Rotwein goutierte sie. Annas Blick auf Pauls Bücher und Schallplatten ließen auf Gemeinsamkeiten schließen. Seine schlichte, kleine Wohnung beherbergte einen Schrank, den er voller Stolz präsentierte. Anna traute ihren Augen nicht, da fand sie doch tatsächlich einen Stapel handgestrickter Pullover vor. Du kleiner Casanova, du, ich werde dich einstricken, dass dir Hören und Sehen vergeht, dass du dich dein Leben lang nur mehr nach meinen Pullovern sehnst, dachte Anna.

Eine Woche später, an einem Freitag, bevor Anna den Kindergarten verließ, schlug heftig ihr Herz. Der R4 samt seinem Besitzer stand vor der Tür. Paul überraschte sie, wollte sie wiedersehen. Dem Beginn einer großen Liebe stand nichts mehr im Weg. In einem rasanten Tempo entwickelte sich eine Liebesbeziehung samt Folgen. Julian wurde in Wien gezeugt, in Rebeccas Altbauwohnung, wo Anna und Paul ein Wochenende verbrachten. Anna verhütete nicht, sie vertraute auf das Beobachten der fruchtbaren Tage. Wahrscheinlich hatte sie sich aus Verliebtheit verzählt. Sie gestand es Paul sofort, der sich darum keinen Kopf machte, sie liebten sich trotzdem das ganze Wochenende lang. Als Annas Menstruation ausblieb, ahnte sie, dass sich ein befruchtetes Ei eingenistet hatte. Als der Frauenarzt eine Schwangerschaft bestätigte und zugleich Anna den Mutter-Kind-Pass aushändigte, konnte sie ihr Glück kaum fassen. Julian war kein geplantes, sondern ein aus Liebe gezeugtes Kind.

Annas Eltern standen dieser Schwangerschaft skeptisch gegenüber. Sie kannten diesen Paul kaum, alles ging ihnen zu schnell. Wer war dieser Mann, der das Leben ihrer Tochter komplett verändern würde? Sie beriefen eine Krisensitzung ein.

„Was ist er von Beruf?", fragte ihr Vater streng. „Er ist Mechaniker in der Aluminiumfabrik", antwortete Anna. „Was, ein Arbeiter!", rief ihr Vater enttäuscht. Er hatte sich einen Akademiker für seine Tochter gewünscht. Selbst aus ärmlichen Verhältnissen stammend, hatte er sich hochgearbeitet und hochgelernt, um als Braumeister ein angenehm bürgerliches Leben zu führen. „Papa, er ist intelligent, fleißig und nett, hat Charakter, ein gutes Herz, wir lieben uns, was ist daran falsch?", fragte ihn Anna. Er rang um Worte, Argumente fielen ihm keine ein. „Eine Hochzeit muss her, du wirst das Kind wohl nicht ledig bekommen." „Papa, in welchem Jahrhundert leben wir? Ein lediges Kind ist in unserer Zeit doch kein Problem." „Ich bin nicht irgendwer, ich hab einen Status in dieser Stadt, was sollen die Leute denken, ich verlange, dass du Rücksicht darauf nimmst", eiferte sich der Vater im Zorn.

Enttäuscht, mit Sehnsuchtsgedanken nach Paul, schlief Anna an diesem Abend lange nicht ein. Sie konnte den Einfluss dieser verlogenen, kleinkariert denkenden Gesellschaft, die das Tochterwohl in den Hintergrund stellte, nicht verstehen. Die Bekanntschaft mit dem heuchlerischen Bürgertum hatte sich ihr schon früh eingeprägt. Ihre ersten Bälle, die sie mit der Elternaufforderung, sich anständig zu benehmen, besucht hatte, öffneten ihr die Augen.

Sie wurde Zeugin eines beinahe vollzogenen Geschlechtsverkehrs in der schummrigen Bar, dem ein Partnerwechsel vorausgegangen war. Die von Alkohol enthemmten Erwachsenen waren Persönlichkeiten, die das kleinstädtische Bild prägten. Die sich, ohne sich zu genieren vor den Augen der Jugend aufs Wildeste vergnügten. Annas Vertrauen, ihr moralisches Sittenbild geriet aus den Fugen. Von dieser Schwangerschaft, die aus Liebe entstanden war, fühlte sich ihr Vater in dieser Gesellschaft brüskiert. Anna verstand die Welt nicht mehr.

Mit der Zeit beruhigten sich Annas Eltern, tasteten sich an Paul heran, lernten ihn kennen und schlussendlich schätzen und lieben.

Mara hat sich von Johannes getrennt. Es ist ihr nicht leicht gefallen, sie hat ihn noch gern, hält jedoch dieses unsichere, unstete Leben nicht mehr aus.

Mara, einer Naturschönheit von mittelgroßer schlanker Gestalt, einer gelungene Mischung der Eltern, war das Vorteilhafteste von Anna und Paul in die Wiege gelegt worden. Sie hatte Annas kräftiges, dunkelbraunes Haar geerbt, das sie lange trägt und gern mit Henna färbt, Pauls blaue Augen, seine Gliedmaßen, schlank und lang. Die Nase, ein elterliches Zwischending, perfekt geschnitten, verleiht ihrem Profil eine schöne Ebenmäßigkeit.

Mit 17 Jahren verließ Mara die Schule und tauchte in die raue Berufswelt ein. Sie tauschte das vertraute Terrain gegen einen harten Job in der Gastronomie. Es zog sie in die Schweiz, nahe der französischen Grenze. Sie wollte auf eigenen Füßen stehen, ohne Unterstützung ihr Leben bestreiten, den Eltern ihre Selbstständigkeit beweisen. Nie würde Anna vergessen, wie sie ihre Tochter in den Schweizer Alpen abgeliefert hat. Obwohl sie Mara damals gut aufgehoben wusste in einem Hotel mit Familienbetrieb, war ihr schwer ums Herz, als sie ihr Mädchen in einem idyllischen Dorf in den verschneiten Bergen verließ. Als Mara winkend im Rückspiegel ihres Autos verschwand, bahnte sich Anna mit tränenverschleiertem Blick mühevoll ihren Weg nach Österreich zurück. Insgeheim bewunderte Anna den Mut ihrer Tochter, die Entschlossenheit und

Konsequenz, die sie im Jugendalter unter Beweis stellte. Nach diesem Schweiz-Aufenthalt folgte ein zweiter, und Mara nahm eine Reihe von Jobs mit verschiedenen Tätigkeiten an. Sie probierte aus, engagierte sich, versuchte sich. Mara siebte ihre Erfahrungen aus, sortierte sie und setzte sie klug in ihr Leben ein.

Dass sie noch keine abgeschlossene Ausbildung vorzuweisen hatte, beunruhigte Anna und Paul. Inständig hofften sie, dass ihre Tochter die begonnene Kochlehre zu Ende brächte.

Anna befand sich gerade im Ferienhaus ihres Freundes, als Mara am Telefon verlautete, dass sie die Lehre abbrechen und wieder einen Job in der Gastronomie annehmen werde. Mit dem Vorsatz, ihre Tochter zum Lehrabschluss zu überreden, fuhr Anna nach Wien. Jedoch ohne Erfolg. Wenn sich die Tochter etwas in den Kopf gesetzt hatte, war ihre Mutter chancenlos. Sie hatte sich bereits entschieden. Ein Drängen wie früher gewöhnten sich die Eltern ab, seit dem Tod ihres Sohnes hatte sich die Gewichtigkeit verschoben. Mara lebt, sie ist gesund, sie wird ihren Weg schon gehen, dachte Anna ungewohnt gelassen. Und während sie durch Wien bummelten, kamen sie an jenem Geschäft vorbei, in dem Anna mit Julian den Wein und die Likörfläschchen eingekauft hatte. Annas Knie wurden weich, sie spürte einen Kloß im Hals, ihr Körper wurde wie durch ein Korsett eingeschnürt. Das Atmen fiel ihr schwer. Seit Julians Tod fühlte sich Anna nicht mehr wohl in dieser Stadt.

Auf dem Weg ins Haus zurück hörte sich Anna das Horoskop von Mara an. Von ihrem Astrologenfreund interpretiert, klang es zuversichtlich und klar, gab Aufschluss über Maras Persönlichkeit, die sich als stark erwies. Annas letzte Bedenken verschwanden, sie vertraute darauf, dass der Weg, den Mara ginge, der richtige sein würde.

13 | Todesfall / Der erste Besuch beim Medium

Anna erreichte eine Todesnachricht. Der jüngste Bruder ihrer Mutter war gestorben. Auch er hatte den Kampf gegen den Krebs verloren. Rosa, die Frau eines von Annas unzähligen Cousins, und Patrizia, die Tochter des gerade verstorbenen Onkels, erzählten Anna bei der Zehrung von einem Ereignis vor 304 Tagen. Sie besäßen die Gabe, mit geistigen Führern und Seelen zu kommunizieren, leiteten sie ihr Erlebnis ein. Am 10. Dezember 2003, während einer Séance, war ihnen Julian in einem hellen Licht erschienen, umringt von seiner Oma, seiner Urgroßmutter und einer Großtante. Er hatte gelächelt und folgende Worte gesprochen: „Sagt meinen Eltern, sie sollen nicht traurig sein und nicht um mich weinen. Sagt ihnen, es geht mir gut." Vorerst hatten sich Rosa und Patrizia verwirrt gezeigt, denn zu diesem Zeitpunkt wusste noch niemand von Julians Tod. Es war genau der Tag gewesen, an dem Anna ihren Sohn nicht erreicht hatte, wo sie, von einer Unruhe befallen, intuitiv dachte, dass etwas nicht stimmte. Es war genau die Zeit, in der Julian die irdische Welt verlassen hatte.

Rosa, die an Julians Beerdigung teilgenommen hatte, erzählte weiter, dass sie es damals nicht geschafft hatte, Anna und Paul diese Nachricht zu überbringen: aus Respekt vor ihrer Trauer, aus Unsicherheit, aufdringlich zu erscheinen, aus Angst, als verrückt abgestempelt zu werden. In der Tat hätte Anna damals diese Botschaft weder verstanden noch akzeptiert. Nun jedoch sog sie ihre

Worte ein, die sich wie Labsal auf ihre Wunde legten. Die Tatsache, dass Julian von seiner Großmutter abgeholt worden war, beruhigte Anna.

Dieses Erlebnis ging mit der Lektüre konform, mit der sich Anna seit geraumer Zeit auseinandersetzte. Nun hatte sie die erste Bestätigung, dass es nicht aus ist, wenn man stirbt, dass die Seele weiterlebt, wo auch immer.

Am 21. Oktober 2004 besuchte Anna zum ersten Mal ein Medium. Ihr Astrologenfreund und Kristin hatten ihr diese Frau empfohlen. Etwas aufgeregt klingelte Anna an der Tür. Celine wirkte zerbrechlich und hatte etwas Feines an sich. Das lange Haar zurückgesteckt, dezent geschminkt, durchflutet von einem leicht alternativen Touch. Sie führte Anna in ein kleines Zimmer. Celine bot ihr einen Korbsessel an, bevor sie sich in einem Schaukelstuhl niederließ. Der Duft von Räucherstäbchen durchströmte den Raum, von flackerndem Kerzenlicht ging Beruhigung aus. Was der Grund ihres Besuches sei, fragte Celine. Und Anna erzählte von ihrem Sohn. Warum er gegangen sei, wie es ihm gehe, wo er sich nun befinde, wollte sie wissen. Warum Julian den Exfreund ihrer Tochter besucht hatte und nicht sie. Die Bedeutung der unzähligen Träume interessierte sie. Ob Anna wisse, was sie erwarte, fragte Celine. „Kristin hat mir ein wenig erzählt, für mich ist es der erste Kontakt mit einem Medium", antwortete sie. „Ein Begleiter eines Ihrer früheren Leben, ein Engel oder ein anderer geistiger Führer spricht durch mich", klärte sie Anna auf. „Ich werde alles auf Band aufnehmen, die Cassette bekommen Sie mit." Nach dieser knappen Einführung schaltete Celine Musik mit meditativen Klängen sowie ihr Aufnahmegerät ein, setzte sich bequem in ihren Stuhl und atmete sich in eine Art Trance. Nach kurzer Zeit richtete sie sich auf, drehte die Musik ab und fing zu sprechen an. Sie redete schnell, verwendete Wörter, die man in der heutigen Zeit nicht mehr gebraucht, die eigenartige Satzstellung hörte sich befremdlich an.

„So, du tiefe, geehrte, geliebte Seele du. Da sei genommen hier die Sprache, die dein Herz findet, die dein Wort findet, dein inneres

Wort der Liebe. Es ist dir einstmals vertraut gewesen meine Wesenheit in der Erde, als Theresa. Und so waren wir also diejenigen, die etwas taten, wo du nun wieder den Zuruf findest. Die da waren in der Begleitung derjenigen, die da waren liegend in Hospitalen, die da waren in Krankheiten, die waren in Schmerzen und die da gehen wollten von der Erde und die Beängstigung trugen und dieses ist, was wir taten, sie zu begleiten."

Eine gewisse Theresa sprach also zu ihr, eine Kollegin oder Freundin aus einem früheren Leben. Sterbebegleitung nennt man ihr Wirken in der heutigen Zeit. Womöglich war diese Erfahrung ausschlaggebend für mein intuitives Handeln am Sterbebett meiner Mutter, vermutete Anna.

„So, was also geschehen ist, Seele, ist, dass ich dir ein Konstrukt erklären möchte. Ein Konstrukt, in das ihr, sowohl dein Sohn als auch die anderen mit dir in dieser Familie verbunden seid. So dass ihr zusammen kreiert habt eine Form eines gemeinsamen Lebens hier in der Erde, wo ihr euch gegenseitig in Berührung, in Bewegung versetzt."

Anna konnte sich schwer entspannen, ein wenig unheimlich fand sie die Situation, Bedenken stellten sich ein, ob das alles einen Sinn ergeben würde. Als sie zum ersten Mal das Wort „Sohn" aus dem Mund des Mediums vernahm, verkrampfte sie sich vor Anstrengung, um ja alles zu verstehen.

„Seele, der Sohn, der da gegangen ist, ist letztendlich wie ein Liebender zu dir, so wie du Liebende zu ihm bist. Ihr habt euch geschult, ihr habt euch gelehrt, ihr habt da das Leben in gewisse Erweiterungen getragen. Und letztendlich ist dieser Schritt, auf ein in der Erde betrachtet, ein seltsamer. Es ist ein Akt dessen gewesen, dass seine Entscheidung, und die Entscheidung ist lange schon ein gewisser Zeitpunkt, der auch irgendwie in seinem Rund, seines Aufenthaltes seit Beginn der Erde sich bewegt hat, er dieses entschieden hat, lange schon. Also ist diese Entscheidung zu gehen, eine, die dieser kreiert hat in seiner eigenen Stofflichkeit. Es ist etwas, was du nicht verändern konntest, was niemand verändern konnte. Es ist die Freiheit einer jeden Seele zu kommen, und es ist die Freiheit einer jeden Seele zu gehen."

In dem Moment, wo Julian auf die Welt gekommen ist, stand also der Zeitpunkt, wann er diese wieder verlassen würde, bereits fest. Ich hatte gar keine Chance, seinen Tod zu verhindern, schoss es Anna durch den Kopf.

„Und das Gehen ist etwas, was in eurer Erde als Trauer und Melancholie und als tiefer Schmerz empfunden wird. Wenn du es von der Energie seiner Ganzheit betrachtest, ist es so, dass dein Sohn gegangen ist in eine Welt, die weit umfassender, weit heller, weit lichter, weit liebevoller ist, als ihr es augenblicklich auf der Erde erlebt. Also siehe, er ist gegangen wie nach Hause, nach Hause in eine Ebene und dieses ist, wo er sich befindet augenblicklich. Geliebte, er befindet sich in einer Stätte, einem Sternenprinzip, von dem er einstmals aufgebrochen ist, zu diesem Prozess der Erde. Und es ist dieses, was du sehen kannst am Himmel als Plejadisches Prinzip. Es ist dieses, was in den Indianermythologien als das Sieben-Gestirn benannt wird, und es ist diese Seele deines Sohnes viele Male inkarniert gewesen in indianischen Kulten. Es ist, dass diese aufgebrochen ist aus diesem Plejadischen Prinzip zu diesem Erdenboden und dieser Erde und diesem Familienprinzip und es sollte seine eigene Erfahrung sein, hier in gebührenden Auftrag zu geben und dieses ist vollzogen. Er hat vollzogen sein Lebenswerk, was er tun wollte."

Anna hatte vom Sieben-Gestirn noch nie etwas gehört. Sie seufzte jedoch vor Erleichterung, als sie die Attribute seiner neuen Heimat vernahm. Julian war fertig in der irdischen Welt, hatte seine Aufgaben erfüllt und sie deshalb verlassen.

„Es ist, wie du sehen mögest, was geschehen ist, seit dieser gegangen ist. Da bist du viele Male in Bereiche eingetaucht, mit denen du dich lange nicht beschäftigt hast. Es sind Bereiche in deiner Seele, es sind Bereiche der Anbindung an den Geist, es sind Bereiche deiner Wahrheit. Und so sehe und verstehe die Gefüge derjenigen Liebenden miteinander in der Erde und über die Räume hinweg. Sie sind vielgestaltig, aber sie sind immer aus der Liebe entstanden. So, ich weiß, dass aus der Erde betrachtet ein Gehen immer Schmerz bedeutet, Seele. Und ich spreche es trotzdem vom Abstand der Erde, ich spreche es aus meiner Wahrnehmung. Aus meiner

Wahrnehmung des Geistes und ich sehe dieses, dass dein Sohn ist in einer Form von Glückseligkeit, ich sehe ihn unter denen, die seine Brüder und seine Schwestern lange waren und nun wieder sind in der Vertrautheit. Ich sehe, wie er seine Wege geht in einer Form, die da weit umfassender, weit unendlicher, weit tiefer in der Liebeserfahrung ist, als eure Erde sie augenblicklich empfinden kann. Ich sehe, dass er glücklich ist, Seele und das ist dies, was ich dir als Botschaft geben möchte."

Bei dem Gedanken eines vor Glück strotzenden Sohnes wurde Anna warm ums Herz. Bei der Vorstellung, dass er diese Glückseligkeit mit anderen teile, ertappte sie sich bei einem Anflug von Eifersucht.

„Zum Augenblick hast du noch das Gefühl, nichts wahrzunehmen von dieser Seele. Und das ist der Schmerz, der überlagert dieses Prinzip. Schmerz ist eine Energieform, die ein niedriges Schwingungskleid trägt, so möchte ich es aussprechen in der Physikalität. Alles Leben definiert sich über Schwingungen, über Energieprozesse, und wenn du einen Gedanken denkst, der dir Angst, der dich traurig macht, bist du in deiner Körperlichkeit schwach und müde und gedämpft und in die Melancholie getragen. Es entspricht einem gewissen Schwingungsfeld." Das konnte Anna bestätigen, denn die Trauer um Julian raubte ihr sämtliche Energie.

Theresa erzählte, dass Julian augenblicklich räumlich im Erdenfeld nicht enthalten sei. Ab und zu tauche seine Seele dort auf, wo sie keine Qualen auslöst, um ein Stück Berührung aufzunehmen, um dann wieder in die freien Gefilde zu entfliegen. Nun verstand Anna, warum sich Julian bei Johannes und nicht bei ihr gezeigt hatte.

„Seele, es geht auch nicht darum, dass die Verstorbenen wieder mit euch leben, so wie ihr es nennt. Dass die, die gegangen sind, in ihren Räumen der Heimat wieder ansässig sind im Boden der Erde. Sie sind aufgebrochen, um ihren Träumen, um ihren Wahrheiten zu folgen und diese sind gänzlich anders als die Träume und Wahrheiten der Erde. Und so verstehe also, frei zu lassen bedeutet zu lieben, frei zu lassen bedeutet diese Form der Entscheidung anzuerkennen, die die Seele für sich getroffen hat. Geliebte, du hättest nichts verändern können. Dieses ist, was ich dir hinausnehmen möchte, es ist nichts zu verändern, was eine Seele entschieden hat. Und ob die Seele bewusst entscheidet oder in den unbewussten Räumen." An der Liebe zu ihrem Sohn bestand kein Zweifel, doch ihn frei zu lassen fiel Anna noch schwer.

Theresa erklärte ihr, dass Sterben ein Übergang sei, ein Prozess, der mit großer Unendlichkeit und Weite verbunden sei, dass es nichts zu verlieren und nichts zu beweinen gäbe. Sie ersuchte Anna, das Versprechen für die Möglichkeit, sich in Bewegung zu setzen, das sie sich gegenseitig in den geistigen Räumen einst gegeben hatten, einzulösen. Denn so, wie sich Julian in die Räume der Sterne aufgeschwungen hat, soll Anna in der Erde in ihre Bewegung treten, um sich zu erinnern, wer sie wirklich war, wer sie immer gewesen war. Diese tiefe Verbindung ihrer Liebe sei das größte Geschenk. Anna selbst hatte bereits viele Spuren in der Erde hinterlassen, war viele Male inkarniert, die Menschlichkeit war ihr immer ein Auftrag gewesen.

„Du hast viele Erfahrungen in den Stätten des Lebens, in den Stätten des Liebens, aber auch in den Stätten des Sterbens getragen. Letztendlich ist es dieses, was in dir wieder aktiviert, wieder erinnert werden möchte."

Und Theresa berichtete, dass sich die Erde in tiefem Aufruhr befindet und sich viele Seelen entscheiden, den Prozess des Lebens, des Menschseins für sich in eine Beendigung zu tragen.

„Und was da wichtig ist, ist zu begreifen, dass die Seelen, die gehen, in einer Möglichkeit sind, sich sofort in die Stätten des lichtigen Prinzips zu begeben. Dies ist, was geschehen ist. Es ist, dass dein Sohn gewesen ist in einer Verbindung auch über die Droge, eine Form der Droge, so möchte ich es sprechen. Es können Drogen sein Fluch, aber es können Drogen sein auch Segen. In der Polarität der Erde kann alles das beides tragen, kann alles das Licht in den Schatten tragen. Und es ist also dadurch, dass diese Seele in eine gewisse Form auch der Einnahme der Droge gegangen ist, eine Möglichkeit gewesen, die Räume zu öffnen. So ist er also eingetreten direkt in diesen Lichtkanal des Raumes, in diejenigen Stätten der Heimat. Also ist dieser in einer schnellen, raschen Geschwindigkeit wieder in sein Heimatkonzept eingetreten."

Annas Herz pochte wild, sie hatte nichts von dem Speed erzählt, das Julian an jenem Abend genommen hatte. Nun waren die letzten Zweifel von ihr genommen. Auch dass sein Weggehen von der Erde niemand hätte verhindern können, wurde Anna in dieser medialen Sitzung klar.

„Und dieses ist, was geschehen kann, wenn die Menschen bewusst wahrnehmen, welche Seelen sie empfangen. Wisse also, dieser Sohn ist nicht allein gegangen. Dieser Sohn ist, so wie du durch mich und andere Wesenheiten der Liebe begleitet bist, ebenso in geistiger Begleitung gewesen. Es ist also niemand allein, der stirbt, so wie ihr es nennt. Es ist niemand allein an diesem Tor. Es sind immer Seelen, die in der Liebe, die diesen empfangen. Es können Menschen sein, die gemeinsam das gleiche Leben gelebt haben und die sich gegenseitig empfangen in diesen Räumen des Lichtes, und es können alte Begegnungen aus alten Inkarnationen sein. Es können Engelswesen sein, es können die Hebammen sein. Es ist diese Seele in Frieden, und es ist diese Seele in der Verbindung gemeinsam mit anderen gegangen. Und dieses ist, was ich dir vermitteln darf."

Ihre Mutter hatte Julian abgeholt, Rosa und Patrizia hatten es ihr erzählt. Julian ginge es gut, Anna war beruhigt.

Theresa erklärte ihr die Träume. Die Nacht ist die Zeit, in der die Menschen ihre Körper wie Kleider ablegen und ihren Sehnsüchten nachgehen. Annas Sehnsucht nach ihrem Sohn hatte sie schon oft in seine Stätten getragen, ihre Seele Verbindung zu seiner Seele aufgenommen. Wenn Anna in den Morgenstunden mit einer Leere aufwache, fühlte sie sich manchmal wie in einem schlechten Traum. Das hatte damit zu tun, dass sie sich in einer Ebene befunden hatte, in der sie eine Glückseligkeit erlebte. Das Zurückkehren empfand sie als schlechten Traum. Die Erde ist jedoch kein schlechter Traum. Tatsächlich fühlte sich Anna ihrer Mutter und Julian oft so nah, nun wusste sie, dass sie zusammen waren, in den Nächten, in ihren Träumen. Auch diese Leere nach dem Aufwachen war ihr vertraut, den Wunsch, nicht mehr bestehen zu müssen in dieser Welt, kannte sie nur zu gut.

Beinahe eine Stunde erzählte Theresa darüber, wo sich die Seele von Annas Sohn befände, über das unbegrenzte Universum und noch vieles mehr. Nur ein Bruchteil der vielen Botschaften blieb in Annas Gedächtnis hängen. Auch sie war in den Inkarnationsfeldern von indianischen Formen gewesen, bei den Hopis und Cheyenne. Mit Theresa befand sie sich in einem Land, das man heute Italien nennt. Vielleicht stammte daher ihre Liebe zu diesem südlichen Gefilde, in dem sie sich stets heimisch fühlte.

Theresa ermunterte Anna Literatur über Weltenwanderer aus indianischen Kulturen zu lesen. Über Licht oder Astralreisen, die es möglich machten, sich in andere Ebenen und Dimensionen hineinzuträumen. Sie solle darauf vertrauen, dass dieser Schmerz, den sie zurzeit empfinde, ihr einen tiefen Segen geben werde. Auch über Trennung, die nicht existiert, sprach sie viel. Dass dies ein Illusionsprinzip der Gedankenformen der Menschen sei.

Theresa sei ein Lichtwirbel, der sich so schnell drehe, dass Annas physisches Auge sie nicht wahrnehmen könne. Darum nehme sie auch die Form ihres Sohnes nicht wahr, er schwinge in einer hohen Energieform, in seiner Heimatenergie, der sechsten Dimension und sei somit für das physische Auge nicht erkennbar.

Am Ende der Sitzung sprach Anna noch kurz mit dem Medium. Sie wollte wissen, wie diese Übertragung funktioniert. Celine erklärte ihr, dass sie sich nicht gänzlich in Trance versetze, somit bekomme sie die Botschaften mit. Sie treffe sich sozusagen in der Mitte der Ebenen, wo die Gedanken der geistigen Führer durch ihre Stimme fließen. Celine merkte noch an, dass sich Anna in einem Stadion befände, wo sie dran bleiben sollte. Der Weg, den sie gehen würde, wäre gut.

Anna fühlte sich überwältigt von der Begegnung mit Celine, die es ihr ermöglicht hatte, einen Kontakt herzustellen mit dieser anderen Welt. Während der Heimfahrt weinte sie, einerseits vor Glück, dass es ihrem Sohn gut gehe, andererseits vor Sehnsucht nach ihm. Anna wiederholte in Gedanken: Julians Seele lebt, sie trägt nur ein anderes Kleid. Er ist nicht gestorben, er wurde hineingeboren in eine andere Welt, die seine wirkliche Heimat ist. In die wir alle gehen, in der es ein Wiedersehen geben wird. Niemand vermag nun meinen Sohn zu verletzen, niemand wird ihm jemals ein Leid zufügen. Anna erinnerte sich an eine Begebenheit in Wien.

Bevor Julian in seine letzte Wohnung gezogen war, hatte er ein paar Wochen bei seinem Freund Mark in einer WG gelebt. Am Samstag, den 5. April 2003 wollte Julian die erste Umzugsfracht in seine neue Wohnstätte transportieren. Mark borgte ihm sein Auto. Nachdem der Schlüssel nicht sperrte, merkte Julian, dass er am Schloss eines falschen Autos hantierte. Der Wagenbesitzer, ein türkischer Geschäftsmann, beobachtete ihn. In der Meinung, dass es sich um einen Einbrecher handelte, schnappte er Julian am Kragen und zerrte ihn in sein Geschäft, von wo er sofort die Polizei anrief. Julians Beteuerung, dass er sich im Auto geirrt hätte, nützte nichts.

Zwei Polizisten, ein Mann und eine Frau, hörten sich zuerst den Bericht des Geschäftsmannes an. Julian hatte Mühe, zu Wort zu kommen. Etwas eingeschüchtert, jedoch sachlich klärte er seinen Irrtum auf.

„Welche Drogen haben Sie genommen, auf was sind Sie drauf?“, schrie der Polizist ihn an. Er wartete die Antwort gar nicht erst ab. In grobem Ton befahl er ihm, seine Hosensäcke auszuleeren. Wie ein Schwerverbrecher wurde er an die Wand gestellt und brutal ausgegriffen. Sie untersuchten seine Papiere, das Handy wurde auf Diebstahl überprüft. Julian wurde nach seinen Eltern befragt, nach sämtlichen Wohnungsadressen, nach der Zimmergröße sowie über die Kosten der alten und neuen Wohnung. Korrekt gab Julian auf alle Fragen Auskunft. Er wurde der Lüge bezichtigt, da es nach Meinung des Polizisten nicht möglich sei, dass die Miete für sein 13 m² großes Zimmer damals 3300 ÖS betragen hätte und er nun für 15 m² nur 200 Euro zahlen würde. Zwischendurch musste Julian sich unverschämte Kommentare der jungen Polizistin gefallen lassen. „Sie haben auch schon einmal besser ausgeschaut“, ließ sie ihn beim Durchsuchen der Papiere wissen. Auf Befehl der Beamten händigte Julian ihnen die Telefonnummer seines Freundes aus. Die Polizistin unterstellte ihm, eine falsche Telefonnummer angegeben zu haben. Sie beharrte darauf, mit Julians Freund zu sprechen. Obwohl die Nummer richtig war, führte er bereitwillig die Beamten zum Haus, was er nicht tun hätte müssen. Bei der Wohnung angelangt, bat Julian die Beamten draußen zu warten. Obwohl die Polizisten weder hineingebeten worden waren, noch einen Hausdurchsuchungsbefehl in der Tasche hatten, betraten sie, mit der Waffe in der Hand, die Studentenwohnung, begutachteten das Vorzimmer, die Küche und klopften an der Zimmertür von Mark, der noch schlief. Schlaftrunken und irritiert über den Polizistenbesuch, bestätigte Mark Julians Angaben. Als er ihnen dann sein Auto zeigte, die gleiche Marke, die gleiche Farbe wie das Auto des Türken, war alles aufgeklärt.

Es gab keine Entschuldigung, stattdessen sagte der Polizist zu Julian. „Du Depperter hast Glück gehabt, dass du das Auto des Türken verwechselt hast und nicht das meine, denn ich hätte dich zusammengeschlagen." Abschließend meinte er noch süffisant, dass Julian heute nicht übersiedeln sollte, da er auf Drogen sei.

Schockiert über diesen Vorfall berichtete Anna Kurt davon. Julian solle einen Beschwerdebrief mit genauen Angaben verfassen, ihm eine Kopie zukommen lassen, er würde die Vorgehensweise prüfen lassen, bot er ihr an. Julian setzte einen Brief auf, schickte diesen jedoch nicht ab. „Mama, das ändert doch nichts", meinte er resigniert. „Wenn überhaupt, dann kriegen die einen augenzwinkernden Rüffel, und das wars. Das Aufnahmeverfahren bei der Polizei ist zu hinterfragen. Wenn so menschenverachtende Personen die Chance bekommen, diesen Beruf zu ergreifen, ihre Macht im Tragen der Uniform ausleben, da läuft etwas verkehrt", meinte er.

Er hat nicht unrecht, mein Sohn, dachte sich Anna. Doch mit ihrer Kämpfernatur hätte sie so schnell nicht aufgegeben.

Anna machte sich viele Gedanken über Julian, mit seinem sensiblen Charakter sei er zu gut für diese Welt. „Du musst resoluter auftreten, auch von Polizisten brauchst du dir nichts gefallen zu lassen. Mit deinem zurückhaltenden, ruhigen Wesen wirst du immer den Kürzeren ziehen. Du musst lernen, in dieser Welt zu bestehen", stachelte sie ihn an. Doch sein Blick verriet, dass sie ihren Sohn diesbezüglich nicht ändern konnte.

Die Mediumerfahrung mit den vielen Botschaften veränderte Annas Leben vorerst nur minimal. Die Schuldfrage war sie hundertprozentig losgeworden, die Gewissheit, dass es Julian gut gehe, er schnell in das Licht getreten sei und von Annas Mutter empfangen wurde, beruhigte sie. Ein wenig mehr Lebensleichtigkeit verspürte sie, doch der Julian-Sehnsuchtsschmerz blieb in aller Vehemenz.

Anfänglich zeigte Anna trotz der Begegnung mit dem Medium weder Ambitionen, sich das Band anzuhören, noch hatte sie Lust auf die empfohlene Literatur. Sie brauchte Zeit, musste das Gehörte erst verdauen. Auch ihr Umfeld war nicht prädestiniert für Spiritualität. Anna hätte ihr gerade entdecktes Neuland, das sie selbst noch nicht kapiert hatte, erklären müssen. Sie trug das Erlebte wie einen Schatz in sich.

14 | Kuraufenthalt

Am 24. November 2004 trat Anna eine Kur an. Drei Wochen Bad Gastein, drei Wochen Badehospiz. Gemischte Gefühle begleiteten sie. Da war einerseits die Freude auf die Anwendungen, denn ihr Rücken machte ihr zu schaffen, andererseits bescherte ihr die Vorstellung von einer Menschenansammlung ein mulmiges Gefühl. Was bedeutet dieses Wort „Hospiz", das sie mit Sterben assoziierte. Sie suchte im Duden und las: „Ein Hospiz ist ein großstädtisches Gasthaus oder Hotel mit christlicher Hausordnung." Diese Formulierung sollte sie später noch amüsieren.

Von Mara chauffiert, die anschließend nach Vorarlberg weiter wollte, um sich für die Wintersaison bei ein paar Hotels vorstellig zu machen, brachen sie bei herrlichem Sonnenschein im vollbepackten Wagen Richtung Salzburg auf. Verzückt fuhren sie durch die „angezuckerte" Landschaft, genossen den Anblick der schneebedeckten Bergketten und trällerten zu den Liedern aus dem Radio. Die beiden hatten Spaß an ihrem falschen Gesang, sie lachten und genossen die Fahrt zu zweit. Augenblicke der Ausgelassenheit waren selten geworden.

In Gedanken sah sich Anna schon auf einer Sonnenterrasse liegen, in Decken gehüllt, die frische Novemberluft einatmend. Dementsprechend enttäuscht zeigte sie sich von der Lage des Kurzentrums, das den ganzen Winter im Schatten zu liegen drohte. Auch die Stadt gefiel ihr nicht, sie fand sie einengend, beklemmend, so an den Berg geklebt mit ihren engen Straßen, die abwechselnd hinauf und hinunter führten und an eine Berg- und Talfahrt erinnerten. Anna vermisste Plätze, Altstadtplätze, Zentren, die sie liebte. Schnell wischte sie jeden Widerwillen weg. Sie hatte sich vorgenommen, sich unvoreingenommen dem Kuraufenthalt auszusetzen.

Gelassen beobachteten Anna und Mara das rege Treiben der vielen neu ankommenden Gäste im Hospiz. Wie in einem Taubenschlag ging es zu, ein buntes Sammelsurium an Menschengesichtern, ihre Lebensgeschichte mit sich herumtragend, begegnete ihnen. Frauen und Männer in unterschiedlichstem Alter, die sich selbst chauffierten oder chauffiert wurden, schleppten ihre Koffer und Taschen, in ihren erwartungsvollen Blicken verbarg sich Neugier und Scheu. Die bereits eingewöhnten Insassen, denen die Kurerfahrenheit ins Gesicht geschrieben stand, erinnerten Anna an die Zeit des Schulwechsels und ihrer Aufnahme ins Internat. Mit demselben „Ich kenn mich hier aus"-Blick begegneten die Alteingesessenen den Neuen mit ihrem „Ich kenn mich nicht aus"-Blick. Genau wie damals gab es Nette, Hilfsbereite und Affektierte. Mara zeigte sich amüsiert über diese Szenerie. Die Tatsache, ihre Mutter hier bei den vielen alten Menschen zu lassen, ließ sie in einen regelrechten Lachkrampf verfallen, in den Anna haltlos einstimmte. Mit Müh und Not stopften sie das Gepäck in den viel zu kleinen Aufzug, kicherten, prusteten und zogen ungewollte Aufmerksamkeit auf sich.

Ihr Zimmer war klein, jedoch funktionell. Ein Bett, das Kopfteil mit einem Regal versehen, ein Tisch, ein Sessel, ein Hocker, ein geräumiger, hoher Kleiderschrank, freundliche Vorhänge, Spannteppich und ein oranges Containerbad, das Anna hässlich fand. Auf dem Tisch lag der Zimmerschlüssel mit der Nummer 211. Daneben ein Plastiketui, auf dem ihr Name stand, gefüllt mit einer weißen Serviette aus Stoff. Wie im Kindergarten, dachte sich Anna.

Nach einem Spaziergang entließ sie ihre Tochter schweren Herzens. Anna liebte Mara über alles, und die Angst um sie drohte ihr manchmal den Verstand zu rauben. Diese Angst, die sich eingeschlichen hatte mit dem Tod ihres Sohnes. Diese Angst, die sie nicht zeigen sollte, weil sie das Leben ihrer Tochter nicht belasten wollte.

Anna räumte die Koffer aus, errichtete ihren Julian-Altar und entschloss sich zu einem Hausrundgang. Es war nicht leicht in diesem Labyrinth, das sich über mehrere Stockwerke erstreckte. Sie entdeckte ein Büfett, eine Sauna, ein Hallenbad, ein Solarium, eine Bibliothek, Tischtennis-, Fitness- und modern eingerichtete Fernsehräume. Sie begegnete keiner Menschenseele, und die Stille mutete beinahe unheimlich an. Plötzlich vernahm sie ein Stimmengewirr, dem sie folgte. Anna fand sich im grellen Licht des Speisesaals wieder und fühlte sich wie auf einer Fleischbeschau. Denn unzählige Männeraugenpaare folgten ihr, während sie den ihr zugeteilten Tisch mit der Nummer 16 ansteuerte. Ein großer stämmiger Mann mit Schnauzbart, ein bebrillter älterer Herr mit weißem Vollbart und eine hübsche, junge Frau mit lustigen Augen saßen bereits da, als hätten sie auf Anna gewartet. Nach der Vorstellungsrunde, einem verstohlenen gegenseitigen Mustern, nahmen sie das Essen ein. Am ersten Abend siezten sie sich, bereits am nächsten Morgen waren sie per du.

Angelika, die junge Frau, die aus dem Pongau stammte, war 30 Jahre alt. Eine Frohnatur, ausgestattet mit einem Drang, der sie ununterbrochen zum Reden und Lachen zwang. Karl, ein schweigsamer Kärntner Schnauzbartträger aus dem Proletariat, so um die 50 herum, der sich kaum an Gesprächen beteiligte und nur auf die an ihn gerichteten Fragen eine Antwort gab. Und Helmut, ein Kavalier der alten Wiener Schule, über 60, der mit seiner sonoren Stimme und gewählten Sprache Annas Aufmerksamkeit erregte. Sie beäugte ihre Tischnachbarn, deren Anwesenheit sie drei Wochen zu ertragen hatte. Anfangs beteiligte sich Anna spärlich an den Gesprächen und vermittelte mit ihrer Reserviertheit den Eindruck von leichter Arroganz.

Vor der Einteilung der Anwendungen hatte man sich einer ärztlichen Untersuchung zu unterziehen. Über ihren Allgemeinzustand wurde sie befragt. Beim Thema Schlafstörung liefen Annas Tränen, die nicht unbemerkt geblieben waren vom ratlos wirkenden Ärztinnenblick. Und als Anna über Julians Tod erzählte, füllten sich die Augen der Ärztin mit Nass. Selbst Mutter eines Sohnes zeigte sie sich tief berührt. Sie bot ihre Hilfe an, falls Anna etwas brauchte.

Mit der Zeit begann sich Anna wohl zu fühlen, die Tischnachbarn sympathisch zu finden, die Anwendungen zu genießen. Anna liebte es, wenn die begnadeten Masseurinnenhände ihren Körper durchwalkten. Sie mochte die Unterwassertherapie mit Szabor, einem Ungarn, der vom Beckenrand aus die Anweisungen zu den Übungen gab, die jeder mit einer Leichtigkeit auszuführen vermochte. Beendet wurden sie mit einem Wasserstrahl, der Rücken und Schulter massierte. Von Szabor eingewickelt in ein Badetuch, dessen Ende er geschickt zusammenknotet hatte, stand eine Stunde Ruhe auf dem Programm. Im Bett, in ihrem kleinen Zimmer, hörte Anna dann Musik und dachte an Julian. Und sie weinte, weil er ihr fehlte, ihr Sohn.

Auch nach dem Thermalbad, das sie am liebsten in der Früh besuchte, erging es ihr so. Nachdem sie ihren Körper zehn Minuten in heißes, mit Radon angereichertes Wasser getaucht hatte, kroch sie zur Ruhestunde in ihr Bett. Auch da ließen sie die Gedanken an ihren Sohn nicht los. Die Tatsache, dass sie ihn nie mehr sehen sollte, nie mehr in die Arme schließen konnte, zerriss ihr das Herz.

Abgelenkt wurde Anna in der täglichen Stunde, in der sie ihre Wirbelsäule trainierte. Rückenschule wurde die Einheit genannt, in der sich die unterschiedlichsten Charaktere mit ihren Körpern aufs Komischste verrenkten und vor Anstrengung stöhnten. Wenn sie ihre Unzulänglichkeiten mit witzigen Wortmeldungen kompensierten, stimmte Anna in das herzliche Gruppenlachen ein.

Zwischen den Anwendungen genoss sie die haubenlokalähnliche Kost, unternahm ausgedehnte Spaziergänge und genoss ihre Ruhe. Sie zog sich in ihr Zimmer zurück, schrieb ihre Gedanken und Träume auf, las oder hörte Musik. Anna schwamm regelmäßig eine Stunde im hausinternen Hallenbad, besuchte die Sauna und genehmigte sich abends gern ein oder zwei Biere.

Manchmal nahm sie die Einladung ihrer Tischnachbarn zu einer gemeinsamen Aktivität an. Sie scheute anfangs den Kontakt, hatte Angst vor der Kinderfrage. Denn Helmut schwärmte von seinem Sohn und seiner Enkelin, Angelika gefiel es, von ihrer Tochter zu erzählen. Auch Anna sprach früher oft und gern von ihren Kindern, sie konnte gar nicht genug kriegen davon. Nun fand sie es leidig, dieses Thema, dem sie seit Julians Tod zu entkommen versuchte. Es war bei Wein und Käse in einem netten Lokal, genau in einem Augenblick, wo sie nicht damit gerechnet hatte. Sie traf sie wie ein Pfeil ins Herz, diese Frage, die Helmut ihr stellte. Völlig unerwartet und aus dem Zusammenhang fragte er, ob sie auch Kinder hätte. „Ja", schluckte sie, „ich habe zwei." Die Tränen liefen, tausend Hände schienen ihren Hals zu würgen. Und dann musste sie raus aufs Klo, sich befreien von ihrem Schmerz. Ab dem Zeitpunkt verstand man Anna, ihr Rückzug wurde akzeptiert, ihre Stille und Traurigkeit zugeordnet.

Im Laufe des Kuraufenthaltes öffnete Anna ihr Herz auch noch Fritz, einem alkoholkranken, trockenen Spengler mit einer begnadeten Stimme, ohne Lobby und Glück. Und der Tschechin Elena, einer schicken, ausgepowerten Managerin, die sich inmitten einer Liebeskrise befand.

Helmut, der Wiener Gentleman, ausgestattet mit Intelligenz, Gespür und Humor, als Freimaurer offen für Spiritualität, wurde Annas Favorit. Sie genoss seine exzellenten Manieren, ließ sich verwöhnen und chauffieren, Türen aufhalten, in den Mantel helfen, Taschen tragen, Wein bestellen, alles bezahlen. Lediglich die „Kasperlnummer", wie sie Anna nannte, verbot sie ihm. Auf Grund ihrer ständig schwankenden Körpertemperatur befiel Anna häufig das Bedürfnis, sich in kurzen Intervallen ihrer Jacke zu entledigen oder an sich zu reißen. Ihr Kavalier, der beim An- bzw. Ausziehen behilflich sein sollte, weil es der Benimmknigge so wollte, sprang in einer Tour auf, um sich gleich wieder zu setzen. Wie ein Holzkasperl, der hoch geht, wenn man an der Schnur zieht, kam es Anna vor.

Auch für die Stadt begann sich Anna zu erwärmen. Die vielen leer stehenden verfallenen Villen und Hotels verliehen dem Ort eine gewisse Morbidität. Ausschließlich erahnen konnte sie das impulsive gesellschaftliche Treiben der Reichen, deren Anwesenheit vor Jahrzehnten der Stadt zu Prunk und Mondänität verholfen hatte. Anna schlenderte durch die Straßen, verweilte gern beim Wasserfall, der rauschend und donnernd mit Machtgewalt die Stadt in zwei Teile riss, und setzte sich manchmal in ein Cafe. Das Wetter zeigte sich von seiner Honigseite, und die Spaziergänge zu diversen Sonnenplätzen taten ihrer Seele gut.

In den Nächten wurde Anna geplagt von Gedanken, Tränen und Sehnsucht nach ihrem Sohn. Dieser besuchte sie in den Träumen, als Baby, als Kleinkind, als Junge. Jeden Morgen wachte Anna mit einer Leere auf, die unerträglich schien. Dann schwamm sie im menschenleeren Hallenbad, wild und entschlossen schlug sie auf das Wasser ein, peitschte es für all das, was ihr widerfahren war.

Wie in jeder Kuranstalt fand so mancher im Hospiz, dem Kurhaus mit christlicher Hausordnung, seinen Kurschatten. Die frisch verliebten Paare klammerten aneinander bis zum Wochenende, lösten sich voneinander, wenn die Ehepartner zu Besuch kamen, um sich wieder zu umklammern, wenn diese nach Hause fuhren. Und wenn für den einen Schatten die Kur als beendet galt, der andere Schatten jedoch noch zu bleiben hatte, spielten sich mittlere Tragödien ab. Dramatische Szenen beobachtete Anna Tag für Tag. Auch die fröhliche Angelika wurde kurschättlich infiziert, und der Liebeskummer fraß ihr erfrischendes Lachen weg.

Abends, gleich nach dem Essen, strömten sie in Scharen zum Tanz aus. Sie hatten nicht lange Zeit, denn um 22h 30 wurden die Badehospiz-Türen geschlossen.

„Einmal muss ich mir das ansehen", sagte Anna zu ihren Freunden. In Begleitung des Kavaliers und der eleganten Elena inspizierte sie ein rustikal heubodenartiges Tanzlokal. Rustikal war auch der Wirt und rustikal die Musik. Die Tanzpärchen wirbelten nur so herum. Dann kam endlich der Wechsel zum heißersehnten Kuschelrock. Und verliebt tanzten sie, die Kurschatten und Kurschättinnen, eng umschlungen, mit beiden Händen auf Erkundungstour. Hin und wieder wurden zärtlichste Blicke ausgetauscht, bis sich ihre Münder ineinander verkeilten, leidenschaftlich, als hätten sie das Küssen gerade entdeckt.

Voller Mitleid beobachtete Anna dieses Balzen. Eine kurze Zeit des Spürens, des Begehrens und Begehrt-Werdens, die vorbei war, bevor sie richtig begonnen hatte. Viele kehrten in ihr langweiliges Leben zu ihren langweiligen Partnern zurück. Was blieb, waren Erinnerungen, die Erkenntnis der Fähigkeit, doch noch zu lieben, das Spüren und Auflodern von Gefühlen und ein Liebesschmerz. Wie traurig, dachte Anna.

Eines Abends wollte Annas Kavalier sie in das Kaminzimmer im Grünen Baum auf ein Glas Wein einladen. Vergeblich klopfte er an ihre Tür, zog ungehört wieder ab und begann im ganzen Haus nach ihr zu suchen. Bis er schlussendlich in der Sauna stand, bekleidet mit Anzug und Mantel, unter all den Nackten, wo er Anna auch nicht fand. Die lag in ihrem Zimmer und hatte wegen der Musik sein Klopfen nicht gehört. Kurz vor dem Schlafengehen gönnte sie sich noch ein Bier und traf auf ihren Kavalier, der gerade zurückgekommen war von seinem Ausflug, allein. Anna konnte sich nicht halten vor lauter Lachen. Wenn mein Kavalier solch verrückte Sachen macht wegen mir, verdient er diesen Titel, dachte sich Anna und ernannte ihn zu ihrem Schatten auf der Kur.

Richtige Freunde fürs Leben wurden sie, als Anna wieder einmal von einer Julian-Sehnsuchtsattacke heimgesucht wurde. Als sie Helmut teilhaben ließ an der Musik, die ihr Sohn so gerne mochte. Als sie ihm Fotos zeigte, vom Baby-Alter an bis kurz vor seinem Tod. Als ihr Körper geschüttelt wurde von dem vielen Weinen und sie nicht aufhören konnte damit. Er nahm sie fest in seine Arme, legte sie ins Bett und deckte sie zu. Er brachte ihr Wasser und blieb am Bettrand sitzen, bis sie einschlief. Irgendwann, mitten in der Nacht, schaute er nach ihr wie nach einem Kind.

Julians erster Todestag näherte sich. Mittwoch, 8. Dezember 2004: Vor einem Jahr war Anna nach Wien gefahren. Sie dachte den ganzen Tag daran. In ihrem Zimmer einsperren wollte sie sich. Ihr Schatten gestattete es nicht. Mitgeschleppt wurde sie auf den Berg, in die Sonne gesetzt, mit einer Decke zugedeckt. Abends ging es zum Christkindlmarkt in ein nahe gelegenes Dorf. Der Ausflug ins Gebirge, der nächtliche Spaziergang mit Freunden, die frische Luft, die Sonne und die Gespräche taten Anna letztendlich gut.

Donnerstag, 9. Dezember 2004: Annas Kavalier, mit seinen lädierten Knien, willigte in einen Spaziergang ein, der sich als Strapaziergang entpuppte. Denn Anna rannte, ohne Rücksicht auf ihn, in Gedanken an ihren Sohn.

Freitag, 10. Dezember 2004: Anna lag eingewickelt im Moor. Wie ein Küken vor dem Ausbrüten kam sie sich vor, warm, geborgen, vom Wasser geschaukelt. Vor einem Jahr ist Julian gestorben, ganz allein. Anna weinte leise. „Sie haben aber geschwitzt", sagte die Wickel-Frau, die keine Ahnung von ihrem Schicksal hatte.

Samstag, 11. Dezember 2004, der Tag, an dem sie vor einem Jahr Julian gefunden hatte: Paul und Mara besuchten Anna, um Julians offiziellen Todestag gemeinsam zu verbringen. Nur den Partnern ist die Nächtigung im Hospiz erlaubt, Kindern nicht. Für Mara wurde eine Ausnahme gemacht, die Kurärztin hatte interveniert.

Zu dritt wanderten sie am Höhenweg nach Bad Hofgastein, die Sonne schien. Die Gondel brachte sie zur Schlossalm hinauf, wo sie sich in Liegestühlen niederließen. Inmitten der schneebedeckten Berge mit ihrem unheimlichen Reiz genossen sie die Sonnenstrahlen, die mit Kraft und Wärme in ihre Körper strömten. Es war angenehm ruhig. Bis Mittag, bis die Schifahrer Einkehr hielten. Dann wurde es laut. Unerträglich fand Anna den Lärm und die ausgelassene Stimmung. Verdammt, warum seid ihr so fröhlich. Vor einem Jahr ist mein Sohn gestorben und ihr lacht, hätte Anna am liebsten geschrien. Doch sie schwieg, wie Paul und Mara auch.

Wieder im Tal angelangt, trafen sie in einem Café auf Annas Freunde. Der Sympathie-Funke sprang über, und sie hörten Helmuts Anekdoten aus seinem Berufsleben. Als Vertreter für medizinische Geräte bereiste er die ganze Welt und erlebte unglaublich verrückte Geschichten, die er in witziger Manier zum Besten gab. Anna lachte mit ihrer Familie und Freunden darüber. Später befiel sie ein schlechtes Gewissen. Ich hab an Julians Todestag gelacht, dachte sie bestürzt.

Nach dem Abendessen besuchten sie die hausinterne Sauna. Anna, Paul und Mara hatten Glück, die einzigen Gäste zu sein. Sie sprachen nicht viel, ruhten sich aus, jeder in seinen Gedanken. Anschließend zündete Anna die Kerzen an. Paul öffnete eine Flasche Wein. Annas Wunsch, sich gemeinsam die Kassette mit dem Medium anzuhören, erfüllte sich nicht. Paul und Mara schliefen nach den ersten Sätzen ein. Enttäuscht blies Anna die Kerzen aus. Sie fühlte sich in ihrem Schmerz allein, verließ Mann und Tochter, schlich weinend in ihr Zimmer und musste erkennen, dass ein Aufdrängen nichts bringen würde.

Nach einem Spaziergang am nächsten Tag in die verschneiten Wälder und einem anschließenden Mittagessen verabschiedeten sich Mara und Paul.

Das wars, dachte sich Anna, der erste Todestag von Julian ist überstanden, das erste Trauerjahr vorbei. Erleichterung verspürte sie nicht. Julians Geburtstag stand an, Weihnachten vor der Tür. Anna wollte nicht daran denken.

Am Mittwoch, den 15. Dezember 2004 beendete sie die Kur. Von ihrem Schatten wurde sie nach Hause gefahren. „Wir werden uns wiedersehen", sagte Anna zum Abschied ihrem Kavalier. „Das hoffe ich", antwortete er.

15 | Luna / Mara in Vorarlberg / Geburtstag

Nach drei Wochen Kur wieder zu Hause. Nichts hat sich geändert, stellte Anna fest, nur die Leere war nicht mehr so leer, weil Mara sie füllte. Nicht lange, denn in zwei Tagen wollte ihre Tochter nach Vorarlberg, ihren neuen Job antreten. Bis April wolle sie bleiben. Dieser Gedanke widerstrebte Anna sehr. Still sog sie jeden Hauch Nähe ihrer Tochter ein. Beschäftigt mit Auspacken, Wäsche waschen, Bügeln, Einkaufen und Kochen vergingen die Tage zu schnell. Anna behielt den Abschiedsschmerz, der sie gefangen hielt, für sich.

Maras Hund hatte sich an der Schnauze infiziert. Antibiotika und Salben sollten helfen. Ob Anna ihre Hündin nehmen könne, die Zeit, bis der Ausschlag sich verflüchtigt hätte, bat Mara ihre Mutter. Luna, die Trennungshündin hatte es nicht leicht. Da gab es Johannes, Maras Exfreund und Lunas Hauptherrchen, mit seinem Wohnsitz in Wien. Tim, Maras Geradefreund, Lunas Zweitherrchen, der auf einem Bauernhof lebte und selbst Hauptherrchen zweier Hunde war. Und Mara, Lunas Hauptfrauchen, die gerade vorhatte, ein paar Monate nach Vorarlberg zu gehen und sich nicht um sie kümmern konnte. Das müssen die Herrchen übernehmen, sobald Luna gesund ist, so Maras Plan.

Wenn die nicht gestört wird, dachte Anna. Eine ausgesetzte Hündin, die man angekettet an einem Brückenpfeiler in sengender

155

Hitze gefunden und in ein Tierheim gebracht hatte. Die ihr Leben dort fristete, bis sie Mara und Johannes befreiten und ihr ein neues Zuhause bereiteten. Und nun sollte sie ständig hin- und hergerissen werden. Das behagte Anna nicht, und sie freundete sich insgeheim mit dem Gedanken an, Luna zu behalten.

Luna, ein Riesenkalb, eine Mischung aus deutschem Jagdhund und Dogge, schwarzgrau meliert, wurde eine ausgesprochen gute Erziehung zuteil. Sie folgte aufs Wort, bellte kaum und sah Anna mit treuherzigem Blick an. Ein intelligenter, pflegeleichter, kinderfreundlicher, gutmütiger Hund, der sich für alles dankbar zeigte und sich nach Streicheleinheiten sehnte. „Ich pflege sie gesund, dann werden wir weitersehen."

Am 17. Dezember 2004 fuhr Anna ihre Tochter nach Vorarlberg in einen kleinen Ort an ihre neue Arbeitsstätte, ein gediegenes Hotel im Landhausstil. Sie begrüßten die resche Chefin des 4-Sterne Refugiums, erkundeten die Umgebung und bezogen Maras Quartier, das sich im angrenzenden Gebäude befand. Sie speisten italienisch und schlenderten um Mitternacht durch den Ort, der bereits unter einer zarten Schneedecke eingehüllt schlief. Anna blieb die Nacht bei ihrer Tochter. Eng aneinander gekuschelt, die Beine ineinander verschlungen, wärmten sie sich. Meine große Kleine lässt diese Nähe noch zu, Anna war dankbar dafür. Die Schwere des Abschieds zog sie in ein seelisches Tief. Warum quält mich jede Trennung so, fragte sich Anna.

Stets hatte sie die Selbstständigkeit ihrer Kinder goutiert, die Abnabelung gepredigt, sich für Horizonterweiterung ausgesprochen. Anna wusste, dass sie aus ihren eigenen Erfahrungen zu lernen hatten, ob positiver oder negativer Natur. So mancher Gluckenmutter traf sie mit diesem Statement auf den Nerv. Und doch gerieten ihre Gefühle ins Wanken, als Julian und Mara auszogen, von einem auf den anderen Tag. Weder fiel ihr die Decke auf den Kopf, noch fiel sie in ein Loch. Die plötzliche Stille im Haus, die ständig kreisenden Gedanken beschäftigten sie. Ob sich ihre Kinder zurechtfinden im Großstadtdschungel Wien, sich gesund ernähren, genug Kontakte pflegen, das Grüne aufsuchen, um frische Luft zu tanken, nicht an falsche Menschen geraten. Anna dachte an ihre Jugendzeit zurück, an die Gefahren und prekären Situationen, die sie erlebt und die ihre Entwicklung geprägt hatten. Goethes weiser Satz, „Den Kinder Wurzeln angedeihen zu lassen und Flügel zu verleihen", stellte sich als große Herausforderung heraus. Paul hatte damit kein Problem, er betrachtete seine Kinder als erwachsen. Ist das wieder so eine spezielle Mutter-Kind-Geschichte, fragte sich Anna.

In der Früh wurden sie vom Lärm eines LKWs geweckt. Als Anna aus dem Fenster sah, empfand sie eine kindliche Freude, alles lag in tiefstem Weiß. Es hatte die ganze Nacht geschneit und es schneite immer noch. Der Wintersaison stand nichts mehr im Weg.

Nach einem bescheidenen Personalfrühstück und nachdem sie den Wagen ausgeschaufelt hatten, verabschiedete sich Anna von Mara. „Ich komme zu Weihnachten mit deinem Vater wieder", versprach sie und drückte ihr Mädchen fest an sich.

Schneegestöber und Hagel begleiteten sie auf ihrem Nachhauseweg. An einigen Unfällen kam Anna vorbei. Sie dachte an Julian. Heute ist sein Geburtstag, der zweite, den er nicht mehr erlebt. Heute wäre er 25 Jahre alt. Anna schlich im Schneckentempo dahin. Sie weinte und dachte an die Geburt. Mit verschwommenem Blick lenkte sie den Wagen. Die Straßenverhältnisse zeigten sich denkbar schlecht. Konzentrier dich, reiß dich zusammen, befahl sich Anna streng. Ihr wäre es egal, wenn etwas passierte, gäbe es nicht Mara, Paul und Magdalena.

Sie fühlte sich gerädert, als sie zu Hause ankam. Paul umarmte Anna, und sie begann wieder zu weinen. „Auch ich hab den ganzen Tag an Julian gedacht, auch ich habe geweint um ihn", sagte er. Anna klammerte sich an ihn und schluchzte ihm ins Ohr. „Warum können wir nicht gemeinsam um unseren Sohn weinen?" Paul schob sie sanft zur Seite. „Ich muss weg, muss zu einer Weihnachtsfeier", eröffnete er ihr. Anna konnte es nicht fassen. Paul zog irgendeine unwichtige Vereins-Weihnachtsfeier vor, statt an diesem Tag mit ihr zusammen zu sein. Noch dazu, wo er sehen konnte, wie schlecht es ihr ging. „Lässt du mich wirklich allein?", fragte Anna Paul. „Ich muss, als Politiker hab ich meinen Pflichten nachzukommen." „Was ist mit deinen familiären Pflichten, die sind dir wohl scheißegal!", schrie Anna in einem Anflug von Hysterie. „Ich bin sobald wie möglich bei dir", versprach er ihr.

Anna spazierte mit Luna zum Grab, sie konnte sich nicht fangen, die Tränen rannen. Sie wollte nicht allein sein an diesem Abend und klingelte bei ihrer Freundin Ella an der Tür. Anna wurde herzlich aufgenommen. Um 21 Uhr 10, zu Julians Geburtsstunde, tranken sie Sekt auf ihn. Gemeinsam weinten und lachten sie, Anna erzählte, Ella hörte zu. Allmählich beruhigte sich Anna, die angenehm benebelnde Wirkung des Alkohols zeigte sich. Es war 23 Uhr, als Paul anrief, dass er zu Haus sei. Zu spät, dachte sich Anna, du bist wieder einmal zu spät.

Sie machte Paul eine Szene. „Ich konnte nicht weg", sagte er. „Jeder kennt deine Situation, jeder weiß über Julians Tod Bescheid. Jeder hätte Verständnis gezeigt an diesem Tag. Du wolltest nicht mit mir zusammen sein. Du flüchtest vor mir und meiner Trauer. Es ist viel angenehmer, sich mit fröhlichen Menschen zu umgeben, ist es nicht so?" Paul antwortete nicht. Eine Wolke aus Stille schwebte über dem Raum.

Im Bett dachte Anna über alles nach. Sie war überzeugt, dass es Julian gut gehe, dass er aufgehoben sei. Warum ließ trotzdem der Schmerz nicht nach? Warum klagte sie Paul immer wieder an, obwohl sie wusste, dass er nicht anders konnte?

Am nächsten Tag zog die Stille weiter ihren Schleier. Anna versuchte nett zu sein, Paul war es. Verstohlen betrachtete er Anna mit ihrem verquollenen Gesicht. Anna taxierte Paul in seiner Unsicherheit, auf eine Entschuldigung wartend. Nichts geschah. Den Tag und den Abend verbrachten sie mit Freunden. Praktisch für Paul, dachte Anna, da muss er nicht reden mit mir.

Erst abends im Bett, so nebeneinander, wo keiner dem anderen auszukommen vermag, nahm Anna das Konfliktthema wieder auf. Gegenseitige Vorwürfe folgten. Anna wollte die Trennung, Paul zeigte sich perplex. Anna wurde hysterisch, Paul versuchte sie zu beruhigen. Anna fühlte sich alleingelassen und ungeliebt, Paul beteuerte seine Liebe. Sie versöhnten und liebten sich.

16 | Die zweiten Weihnachten

Der Ausschlag auf Lunas Schnauze verwandelte sich in Eiter und Blut, es bestand keine Aussicht auf Besserung. Gewebsproben wurden entnommen. Um ein Aufkratzen zu verhindern, wurde ihr ein Trichter für die Schnauze verpasst. Weihnachten nahte. Anna dekorierte weder den Hauseingang noch die Wohnung, lediglich das Grab schmückte sie. Ihrer Familie hatte sie abgesagt, sie wollte das Weihnachtsfest nicht feiern. An ihrem Plan, zu ihrer Tochter zu fahren, hielt sie fest. Paul musste sie es noch beizubringen. Sie kochte ein aufwendiges Menü, deckte liebevoll den Tisch, bastelte einen „Weiße Weihnachten in den Bergen"-Gutschein und legte ihn auf Pauls Teller. Aufgrund Annas Fröhlichkeit stimmte Paul augenblicklich zu. Luna wurde als Überraschungsgast eingepackt. Am 24. Dezember 2004 in der Früh ging die Reise los.

Sie bezogen eine Suite im Hotel, brachten Luna in Maras Unterkunft und suchten ihre Tochter auf. Nachmittags arbeitete sie in der Après-Schi-Bar neben der Talstation. Es herrschte ein Drängeln und Schieben, das Lokal war komplett gefüllt. Eine Glühwein-Nikotin Dunstwolke schwebte über dem Raum, eine ausgelassene Alkoholfröhlichkeit schlug ihnen entgegen. Die Disko-Musik duellierte sich mit dem Gästegeschrei. Lange hielten es Anna und Paul nicht aus, sie tranken ein Bier und bewunderten ihre Tochter, die flink hinter dem Tresen der johlenden Meute die Getränke ausgab.

Mara rastete vor Glück beinahe aus, als sie ihre Zimmertür öffnete und Luna, mit dem Trichter um den Hals, ihr vor Freude entgegen lief. Eine ganze Stunde hatte sie Zeit zu duschen, ihre Haare zu waschen, sich mit dem Dirndl zu verkleiden, um dann ruhig und freundlich den Gästen im Hotel das Fünf-Gänge-Menü zu servieren.

Abends zogen sich Anna und Paul festliche Kleider an. Vor dem Essen nahmen sie an der Bar einen Drink. Ein großer, geschmackvoll geschmückter Christbaum und dezente Weihnachtsmusik ließen sie daran denken, dass Heilig Abend war. Als ein Ehepaar mit ihren zwei erwachsenen Kindern erschien und an der Bar ihren Platz einnahm, gab es Anna einen Stich. Der junge Mann war im Alter von Julian, das Mädchen so wie Mara. Die Familie unterhielt sich fröhlich und angeregt. Anna traten Tränen in die Augen. Sie wandte sich ab, konnte diese Harmonie nicht ertragen. Warum ist uns dieses Glück nicht vergönnt, fragte sich Anna von einer heimlichen Wut überrannt. Reiß dich zusammen, befal sie sich, vermassle Paul und Mara diesen Abend nicht.

Die Nähe ihrer Lieben, das kulinarische Verwöhn-Menü, das gediegene Ambiente ließen die zweiten Weihnachten ohne Julian schlussendlich für Anna erträglich werden. Sie ertappte sich sogar dabei, dass sie diesen Abend ein klein wenig genoss.

Nach dem Essen gehörte der Hund ausgeführt. Als traumhaft schön entpuppte sich der Nachtspaziergang im märchenhaft verschneiten Dorf. Paul und Anna, eng umschlungen, genossen die Stille, erfreuten sich am funkelnden Schnee und wähnten sich in einer Welt von Kristallen. Auch der Himmel, voll glänzender Sterne, leuchtete herab auf sie. Wie in einer Schneekugel kam sich Anna vor. Ihre Augen gegen den Himmel gerichtet, suchte sie das Siebengestirn. Ein loser Sternenhaufen blitzte sie an, als hätte er ihr zugewinkt. Da bist du also, mein Sohn, dachte sich Anna und lächelte hinauf zu ihm. Zu Paul sagte sie nichts, sie drückte fest seine Hand. Er umfasste zärtlich ihr Gesicht, der Hauch ihres Atems schwebte aus den Mündern, bevor sich die Lippen vereinten zum Kuss.

Am nächsten Tag liehen sich Anna und Paul Langlaufschi. Ungeübt in dieser Sportart mühten sie sich ab. Auf diesen schmalen Brettern sich fortzubewegen stellte sich schwieriger heraus, als sie angenommen hatten. Sogar Paul, von jeher eine sportliche Natur, machte keine so gute Figur. Als er stürzte an einem kleinen Hang, lachte Anna ihn aus, den verdutzten Paul. Sie lachte aus vollem Hals, als er aufstand und sich den Schnee abklopfte. Dann stürzte sie, an derselben Stelle, mit dem Gesicht in den Schnee. Da lachte Paul, ganz laut, aus Rache. Obwohl Annas aufgeschundenes Kinn blutete und schmerzte, stimmte sie in sein Lachen ein. Und es tat gut, dieses Lachen, es wirkte befreiend, dieses gemeinsame Lachen, das eine Seltenheit geworden war.

Am zweiten Weihnachtstag verließen sie den Wintersportort und ihre Tochter. Während der Fahrt hörten sie von der Katastrophe. Ein Seebeben im Indischen Ozean hatte eine Flutwelle an Asiens Küsten ausgelöst. Das wirkliche Ausmaß dieses Tsunamis war zu diesem Zeitpunkt noch nicht abschätzbar.

2005

1 | Tsunami / Haus / Seelisches Tief

Ein neues Jahr hatte begonnen, wieder ein Jahr ohne Julian. Die Tsunami-Tragödie beherrschte und lähmte die Welt. Täglich mehrte sich die Zahl der Toten. In den Medien wurde man von einer Berichteflut überschwemmt. Das schicksalhafte Leid so vieler Menschen ließ Annas Trauer ruhen. Ihre Gedanken drehten sich rund um die Katastrophe, sie kam sich untätig, nutzlos vor, der Wunsch zu helfen wuchs. Anna schrieb sämtliche karitative Organisationen an, stellte unentgeltlich für ein paar Monate ihre Hilfe zur Verfügung. Sie wollte verwaiste Kinder und Eltern betreuen, glaubte, dafür geeignet zu sein. Wenn Anna mit dem Hund spazieren ging, fragte sie sich, was sie hier tue, während am anderen Ende der Welt ein grenzenloses Chaos herrscht.

Der Hund nahm nicht mehr die Vorrangstellung ein, Anna hätte ihn unverzüglich zum Herrchen nach Wien gebracht. Sie stellte übertriebene Tierliebe in Frage, brachte kein Verständnis auf, wenn die Menschen mit Katz, Ratz, Hund, Hamster, Meerschwein, Vogel, Hase wegen Blähungen, Impfungen, Sterilisation und sonst irgendwelchen Wehwehchen ärztliche Hilfe suchten, während im Katastrophengebiet die Kinder wie die Fliegen starben. Dass auch sie ihrem Pflegehund die bestmögliche medizinische Behandlung zukommen ließ, noch dazu mit ziemlichen Kosten verbunden, strich Anna kurzfristig aus ihrem Denken. Sie versteifte, verstrickte, verstieg sich in einen grenzenlosen Helfer-Wunsch. Umso größer fiel die Enttäuschung auf die Absagen aus. Geld könnte sie spenden, das tat sie ohnehin. Manche Hilfsorganisationen antworteten nie. Dann soll es scheinbar nicht sein, dachte Anna und hakte das Thema Tsunami-Hilfe ab.

Stattdessen meldete sie sich auf Malta in einer Ferienschule an, um ihr Englisch zu verbessern. Im März sollte die Reise beginnen.

Anna fuhr wieder ins Ferienhaus ihres Freundes. Dieses Mal nicht allein, sie hatte Luna dabei, die sie behalten durfte. Es gäbe keinen besseren Platz für sie, ließen Mara und Johannes sie wissen.

Zwei Monate waren vergangen seit ihrem letzten Besuch. Anna wurde von einem Heimkehr-Gefühl übermannt, als sie in die Abfahrt Richtung See einbog. Beim Betreten der ihr bereits vertrauten Räume atmete sie erleichtert auf. Auch wenn sie die letzten Wochen mit Paul genossen hatte, spürte sie latent ihren Julian-Sehnsuchts-Schmerz. Sie hatte sich zusammengenommen in dieser Zeit. Wie in einem Topf sammelten sich die nicht ausgelebten Trauergefühle an. Der zurückgehaltene Schmerz brodelte dahin. Wie ein Ventil, das pfeift und dampft, entlud sie ihn. Nach jeder seelischen Explosion fühlte sich Anna befreit.

Mit Verspätung brach der Winter in dieser Region ein. Es schneite Tag und Nacht, begleitet von einem ums Haus heulenden Sturm. Anna heizte den Kamin, wohlige Wärme strömte aus. Sie fühlte sich heimelig in ihrem Nest, während draußen in der Kälte die Schneedecke wuchs. Angst kannte Anna nicht, dennoch behagte ihr die Gegenwart ihres Hundes. In ihrer Einsamkeit war sie von nun an nicht ganz so allein.

Anna regelte ihren Tagesablauf streng. Diszipliniert stand sie früh auf, lüftete das Haus, joggte, führte Luna zum Morgenspaziergang aus. Nach dem Frühstück begann sie zu schreiben. Fehlte ihr die Muse dazu, las sie oder hörte Musik. Manchmal weinte Anna nur. Dann versuchte Luna sie zu trösten. Sie spitzte die Ohren, neigte den Kopf mit treuherzigem Blick abwechselnd nach rechts und nach links. Winselte, als würde sie sagen, „Ich bin ja bei dir!", legte ihre Schnauze auf Annas Schenkel und seufzte tief. Mit ihrer rauen Zunge leckte sie inbrünstig Annas Hände. Sie waren

Freunde geworden, Luna und sie, waren zusammengewachsen in der schweren Zeit. Nie hätte es Anna für möglich gehalten, eine Beziehung zu einem Tier aufzubauen. Anna kuschelte sich gerne zu Luna am Boden und kraulte das Riesenvieh. Das liebte die Hündin, da reckte sie sich, streckte alle vier Pfoten von sich und grunzte zufrieden wie ein Schwein.

Mara rief aus Vorarlberg an. Das über 100-jährige Holzhaus, das an das Hotel angrenzte, war abgebrannt. Das Erdgeschoss hatte als Frühstücksraum gedient, im oberen Stock befanden sich einige Bedienstetenzimmer. Der Koch war mit einer brennenden Zigarette eingeschlafen und hatte den Brand entfacht. Er war mit leichten Verbrennungen davongekommen. Das Hotel schloss seine Pforten, Mara verlor ihre Stelle, doch sie weinte diesem Platz keine Träne nach. Das Personal war nicht adäquat behandelt worden. Die Besitzer geizten mit dem Essen, der Hausherr vergriff sich regelmäßig im Ton, die Trinkgelder wurden nicht ausbezahlt. Auf der Suche nach einer neuen Stelle zog sie es vor, in den Bergen zu bleiben.

Der erste Spaziergang mit Luna in die Weinrieden bei Sonnenschein und glitzerndem Schnee. Anna stapfte in der von Traktoren gezogenen Spur. Vorbei an den niedlichen Häusern der Kellergasse, in denen der Wein in seinen Fässern ruhte, hinein in das abgeerntete weite Rebstockmeer.

Luna gebärdete sich wie verrückt im kalten Weiß, ausgelassen sprang und trabte sie wie ein Pferd. Manchmal grub sie ein Loch in den Boden, ihr Körper verschwand fast zur Gänze darin. Ausschließlich das schwanzwedelnde schwarze Hinterteil war in einem Meer aus Schnee zu sehen.

Nach dem Weinbergspaziergang kehrte Anna bei Hochwald, einem Haubenrestaurant, ein, um das neueste Kochbuch als Gastgeschenk für Kurt zu kaufen. Sie wollte es vom Promikoch signieren lassen und fragte nach ihm. Man holte ihn, sie plauderten ein wenig. Am Abend sollte ein Kochkurs stattfinden, mit einem Fünf-Gänge-Menü und korrespondierenden Weinen. Ob sie nicht Lust hätte, dabei zu sein. Anna zögerte, der Preis schien ihr zu hoch.

Zu Hause fühlte sie eine Schwere, es ging ihr nicht gut. Vielleicht sollte ich doch unter Menschen gehen, überlegte Anna und meldete sich für den Abend an.

Sie machte sich schick, und ihre Stimmung stieg, als sie das Haus verließ. Eine noble Gesellschaft fand sich ein, um mit dem Starkoch Pasteten, Parfaits und Rouladen zu zubereiten. Nach einem Begrüßungssekt und einer kochtechnischen Einführung gings ans Eingemachte. Man stieg sich auf die Zehen, rempelte sich an, entschuldigte sich hundertmal, während jeder ehrfürchtig an den Koch-Lippen hing. Eindeutig zu viele Menschen drängelten sich in der Küche herum, um Tipps und Tricks zu erhaschen. Einige hantierten selbstbewusst herum, andere standen im Hintergrund und sahen nur zu. Anna gehörte zu denen, die Hand anlegten und erklärte einer Schickimickifrau, wie man Palatschinken umdreht. Der volksnahe Promikoch, der alle duzte, brachte humorvoll Schwung in die Gruppe.

Spätabends verzehrten sie die köstlichen Gerichte. An einer wunderschön gedeckten Tafel nahmen sie bei Kerzenschein Platz. Plötzlich tauchte ein Schwarm von Bediensteten auf, der sie bis nach Mitternacht verwöhnte. Zu jedem Gericht wurde der passende Wein kredenzt. Anna unterhielt sich kurzweilig und angenehm. Zum Gehen bereit, ließ sie sich noch zu einem Glas Champagner überreden. Zwei nette Küchenstudiobesitzer aus Wien hatten Anna dazu eingeladen.

Die Koch-Entscheidung bereute sie nicht, ihre Schwere hatte sich aufgelöst, etwas angeheitert fuhr sie im Schneckentempo zum Haus. Es hatte den ganzen Abend geschneit und schneite immer noch. Der Gedanke, mit Luna einen Nachtspaziergang zu absolvieren, freute sie nicht, es kostete sie Überwindung. Anna wechselte die Jeans, zog sich eine Jacke über und verließ ohne Handschuhe, Haube und Schal mit Luna das Haus. Sie wollte gleich wieder zurück sein, nur eine kleine Runde drehen. Anstatt den Haustürschlüssel wie sonst in der Gesäßtasche zu verstauen, behielt sie ihn in den Händen, die sie vor Kälte in die Jackentasche steckte. Der Boden war gefroren, das merkte Anna in dem Moment, als sie auf einer Eisplatte, die von Neuschnee bedeckt war, ausrutschte. Instinktiv riss sie ihre Hände aus der Jackentasche und stützte ihren Körper ab. Dabei fiel der Schlüssel im hohen Bogen raus und verschwand im Schnee. Anna traf beinahe der Schlag. Auf allen Vieren kroch sie die Stelle ab. Mit bloßen Händen wühlte sie im Schnee. Doch ohne Erfolg. Verzweifelt stellte sie fest, ohne Handy zu sein. Was soll ich jetzt tun, fragte sich Anna, den Tränen nahe. So hab ich mir das Ende eines schönen Abends nicht vorgestellt, dachte sie bitter. Ist mir denn überhaupt nichts mehr vergönnt, jammerte sie.

Der Nachbar im Blockhaus fiel ihr ein, den wollte sie wecken. Anna fand keine Glocke, sie schlich um das Haus, der Bewegungsmelder ging an, ein Hund bellte. Sie klopfte und rief, der Hund lief kläffend hinter der Veranda auf und ab, vom Herrchen keine Spur. Der muss doch da drin sein, das Auto steht vor dem Haus, dachte Anna und hämmerte mit den Fäusten an die Tür. Doch der Hausherr tauchte nicht auf. Enttäuscht zog Anna ab.

Am anderen Ende des Sees stand ein bewohnter Palast, da wollte sie ihr Glück versuchen. Anna stapfte mit Luna im Schnee rund um den See. Auf ihr Läuten hin meldete sich eine junge Frauenstimme. Anna entschuldigte sich für die Störung zu später Stunde, erzählte von ihrem Missgeschick und bat um eine Lampe. Ein molliges, junges Mädchen, so um die 18 Jahre herum, mit T-Shirt und Boxershorts bekleidet, zeigte sich am Fenster im Erdgeschoss. Anna wiederholte ihr Schlüsselabenteuer, erwähnte, dass sie Gast sei im Haus vis-a-vis und den Abend im ortsbekannten Hauben-Restaurant verbracht habe. Das Mädchen zeigte sich kooperativ und wollte eine Lampe suchen gehen. Währenddessen verschloss sie das Fenster und ließ Anna in der Kälte stehen. Es dauerte nicht lange, bis sie wieder erschien. Die Lampe in der Hand startete Anna einen neuen Versuch der Schlüsselsuche. Vergeblich. Der liegt wahrscheinlich irgendwo im Feld, dachte Anna deprimiert.

Wieder läutete sie und bat das Mädchen telefonieren zu dürfen. Im selben Moment fiel ihr ein, keine Nummern im Gedächtnis gespeichert zu haben. Das Mädchen bot an, im Internet nachzuschauen. Anna dankte ihr. Zuerst sollte sie die Nummer von

Herrn Popper eruieren, der im Ort wohne und im Besitz eines Haustürschlüssels sei. Wieder schloss das Mädchen das Fenster, wieder ließ sie Anna draußen stehen. Herr Popper ging nicht ans Telefon, das Restaurant hatte bereits geschlossen, die Nummer ihres Freundes fand das Mädchen nicht. Anna wusste keinen Rat, sie zitterte vor Kälte. Warum bittet sie mich nicht herein, fragte sie sich. Vielleicht hat sie Angst, denkt, dass ich als Lockvogel fungiere, dass man sie zusammenschlägt und das Haus ausraubt, sobald die Tür offen ist.

Anna begab sich noch einmal auf die sinnlose Schlüsselsuche. Natürlich gibt es viel Kriminalität, doch das Mädchen muss mich schon gesehen haben. Über eine Woche wohne ich nun gegenüber, mindestens dreimal am Tag gehe ich mit Luna an ihrem Haus vorbei, kein Fremder hat Zutritt zu dem Wohn-Ensemble am kleinen See, sinnierte Anna dahin. Völlig verzweifelt und durchnässt klingelte sie ein letztes Mal. Zu ihrer Verwunderung fragte das Mädchen, ob sie bei der Suche helfen könne. Aber meine Kleine, wo bleibt deine Angst, wenn du dich aus deinem Fenster wagst, könnte ich dich doch umbringen, dachte Anna und lehnte dankbar ab. Ob sie ihr einen Tee bringen solle, fragte das junge Ding. Ich will keinen Tee, schon gar nicht im Freien, bin sowieso schon halb erfroren, ich will ein Bett, wollte Anna schreien. Stattdessen hauchte sie ein „Danke, sehr nett, ist nicht notwendig" heraus. „Was werden Sie nun tun?", fragte das Mädchen. „Ich weiß es nicht", antwortete Anna. Da fiel ihr der Geräteschuppen neben dem Haus ein. „Ich werde im Schuppen schlafen", entfuhr es ihr. Verdammt noch mal, bitte mich doch herein, sprich endlich eine Einladung in deinen Palast aus. Ich lege mich auf eine Couch, bin ganz brav, ich möchte nur ins Warme, wollte Anna flehen. „Ich borge Ihnen eine Decke und ein Kissen", sagte der Teenager geflissentlich. Und während sie verschwand, ließ sie Anna wieder vor verschlossenem Fenster stehen. Mit der Bitte, das Geborgte in der Früh zurückzubringen, verabschiedete sich die Nachbarin.

Als Anna mit den Almosen von dannen schritt und „eine gute Nacht" von der Maid vernahm, wurde sie von Würgegelüsten befallen. Dreh dich nicht um, dachte Anna, beruhige dich. Kurz fing sie zu flennen an und drohte in Selbstmitleid zu versinken. Das nützt dir nichts, sagte sich Anna und stellte abrupt den Tränenfluss ein. Sie schob die Fahrräder nach draußen, legte Sitzpolster für Luna auf den Boden, klappte einen Liegestuhl auf und rollte sich darauf ein. Bei dem Gedanken an das warme, kuschelige Heim nebenan wollte Anna am liebsten wieder zu heulen anfangen. Doch sie beherrschte sich und dachte an Obdachlose, Lawinen-, Tsunami- und andere Katastrophenopfer. An Schlafen war nicht zu denken, zu sehr fror sie. Die Jeans, die Socken, die Haare trieften vom nassen Schnee. Anna ließ Luna, sehr zu deren Freude, auf die Liege. Wie gut, dass ich einen Hund hab, der mich wärmt, dachte sie sich, bis es ihr dämmerte, dass Luna Schuld an der Misere war. Denn ohne ihren Hund hätte sie zu dieser späten Stunde das Haus nicht mehr verlassen und läge jetzt im wohligen Bett.

Müde und erschöpft redete Anna sich ein, wie warm sie es nicht hätte. Doch diese Suggestion fruchtete nicht, sie bibberte vor Kälte. Anna zog ihre nassen Jeans und Socken aus, nahm sich zwei sperrige Sitzpolster vom Regal, legte sie über die dünne Decke und steckte ihre nackten Beine unter den wuchtigen Körper des Hundes. Die Obdachlosen decken sich mit Pappe zu, ich habe Gartenkissen und ein Dach über dem Kopf, sinnierte Anna und fühlte sich beinahe privilegiert. Nun verstand sie, dass sich die Menschen ohne Heim mit Hunden umgeben und in Alkohol ertränken. Einen Schnaps hätte ich gern und eine Zigarette. Ihre Gedanken drehten sich um die Brutalität in dieser Welt, um die Angst, aus der Misstrauen gegenüber Fremden entsteht. Anna überlegte sich, wie sie reagiert hätte, wenn sie an der Stelle des Mädchens gewesen wäre. Nachdem sie mit einer sozialen Ader ausgestattet war, kam sie zu dem Schluss, dass sie nicht fähig gewesen wäre, eine Frau bei Minusgraden einfach wegzuschicken. Dennoch versuchte sie die Reaktion des Mädchens zu verstehen. Vermutlich war sie überfordert von diesem nächtlichen Spuk.

Dann dachte Anna an Julian, an ihre Trauer um ihn. Sie nickte immer wieder vor Müdigkeit ein, wurde jedoch gleich wieder wach, da ihr Körper vor Kälte vibrierte. Irgendwann merkte sie, dass der Tag angebrochen war.

Anna zog ihre feuchten Socken, Jeans und Schuhe an und machte sich zum Blockhausnachbarn auf. Wieder klopfte sie. Diesmal öffnete sich die Tür. Ein gutaussehender Mann Mitte fünfzig erschien. Halbnackt präsentierte er seinen durchtrainierten Körper. Ein kleines Handtuch bedeckte sein Gemächt. „Entschuldigung, ich komme direkt von der Dusche", sagte er selbstbewusst. Anna senkte verlegen den Kopf. Zerknittert und zerzaust berichtete sie von der letzten Nacht. Zwischen Tür und Angel hörte sich der Nachbar Annas Erzählung an. Fassungslos zeigte er sich darüber, machte jedoch keine Anstalten, sie in die warme Stube zu bitten. „Sie werden sich erkälten", sagte Anna. Da nahm er das halberfrorene Häufchen Elend richtig war. „Entschuldigen Sie, kommen Sie doch herein." Er setzte Kaffee für Anna auf. Er bedauerte es, dass er ihr Klopfen nicht gehört hatte. Eine hundert Kilo schwere Wildsau hatte er am Vorabend erlegt, sie alleine auf seinen Wagen gezerrt. Danach einige Biere auf seine Beute getrunken. „Ehrlich gesagt war ich besoffen", gestand ihr der Großwildjäger. Anna schlürfte dankbar den heißen Kaffee. Während der Nachbar von Herrn Popper den Schlüssel besorgte, begutachtete sie die Fotos an der Wand. Löwen, Bären, Riesenfische, die er erlegt hatte, zierten sie. Wahrscheinlich hätte ich brüllen müssen, um seine Aufmerksamkeit zu erregen, dachte sich Anna. Doch womöglich hätte er mich in seinem Rausch erschossen, fuhr es ihr durch den Kopf.

Anna bedankte sich für den Kaffee und seine Hilfe. Mit dem Schlüssel in der Hand fühlte sie sich wieder als vollwertiger Mensch und freute sich auf eine heiße Dusche. Doch vorerst wollte sie Kissen und Decke zurückgeben. Nachdem sie geläutet hatte, erschien das Mädchen am Fenster im selben Outfit wie in der Nacht. In einem unverschämt fröhlichen Ton fragte die junge Frau, ob Anna gut geschlafen habe. Anna strafte sie mit einem Blick, der sie sprachlos werden ließ. „Was bin ich fürs Telefonieren schuldig?" fragte Anna schroff. „Nichts, das passt schon." Anna bedankte sich für die nachbarliche Hilfe und zog davon.

Nach einer ausgiebigen Dusche wickelte sich Anna in Decken und rief Kurt an, um ihr Missgeschick zu beichten. „Warum hast du das Fenster nicht eingeschlagen?", fragte er in einem pragmatischen Ton. Auf die Idee war Anna nicht gekommen, und falls sie ihr wäre, hätte sie sich vermutlich nicht getraut. Auch den Schlüsselverlust nahm ihr Freund nicht tragisch. „Lass einen nachmachen", meinte er lapidar.

Nachdem sich Anna aufgewärmt und ihren Schlaf nachgeholt hatte, packte sie ihre Sachen zusammen, reinigte die Räume und verließ ihr Paradies.

Als sie am Abend nach Hause kam, stand sie wieder vor verschlossener Tür. Paul, der sich auf einer Sitzung befand, hatte vergessen ihr den Schlüssel zu legen. Anna nahm es gelassen, sie spazierte mit ihrem Hund zu Freunden, wurde bekocht und verwöhnt.

Zu Hause wurde Anna krank. Der Hals und ihre Glieder schmerzten. Zudem setzte die Monatsblutung ein, das erste Mal, seit Julian gestorben war. Ganze Blutstöcke spie ihr Unterleib aus, als hätte sich das Blut über ein Jahr angesammelt und wollte nun heraus. Beinahe ohnmächtig von dem stechenden Schmerz, der sich anfühlte, als ob tausend Messer ihren Unterleib zerschnitten, hielt es Anna nur im Bett aus. Paul zeigte sich fürsorglich, pflegte sie und übernahm die Spaziergänge mit dem Hund.

Unverhofft, mit einer gewaltigen Vehemenz, wurde Anna von einer Julian-Sehnsuchtsattacke überfallen. Ich habe zwei Wunden, eine am Herzen, eine im Gebärbereich, dachte sie.

Als Paul einige Tage wegen einer Fortbildung weg musste, stürzte Anna in eine Depression. Ihr Leben erschien so leer, so aussichtslos, so hoffnungslos. Freunde wollten sie einladen, ablenken, für sie da sein. Doch Anna verweigerte, winkte dankend ab und verstrickte sich weiter in ihr Leid. Manchmal hörte sie die Trauerkassetten von Verena Kast oder Theresas Botschaften an. An diese klammerte Anna sich dann wie an einen Strohhalm, der sie vor dem Ertrinken bewahrte.

Manchmal rief genau in dieser Endzeitstimmung Kristin an, als würde sie Annas Tiefpunkt spüren. Dieser neuen Freundin, die eine bevorzugte Freundinnenstellung einnahm, vertraute sich Anna an und erzählte von ihrem Sehnsuchtsschmerz, ihren Verlustgefühlen. Nach einem Traueraustausch zog wieder ein wenig Ruhe in ihr Seelenleben ein.

Es hatte wieder zu schneien begonnen. Anna spazierte mit ihrem Hund über den märchenhaft bezaubernden Winterbuchenwald zum Grabe ihres Sohnes. Sie fand Sterne und Wellen in Schnee geritzt, ausgelegt mit Schneckenhäusern und Muscheln, vor. Das haben Freunde von Julian kreiert, dachte sie und weinte gerührt.

Der Schneefall hörte nicht auf, Anna war es recht. Es passte zu ihrer Bunkerstimmung. Sie beschloss, sich ein Bad einzulassen, erhellte den Raum mit Kerzenlicht, hörte beruhigende Musik und stieg langsam in die Wanne. Es dauerte, bis ihr Körper sich an das heiße Wasser gewöhnte. Anna legte sich auf den Rücken, ihr Kreislauf spielte verrückt. Sie wälzte sich unruhig hin und her, setzte sich auf, ließ ihre Beine aus der Wanne hängen, legte sich auf den Bauch, drehte sich wieder auf den Rücken, um sich auf die Seite zu legen. Wenn ich nun kollabiere und ertrinke, bin ich bei Julian, dachte Anna und fand einen Moment Gefallen daran. Dann schämte sie sich. Was ist mit Mara, Paul und Magdalena?

Es war nicht das erste Mal, dass Anna mit dem Tod geflirtet hatte.

2 | Malta / Traum

Am Montag, den 7. März 2005, 453 Tage nach Julians Tod, hob Anna Richtung Malta in die Lüfte ab. Paul brachte sie zum Flughafen, der Abschied gestaltete sich kurz. Anna nahm nicht gern Abschied, von ihrem Hund fiel er ihr schwerer als von Paul. Wie sollte sie es Luna erklären, dass sie nach vier Wochen wieder zurückkommen würde. In der Zeit ihrer Abwesenheit hatte sich das Ex-Herrchen bereit erklärt, seinem Ex-Hund Asyl zu gewähren.

Es hatte wieder zu schneien angefangen, als sie das Flugzeug bestieg. Anna freute sich auf den Süden.

In Malta wurde sie von einem schulinternen Shuttledienstfahrer vom Flughafen abgeholt. Während der Fahrt nach St. Julien zeigte er Anna die wichtigsten Orte, die Busstation, den billigsten Foodstore, das Vergnügungsviertel, die Ambulanz, die Polizeistation. In derselben Straße, wo sich die Schule befand, stand die Loggia „Carmen", Annas neue Bleibe. Ein großzügiges Haus mit Wohnbereich, Esszimmer und Küche im Erdgeschoss, Bad und vier Schlafzimmern im ersten Stock. Ein kleiner Garten mit Zitronen-, Orangen- und Feigenbäumen, ein Balkon und eine Dachterrasse luden dazu ein, die Mahlzeiten bei Schönwetter im Freien einzunehmen.

Annas geräumiges Zimmer lag auf der ruhigen Gartenseite. Nun werde ich mich in meinem Alter noch auf ein Wohngemeinschaftsleben einlassen, dachte sich Anna etwas angespannt, als sie den ersten Mitbewohner begrüßte. Einen Deutschen, namens Rolf, mit bubenhaftem Gesicht, sehr korrekt, jedoch nett.

Anna packte ihre Koffer aus, richtete ihren Julian-Altar ein und suchte den Foodstore auf. Bei Sonnenschein und wolkenlosem Himmel schlenderte sie durch die Straßen und Gassen mit den vielen Restaurants und Cafés. Die schönen alten Häuser und eine kleine Bucht mit ihren farbigen, maltesischen Booten ließen St. Julian ein klein wenig an das ehemalige Fischerdorf erinnern. Die wärmende Wirkung der Sonne reflektierte sich in den Menschengemütern. Entspannt und fröhlich wirkten die maltesischen Gesichter im Gegensatz zu den missmutig mürrischen österreichischen Mienen, die genug hatten von Kälte und Schnee. Anna fühlte sich angezogen von dieser Stadt, sie spürte die pulsierende Lebendigkeit der Menschen. Sie kaufte maltesischen Käse, Kapern, Oliven, Sardinen und Wein und wurde auf maltesisch angesprochen, weil man sie für eine Einheimische hielt. Anna bereitete sich ihr Nachtmahl zu und brach zu einer abendlichen Erkundungstour auf. Gemächlich spazierte sie der Promenade entlang, und just, als sie sich dachte, es wäre nicht schlecht, einen heimischen Reiseführer zu kennen, steuerte ein Mann auf sie zu. Auf Englisch fragte er nach einer Straße. Sie sei fremd hier, sei gerade erst angekommen, ließ Anna ihn wissen. Als Paolo stellte er sich vor, gebürtiger Venezianer, der in Rom lebe und seit vier Monaten in Malta arbeite. Ein mittelgroßer, schlanker Mann, seriös wirkend, mit einem schönen Gesicht samt markantem Profil und graumeliertem, perfekt geschnittenem Haar. Sie unterhielten sich ein wenig. Er müsse zum Auto zurück, das im Halteverbot stünde. Er würde Anna gerne wieder sehen, ihr die Insel zeigen. Ob sie das möchte, fragte er. Warum nicht, dachte sie und sagte zu. Der Beginn der Sightseeingtour wäre Valletta bei Nacht. Sie verabredeten sich für Mittwoch, tauschten die Handynummern aus, falls Anna es sich anders überlegen wollte oder etwas dazwischenkommen sollte. Paolo verabschiedete sich auf Italienisch, mit einem Kuss auf jede Wange, und brauste davon. Etwas irritiert über diesen Begegnungsspuk wischte sie jeglichen Hintergedanken weg. Eine italienische Mentalität, dieses vertraute Wangenküssen, dachte Anna.

Als sie auf dem Nachhauseweg an einer einheimischen Kneipe vorbeikam, hatte sie Lust auf ein Bier. Durch einen Plastikvorhang betrat sie den Raum, taxiert von vielen Männeraugen. Mit der Barfrau schien sie die Minderzahl des weiblichen Geschlechtes zu bilden. Kurz überlegte sie, den Schritt zurückzutun. Ist doch kindisch, dachte Anna und holte sich ein Bier. Sie setzte sich an einen Tisch, kramte ihre Lesebrille heraus, blätterte im Maltaführer und zündete sich eine Zigarette an. „No smoking" prangte über der Bar. Niemand hielt sich daran. Als kollektiver Aschenbecher fungierte der Flur. Ein paar junge Burschen, die den Billardtisch malträtierten, schauten neugierig auf und beendeten ihr Spiel. Die anderen Männer an ihren Tischen gewöhnten sich an Annas Anwesenheit, nahmen ihre Gespräche wieder auf, pafften ihre Zigaretten und tranken ihr Bier. Anna zahlte, ging nach Haus und sank erschöpft von der Reise und den ersten Eindrücken in einen tiefen Schlaf.

Am ersten Schultag absolvierte Anna den Einstufungstest und fand sich in einem Raum mit sechs Personen wieder. Sie teilte den Unterricht mit einem deutschen Ingenieur, einem syrischen Arzt in Annas Alter und drei jungen Mädchen aus Rumänien, Italien und der Schweiz. Lucci, die Lehrerin, sprach langsam und erklärte gut. Die Unterrichtszeiten vergingen schnell. Zu schnell, stellte Anna entschieden fest. Sie sog den Englischstoff im wahrsten Sinn des Wortes ein. Am Nachmittag wurde sie mit der Konversationslehrerin konfrontiert. Nannett, attraktiv, dunkelhaarig, lässig gekleidet, hatte etwas Künstlerisches an sich. Auch sie befand sich in Annas Alter, besaß Humor und südländisches Temperament. Anna machte es Spaß, wieder die Schulbank zu drücken, ihr Gehirn anzustrengen, Neues zu lernen.

In der Mittagszeit traf man sich auf der Dachterrasse, um zu plaudern und zu rauchen. Variantenreiche Sandwiches wurden verzehrt. Jugendliche machten den Großteil der Schüler aus. Von den meisten könnte ich die Mutter sein, dachte sie und zeigte sich erleichtert, dass sich niemand für ihr Leben interessierte.

Ein kalter Wind fegte über die Insel, es fing zu regnen an. Das kaum beheizte Haus begann an Gemütlichkeit zu verlieren. Anna hatte sich kleidungsmäßig auf Sommer eingestellt. Sie kaufte sich warme Pullis und Socken. Für das Wohnzimmer und ihr Zimmer organisierte sie Radiatoren als zusätzliche Wärmequellen. Wenn es im Süden kalt ist und man die Häuser nicht ordentlich heizen kann, ist man arm dran, stellte sie fest.

Der Mittwoch, der Tag ihrer Verabredung, brach an. Anna wollte Paolo absagen, fand jedoch seine Nummer nicht mehr. Wahrscheinlich hab ich sie aus Versehen gelöscht, dachte sie, die ihr Handy noch immer nicht gänzlich beherrschte. Sie fühlte sich gespalten. Auf der einen Seite kam es ihr leichtsinnig vor, sich mit einem wildfremden Mann zu treffen, andererseits konnte sie dem Abenteuer nicht widerstehen. Wir sind erwachsene Personen, wie soll man Menschen kennen lernen, wenn einen das Misstrauen auffrisst. Anna fand es unfair, den Italiener, ohne abzusagen, einfach warten zu lassen. Sie verscheuchte ihre kleinkarierten Gedanken, speicherte die Nummer der Polizei in ihr Phone, packte den Pfefferspray in die Tasche und ging ihrem Date entgegen. Vielleicht ist er ja gar nicht da.

Während sie noch diesen Gedanken nachhing, winkte er ihr schon, begrüßte sie auf Italienisch und redete darauf los. Er hat mich weder anzüglich noch lüstern angesehen, stellte Anna fest. Ihre Anspannung löste sich zentimeterweise. Sie stiegen in sein Auto und fuhren Richtung Valletta. Er parkte den Wagen vor der historischen Stadt mit seinen Festungsmauern, wies Anna auf die prächtigen Bauten hin, erzählte über deren Geschichte und gestikulierte mit überschäumendem Temperament. Er gab den fast perfekten Reiseführer. Würde der Italiener doch ein deutlicheres Englisch sprechen, könnte ich mehr von seinem Vortrag verstehen. Anna zeigte sich fasziniert von der unglaublichen Schönheit Vallettas, das gerade in der Nacht einen besonderen Reiz in sich trug. Es waren kaum Menschen unterwegs, als sie die schachbrettartig angelegten Gassen mit ihren Treppenfluchten und steilen Hängen abliefen. Denn weder schlenderten noch gingen sie, sie liefen.

Paolo hatte etwas Hektisches an sich. Gerne hätte sich Anna in ein Café gesetzt, der Italiener aber machte keine diesbezüglichen

Anstalten. Irgendetwas gefiel ihr nicht an seinem Gesicht, sie wusste nicht, was es war. Manchmal nahm er Anna an der Hand oder legte seinen Arm um sie. Sie befreite sich sachte, jedoch entschlossen davon. Wenn Anna fotografierte, verschwand er sofort aus dem Bild. Womöglich hab ich es doch mit einem Lustmörder zu tun, der nur auf eine Situation wartet, um mich zu vergewaltigen und anschließend zu entsorgen, dachte sie sich und legte den Pfefferspray griffbereit in ihre Tasche.

Enthusiastisch führte Paolo sie zu den wunderbarsten Plätzen mit den schönsten Aussichten. Anna schämte sich über ihre gedanklichen Unterstellungen. Wieder in St. Julien angelangt, fragte Paolo, ob es ihr gefallen habe. „Yes, thank you, it was very interesting", antwortete Anna. Habe nur einen Bruchteil deiner Ausführungen verstanden, war angespannt und hab dich für einen Lustmörder gehalten, dachte sie. Am Wochenende würde er ihr die Insel Gozo zeigen. Anna hatte für sich beschlossen, sich nicht mehr zu treffen mit ihm, sie fühlte sich nicht wirklich wohl in seiner Gegenwart. „Maybe, we will see", antwortete Anna. Mit einem Wangenkuss verabschiedete sie sich von ihm. Und als sich Anna wegdrehen wollte, umfasste der Italiener ihre Hüfte. Mit einem stechenden Blick starrte er sie an. Als Anna in einem befehlsmäßigen Ton ein „Kiss me!" aus seinem Munde vernahm, traute sie ihren Ohren nicht. „Why", fragte sie, „I am married", setzte sie nach. „Me too", antwortete er. „You stay alone, I stay alone, we can stay together." Ja genau, du hast mir gerade noch gefehlt, dachte sie und wies ihn entschieden zurück. Sie bedankte sich für den Abend und rauschte ab. Anna spürte hinter ihrem Rücken seinen beleidigten Blick. Nun wusste sie, was ihr nicht gefallen hatte, der trotzige Zug um seinen Mund.

Einmal sollte ihn Anna noch sehen. Sie saß im Bus, er ging zu Fuß, ihre Blicke kreuzten sich. Abrupt drehte er sich weg. Was für ein armseliger Mensch, dachte sie.

Anna freute sich jeden Tag auf die Schule, führte akribisch ihre Hausaufgaben aus und erkundete in ihrer Freizeit die Stadt. Sie bewegte sich, als würde sie seit Jahren hier leben. Anna liebte das lebhafte Treiben in den Gassen und Straßen, die Menschen mit ihrer mediterranen Mentalität. Ich bin am falschen Ort geboren, stellte Anna wieder einmal fest. Der Regen und die kalten Winde waren abgezogen, die Sonne schien.

Anna hatte zu joggen begonnen. In der Früh, vor dem Unterrichtsbeginn, lief sie die Strandpromenade entlang. Meistens begleitet von den ersten Sonnenstrahlen. Und jeden Morgen bedauerte Anna, dass sie nicht in Meeresnähe lebte.

Als sie eines Abends am Strand die letzten Sonnenstrahlen genoss, erweckten drei Burschen Annas Aufmerksamkeit. Ausgelassen rangelten sie. Einer von ihnen bat Anna, sie zu fotografieren. Die Jungs, im Alter von Julian, schnitten Grimassen und lachten. Und wieder schmerzte Annas Herz.

Am Wochenende tingelte Anna mit den Bussen durch die Lande. Das Rütteln, Schütteln und Schaukeln auf den abgewetzten Sitzen, der Klang der schnaufenden, keuchenden Automobile bereitete ihr unendliches Vergnügen. Geduld und Zeit musste man mitbringen, um von einem Ort zum anderen zu gelangen, denn schon die kürzeste Strecke dauerte eine Ewigkeit. Manche Busse fuhren ohne Türen und mit scheppernden Fenstern. Wollte man den Bus-Chauffeur nicht vergraulen, musste man das nötige Kleingeld für die Fahrt bereithalten. Wollte man an einer Station aussteigen, musste man die Klingel betätigen, die an einer Schnur befestigt und von jedem Platz aus erreichbar war.

Die Kapitäne der Busse, mit Dreck unter den Nägeln, bohrten ungeniert in ihren Nasen und rülpsten unentwegt. Manche waren unfreundlich, manche nett. Sie fluchten und bekreuzigten sich in einem Atemzug. An der Windschutzscheibe klebten die Heiligenbilder neben der Familiengalerie, Rosenkränze hingen vom Spiegel, Plastikblumen ragten aus allen Ecken. Kreuz und quer durch die Insel ließ sich Anna chauffieren, studierte die Menschen, ergötzte sich an der Landschaft und hätte oft aufschreien können vor Spaß. Manchmal kauerte sie nachdenklich im speckigen Sitz, mit der Sonnenbrille im Gesicht, die ihre Tränen verdeckte.

Der Fischmarkt in Marsaxlokk sollte laut Reiseführer ein Highlight sein. Eine Weltreise mit dem Bus, einige Male Umsteigen obligat. An einem Sonntag hakte Anna diese Attraktion ab. Sie bereute es nicht. Die Vielfalt, die Größe, der Gestank der Fische, die Fingerfertigkeit, mit der man die Meeresgeschöpfe zerlegte, faszinierten sie. Auf dem Sonntagsmarkt wurden Waren der verschiedensten Art feilgeboten. Man konnte Haushaltsartikel, Obst, Gemüse, Nahrungsmittel, Gewürze, Spielzeug, Souvenirs, Antiquitäten, den gekreuzigten Jesus in sämtlichen Variationen, Vögel in Käfigen und Goldfische in Plastikbeutel erstehen. Viele Einheimische wie auch Touristen belagerten den Markt, dessen Stände sich an der Promenade kilometerlang reihten.

In der Kirche vom Marsaxlook zündete Anna, wie an jedem heiligen Ort, drei Kerzen an. Eine für Julian, eine für ihre Mutter, eine für Rebecca. Nach dem Markttumult legte sich Anna an den Strand, ließ sich, ohne sich einzucremen, von der Sonne verwöhnen. Das Fazit dieser Sonnenhingebung war ein Sonnenbrand, der gehörig schmerzte. Besser als Frostbeulen am Körper, dachte sie und fuhr mit glühendem Körper in ihr Quartier.

Anna konnte dem Volkssport der Malteser, dem Vogelfang, nichts abgewinnen. Im ganzen Land wurden Fallen für Singvögel aufgebaut. Die Fänger hocken stundenlang in ihren Steinbunkern mit dem Fernglas in der Hand und zogen am Abend glücklich und zufrieden mit der Beute von dannen. Ist die Menschheit doch krank, dachte Anna und fragte sich: Kann das ein Glücksgefühl erzeugen, zu Hause die wunderbaren Vögel in Käfigen zu halten, wo sie leidvoll klagen, statt sich in der freien Natur an ihrem fröhlichen Trällern zu erfreuen?

Mathias, ein 26 jähriger Deutscher und Jakob, ein 22 jähriger Schweizer, nisteten sich in der Loggia Carmen ein. Beide erinnerten Anna an Julian. Der eine wegen seines Aussehens, der andere wegen seines Wesens. Warum ist mir keine Ruhe beschert, warum werden ausgerechnet junge Männer in diesem Haus einquartiert, fragte sich Anna.

Und als sie Mathias eine Nacht lang husten hörte, klopfte sie an seine Tür. Der Kerl hatte Fieber, fühlte sich schlecht, dürfte sich eine Grippe zugezogen haben. Ob sie ihm Tee kochen solle, fragte Anna. Dankbar nahm er ihre mütterliche Obsorge an. Er solle sich auskurieren, riet ihm Anna. Fast hätte sie von ihrem Sohn erzählt, von seiner verschleppten Grippe. Anna tat es nicht. Sie ging in ihr Zimmer und weinte stundenlang.

Mara rief an, sie fühle sich nicht gut, sei voller Traurigkeit, ihr Bruder fehle ihr so. Mein Mädchen, könnte ich dich doch durch den Hörer ziehen und an mich drücken, dachte Anna. „Setz dich ins nächste Flugzeug und komm über Ostern zu mir", sagte sie. „Das geht nicht, erstens kann ich meine Arbeit hier nicht beenden, zweitens hab ich in Wien einen Termin. Ich werde die Aufnahmeprüfung für die Krankenpflege in Psychiatrie absolvieren." Anna war baff, überrascht und erleichtert zugleich über diese Neuigkeit. Nun schien es Mara ernst zu sein, eine Ausbildung in Angriff zu nehmen. Jedes Drängeln und Zureden hatte nicht gefruchtet. Der Wunsch, etwas zu lernen, musste von ihr ausgehen, Anna bestärkte Mara in ihrem Vorhaben.

Paul rief einmal in der Woche am Festnetz an. Das hatte sich Anna ausbedungen. Telefonieren war nicht seine Stärke. Anna genoss viel Freiheit in ihrer Beziehung, das schätzte und liebte sie an Paul. Er war nicht eifersüchtig, und dennoch wollte sie öfter umgarnt werden von ihm. Jedoch nur, wenn es ihr passte. Man kann nicht alles haben, dachte Anna. Pauls Großzügigkeit mochte sie, seine Selbstständigkeit bewunderte sie, und trotzdem wünschte sie sich hin und wieder auf Händen getragen zu werden.

Traum:
Julian holte Gebäck vom Bäcker, sie frühstückten, er aß, lächelte wie immer. Julian bewegte sich mit einer Selbstverständlichkeit in dieser Welt und Anna strahlte vor Glück. Er ist doch nicht gestorben, dachte sie im Traum. Und als sie zusammen in die Stadt gingen, grüßten die Menschen nur sie. Niemand nahm Notiz von ihrem Sohn. Anna wunderte sich. Bis es ihr wie Schuppen von den Augen fiel. Nur sie konnte Julian sehen und spüren, ausschließlich zu ihr war er gekommen.

Anna erwachte mit einem wohligen Gefühl. Er war da, mein Sohn hat mich besucht. Und bevor sie das Bett verließ, schloss sie die Augen und spulte jeden Augenblick der Begegnung ab, immer wieder und wieder. Sein Lächeln, sein Schmunzeln, seinen Blick, seine Bewegungen. Julian hatte kein einziges Wort gesprochen, fiel ihr auf.

Die Zeit verging wie im Flug und nach einem Monat hieß es Abschied nehmen. Anna hatte die Insel kennen und lieben gelernt. Malta, ich komme wieder, irgendwann, murmelte Anna, während sie in die Lüfte abhob.

Und als sie bei Sonnenschein über die Alpen flog, blickte sie auf die Wolken hinab, die wie Watte aussahen. Sie fühlte sich Julian so nah. Am liebsten wäre sie aus dem Flugzeug gesprungen, um in die andere Ebene zu schweben, in die Heimat ihres Sohnes.

3 | Vaters Krankheit / Wiedersehen mit Mara

Zuhause angelangt, wurde Anna mit der Nachricht konfrontiert, dass ihrem Vater ein Darm-Karzinom diagnostiziert worden war, er war bereits operiert. Sie eilte sofort in ihre Heimatstadt, um nach ihm zu sehen. Als sie beim Betreten des Krankenhauses die desinfektionsgeschwängerte Luft einatmete, wurden die Erinnerungen an die vielen Krankenbesuche bei ihrer Mutter geweckt. Geht das schon wieder an, ist der Familie keine Ruhe vergönnt, dachte Anna. Und als sie ihren Vater in seinem Elend liegen sah, wuchs eine ungemeine Kraft in ihr. Sie versuchte positive Energie zu verströmen. „Das wird schon wieder, Papa, wenn du willst, wirst du gesund." Sie massierte seine Füße, erzählte von ihrer Reise und freute sich über ein Lächeln auf seinem fahlen Gesicht. „Papa, wir brauchen dich noch", ermutigte sie ihren Vater, während sie ihn behutsam an sich drückte.

In dieser Zeit fuhr Anna nach Vorarlberg, um ihre Tochter abzuholen. Von der Wiedersehensfreude beflügelt, kurvte sie in raschem Tempo die Serpentinen hinauf. Kurz vor dem Ziel kam sie von der Straße ab und blieb im Graben stecken. Maras Freunde hoben das Auto heraus, worauf Anna den jungen Männern in der Lammhütte einen Schnaps spendierte.

Maras letzter Arbeitstag entpuppte sich als fulminantes Abschiedsfest. Ihr Chef ließ sie ungern weiterziehen, die Kollegen-

und Gästeschaft verabschiedete sich in zunehmend alkoholseliger Laune rührend von ihr.

Nach diesem feuchtfröhlichen Abend schlief Anna bei ihrer Tochter am Bauernhof. Mitten in der Nacht spielten die Tiere verrückt, als würden sie Maras Abschied boykottieren wollen. Der Hahn krähte, die Lämmer blökten, die Ziegen meckerten.

Die Heimreise führte sie über Wien, um Luna nach Hause zu holen. Bei der Gelegenheit wollte Anna ihrem Kurschattenfreund und seiner Frau Charlotte einen Besuch abstatten. Mit Mara und Magdalena wurde sie zum Abendessen eingeladen. Ihr Sohn Phillip, ein Andre-Agassi-Glatzen-Typ, unheimlich groß, mit dunkelbraunen Augen und einem schelmischem Blick tauchte auf. Er beäugte neugierig die Mädchen, plänkelte kurz und entfernte sich. Philipp war mit denselben Wangengrübchen wie sein Vater gesegnet. Die ließen das Lachen noch sympathischer erscheinen.

Am nächsten Tag holten sie Luna ab. Die Hündin wusste nicht, wie ihr geschah. Beide Frauchen auf einmal zu sehen nach einer langen Zeit, schien zu viel zu sein für sie. Etwas beleidigt, hielt sich ihre Wiedersehensfreude in Grenzen. Anna hatte sich die Begrüßung gänzlich anders ausgemalt. Sie hatte sich eine vor Freude bellende, mit dem Schwanz wedelnde Hündin vorgestellt, die sie vor Hingebung ablecken und nicht mehr vor ihrer Seite weichen würde. Luna bellte nicht, wedelte nur kurz mit dem Schwanz, wendete sich ab, um dem Ex-Herrchen zu folgen. So schnell kann es gehen, aus den Augen, aus dem Sinn, dachte sich Anna.

Am Abend fuhr sie mit ihren zwei Mädchen nach Hause zurück. Mit einem Zwischenstopp bei ihrem Vater. Er hatte sich seit seiner Operation einigermaßen erholt. Müde und ergeben lieferte er sich der Fürsorge des Pflegepersonals aus.

Paul und Anna hatten sich nach ihrer langen Abwesenheit wieder gefunden. Sie genossen ein paar Tage mit ihrer Tochter, die sich schon wieder in Aufbruchstimmung befand. In Ibiza heuerte sie eine Stelle an, wieder in der Gastronomie.

Anna konnte ihre Tochter nicht halten, kaum angekommen, war sie schon wieder weg. Sie muss ihr Leben erforschen, entdecken, ist noch jung und ungebunden, dachte Anna mit Wehmutsgedanken. „Nur ein paar Monate, dann bin ich wieder da. Im Herbst, wenn die Schule anfängt, beginnt ohnehin der Ernst des Lebens", meinte Mara und lachte dazu. „Kommt mich doch besuchen", schlug sie ihren Eltern vor.

In der nächsten Zeit galt es den Vater zu umsorgen. Eine Fistel hatte sich in seiner Bauchdecke eingenistet, erneut wurde er operiert. Unzählige Fahrten ins Krankenhaus absolvierte sie, bis man ihn endlich entließ.

Nun zog Anna einige Wochen ins Elternhaus, um ihren Vater zu pflegen und ihn aufzupäppeln. Er erholte sich nur schwer, hatte den Lebenssinn verloren. Auch Mathilda, Vaters neue Gefährtin, versuchte ihm das Leben wieder schmackhaft zu machen. Auch sie biss auf Granit. Anna kochte wie eine Verrückte. Die köstlichen Happen tanzten an Vaters Nase vorbei, während sie ihn mit zuckersüßem Ton zum Probieren überreden wollte: „Jetzt koste doch einmal das knusprig gebratene Huhn mit den herrlichen Petersilkartoffeln, in frischer Butter gewälzt." Oder „Die herrlich duftende Rindsuppe mit selbstgemachten Frittaten, hauchdünn gebacken und geschnitten." Er probierte einen Löffel, um sich dann angewidert abzuwenden. Auch wenn die Gerichte köstlich dufteten, Anna hatte vergessen, dass ihrem Vater seit seinem schweren Mopedunfall vor vielen Jahren der Geruchsinn abhanden gekommen war. Weder gelang es ihr, ihn zum Essen zu überreden, noch ihn aus dem Bett zu locken. Nach vielen Versuchen gab sie sich geschlagen. Sie wusste weder ein noch aus.

Als sie eines Morgens wieder vor dem Bett ihres Vaters stand, der ein Aufstehen konsequent verweigerte, riss ihr die Geduld. Anna nahm die ihm bekannte Feldwebel-Haltung an. Schroff, in einem unmissverständlichen Ton erklärte sie ihrem Vater, dass ihr Kochspiel beendet sei. Dass sie keine Lust mehr hätte, seine Mama zu spielen. Wenn er bereit zum Sterben sei, akzeptiere sie das und falle ihm nicht länger zur Last. „Entweder du stehst auf und isst, oder du bleibst liegen und stirbst. Es ist deine Entscheidung, und mir ist das scheißegal." Nach diesen herben Worten ließ Anna die Tür in die Angeln krachen. Es dauerte keine zwanzig Minuten, bis ihr Vater sich bei Tisch einfand und das Frühstück verlangte.

Annas Herz lachte, als er nach einer Fahrt ins Blaue bat. Sie steckte ihren Vater in einen Anzug, der ihm viel zu groß am Körper hing. Mit dem Hut auf seinem zusammengeschrumpften Kopf ähnelte er einer Vogelscheuche. Sie fuhren über das Land mit saftig grünen Wiesen, kamen an Bauernhöfen vorbei, und überall wusste er Geschichten zu erzählen. Sein Gesicht öffnete sich zu einem Grinsen und Anna bemerkte, wie sich eine Glückseligkeit in das väterliche Gemüt einschlich. Er hat es geschafft, dachte sich Anna, er will wieder leben.

Zu guter Letzt wollte er seinen Freunden in einem Kramerladen, bei dem sie sich wöchentlich getroffen hatten, einen Besuch abstatten. Auch diesen gewährte Anna ihm. Groß war die Freude der Trinkkumpane, als der Braumeister in Ruhe erstmalig nach seiner monatelangen Abstinenz den Laden betrat. Ein Achterl erlaubte Anna ihm, mehr war anfangs nicht drin. Hauptsache, ihr Vater fand wieder Gefallen am Leben.

Die weitere Pflege übernahm Mathilda, und guten Gewissens verließ Anna das Haus. Auch ihre Geschwister wechselten sich mit den Besuchen ab, denn jedem lag viel daran, ihren Vater wieder zu erkennen als die Person, die er einmal war.

Zu Hause merkte Anna, wie viel Energie ihr die Krankheit ihres Vaters geraubt hatte, wie wenig Zeit sie für sich gehabt hatte und für die Gedanken an ihren Sohn.

4 | Ibiza

Am 2. Juli 2005 flog Anna nach Ibiza, um ihre Tochter zu besuchen. Ihren Hund hatte sie ihrem Vater anvertraut, der dieses Hundsvieh liebte, es mit Streicheleinheiten verwöhnte und nicht mit Gassigehen plagte. Luna hatte lediglich Pfote zu geben, und schon waren Leckerlis drin. Nach einem Opa-Urlaub stand jedes Mal, zu Lunas Leidwesen, ein Abspeckprogramm auf dem Plan.

Anna saß am Fensterplatz, ihre Sitznachbarin schlief. Sie dachte an Paul, der aus beruflichen Gründen nicht mitkommen konnte. Wie immer hatte er ihr eine schöne Reise gewünscht. Diesen generösen Zug ihres Mannes, der ihr selbst in diesem Ausmaß nicht eigen war, schätze Anna sehr. Während sie die Luft anderer Länder einsaugte, das Fremde aufspürte, ging Paul seiner Arbeit nach. Anna erinnerte sich an einen Griechenland-Urlaub, der beinahe ins Wasser gefallen wäre.

Es war im Jahr 1987, Julian war damals acht, Mara fünf Jahre alt. Mit dem Zug sollte der lange geplante Urlaub beginnen. Zu dieser Zeit war es noch nicht Usus, überall hinzufliegen. Mit einer befreundeten Familie wollten sie drei Wochen auf der Insel Tassos verbringen. Julian kränkelte schon einige Zeit, hatte permanent leichtes Fieber und Husten. Obwohl sie den praktischen Arzt konsultierten, Julian Medikamente einnahm, verbesserte sich sein Zustand kaum. Der Doktor meinte jedoch, dass ein Klimawechsel dem Buben nicht schaden würde. Im Gegenteil, die Meeresluft würde seiner Genesung gut tun.

Drei Tage vor der Reise besuchte Anna mit den Kindern ihre Eltern und holte den Rat ihres ehemaligen Hausarztes ein. Mit sorgenvollem Gesicht schüttelte dieser den Kopf und meinte, dass ihm der Junge nicht gefiele und dass sie ein Lungenröntgen machen lassen sollte. Vom Griechenlandurlaub riet er strikte ab. Der Röntgenologe wies Julian sofort ins Krankenhaus ein. Der Bub laborierte an einer schweren Lungenentzündung. Eine „versteckte", wie man sie im Volksmund nennt, eine, die man beim Abhorchen nicht zu diagnostizieren vermag. Julian wurde an Infusionen angehängt, man verordnete ihm komplette Ruhe. Matt und lethargisch ließ er alles mit sich geschehen. Als der diensthabende Arzt ihnen eröffnete, dass Julian diese strapaziöse Reise nie überlebt hätte, waren Anna und Paul geschockt. Nachdem die Eltern ihr Kind versorgt wussten und die Woge der Aufregung sich geglättet hatte, wurde über den Urlaub beraten. Paul schlug vor, mit Mara zu fahren. Dem konnte Anna vorerst nichts abgewinnen. Ihr missfiel die Selbstverständlichkeit, mit der Paul darüber sprach. Es kränkte sie die Tatsache, dass er ohne sie überhaupt fahren wollte. Instinktiv wusste sie jedoch, dass es die beste Lösung wäre. Paul hatte den Urlaub dringend nötig, die Kleine sich so darauf gefreut, Anna bräuchte sich nicht mit dem Haushalt aufzuhalten und hätte den ganzen Tag für Julian Zeit. Schweren Herzens stimmte sie der Lösung zu.

Anna heulte in der Nacht, bevor Paul mit Mara auf Reisen ging. Sie heulte am Bahnhof, nachdem der Zug abgefahren war, und heulte während der Rückfahrt von Salzburg bis zum Krankenhaus. Erst am Krankenbett ihres Sohnes beruhigte sie sich. Anna schämte sich für ihre Schwäche und dankte Gott dafür, dass es Julian besser ging. Zehn Tage musste ihr Sohn das Krankenbett hüten. Jeden Tag verbrachte Anna den Nachmittag bis zum Abend bei ihm und den vielen kranken Kindern, von denen die wenigsten Besuch bekamen. Sie las Bücher vor, erzählte Geschichten, spielte Gesellschaftsspiele und hörte sich die Sorgen der kleinen Patienten an. Allmählich fühlte sich Anna im Krankenhaus wie zu Hause. Die mütterliche Präsenz beflügelte Julians Genesung. Nachdem der Bub gesund entlassen wurde, erlaubten die Ärzte eine Fahrt in den Süden. Mit Freunden samt ihren Kindern machte sich Anna zu einem Kroatien-Urlaub auf. Julian tankte Energie und erholte sich in dem südlichen Gefilde.

Während Anna bewegt in diesen Erinnerungen schwelgte, wurde ihr bewusst, dass das Ticken von Julians Lebensuhr damals noch nicht beendet war. Sie sah die Rettung als Bestimmung an. 16 Jahre durfte sie ihren Sohn noch begleiten. Bei den Gedanken an Julian überwog wieder der Schmerz. Bei den Gedanken an Paul wurde sie von einer Wärme erfasst. Er gönnte Anna viel Freiheit, dafür konnte sie ihn immer wieder lieben.

Braungebrannt und gut gelaunt nahm Mara ihre Mutter am Flughafen in Empfang. Sie holten den Mietwagen ab und fuhren in ihre schlichte, kleine Wohnung in Playa dèn Bossa, dem wohl hässlichsten Teil von Ibiza, dem Mekka der Pauschaltouristen. Die Straßen flankiert von Restaurants, aus deren Küchen es nach Pommes und abgestandenem Öl stank, die mit 6-Euro-Menüs um Gäste warben und sich gegenseitig die Preise ruinierten. Dazwischen standen unzählige Souvenirläden mit Billigwaren und Fakes. Mitten drin Touristenmassen.

Mit ihrem Mietauto kurvten sie die nächsten 14 Tage die gesamte Insel ab, die sich abwechslungsreich und vielseitig zeigte, von Gebirgszügen durchzogen, von fruchtbaren Tälern unterbrochen. Zwischen zerklüfteten Küstengebieten lagen versteckte breite Sandstrände. Auf der rot gefärbten ibizenkischen Erde gediehen Oliven, Getreide, Südfrüchte und Wein. Anna und Mara besuchten idyllische weißgestrichene verschlafene Dörfer. Die mediterrane Küche verwöhnte ihren Gaumen, eine wunderbare Landschaft flog während der Autofahrt an ihnen vorbei. Ausgedehnte Pinien- und Kiefernwälder, üppige Bougainvilleas mit violetten, rosa und roten Blüten, Oleander-, Hibiskusbüsche, wilde Rosmarinsträuche, Mandel-, Oliven-, Zitronen-, Orangen- und Feigenbäume.

Sie tummelten sich an den schönsten, einsamsten Buchten, beteten die Sonne an, schwammen im glasklar türkisfarbenen Meer, lasen, lachten, redeten und genossen die Zeit zu zweit.

Als sie an einem lauen Spätsommerabend in Ibiza Stadt den Hafen entlang schlenderten und sich den Anblick der Luxusyachten gönnten, beobachteten sie junge Menschen mit perfekter Figur, perfekten Gesichtern, perfekt gestylt, die einer Yacht entstiegen. Unter den Blicken der vielen gaffenden Normaltouristengesichter ließen sie sich in einem überheblichen und arroganten „Wir sind die Götter"-Gehaben in einem Taxi nieder. „Glaubst du, dass die glücklicher sind als wir", fragte Anna ihre Tochter. „Das leidige Geldproblem fällt auf jeden Fall weg", antwortete Mara in pragmatischem Ton.

Anna war fasziniert von den Paraden in Ibiza-Stadt bei Nacht, wo Schwule, Lesben, Heteros in freizügig verrückten Kostümen lärmend für Diskotheken warben.

Der nächtliche Hippie-Markt in Salvia übertraf Annas Erwartungen mit den vielen Buden voll Schmuck, Gewändern, Schuhen, Taschen und allerhand Sachen, die man nicht wirklich brauchte zum Leben, jedoch unbedingt haben wollte. Es roch und duftete nach Essen, Gewürzen, Kerzen und Räucherstäbchen. Das gesamte Areal wurde beleuchtet wie in einem „Märchen aus 1000 und einer Nacht". Im Hof gab es Life-Musik, Erwachsene und Kinder tanzten dazu, es herrschte eine friedliche Stimmung, und Anna fühlte sich in ihre alternative Zeit zurückversetzt. Damals gehörten zu ihrer Uniformierung indische Kleider mit Glöckchen dran, Latzhosen, weiß oder gestreift, bestickte Blusen, Jesus-Sandalen und Pullover aus Schafwolle gestrickt.

Anna erinnerte sich an die Anfänge ihrer Liebe zurück, als sich die Eltern über den Kleidungsstil von Anna und Paul mokierten, diesen lange nicht akzeptierten. Mutters sehnlichster Wunsch, ihre Tochter in Schottenrock, Bluse, Pulli und Jacke in Strick oder ähnlich konservativer Bekleidung zu sehen, erfüllte sich nicht. Anna und Paul suchten mit Freunden nach einem Bauernhaus am Land. In einer Kommune wollten sie leben, ohne Technik, sich gesund ernähren, allen Konventionen trotzen, den Kindern viel Freiheit gewähren. Dieses Gemeinschaftsprojekt scheiterte an Uneinigkeit, die ersten Paare trennten sich, schlussendlich entschieden sich Anna und Paul für ein Leben zu viert.

Mit dem Kindergeld, das sie für Julians Geburt vom Staat erhielt, kaufte sich Anna eine Nähmaschine und schneiderte die Kleidung für Julian und Mara selbst. Sie strickte, wie sie Paul angedroht hatte, ihn und die komplette Familie ein. Sie bestickte Kissen, Tischdecken, häkelte Borten, Mützen, Ponchos, batikte Tücher, Bilder, Schals, malte auf Seide, auf Holz und ritzte Glas. Diese Handarbeitsergüsse wurden zu sämtlichen Anlässen verschenkt. Anna versuchte sich auch als Gärtnerin, baute Gemüse an, weckte und kochte ein. Zweimal im Jahr kauften sie Fleisch von einer hausgefütterten Sau. Teile des Fleisches wurden eingesurt, geselcht oder eingefroren, aus den Innereien Beuschel, Sulz, Leberknödel, Milzschnitten fabriziert. Anna hatte sich diese Tätigkeiten bei ihrer Mutter abgeschaut. Viele Jahre später, nachdem Paul zum Vegetarier wurde, hörte sich diese Schweineverarbeitung auf.

Im Laufe der Zeit allerdings verabschiedeten sie sich von der alternativen Szene und nahmen ein relativ bürgerliches Leben an.

Als sich Anna und Mara wieder einmal auf Strandsuche begaben und vom Weg abkamen, erreichten sie eine Straße mit offenen Schranken, die sie zum Weiterfahren einlud. Sie hatten sich in das Gebiet der Superlative verirrt. Die tollsten, schönsten und größten Fincas mit Riesenpools, weitläufigen Gärten, mit Yachten am Steg lagen ihnen zu Füßen. Anna und Mara kriegten sich vor Staunen kaum ein. Eine Stille herrschte hier, vereinzelt lagen die feinen Damen am Pool, die Gärtner schnipselten in sengender Hitze lautlos an Blumen, Sträuchern und Bäumen herum. So lässt es sich auch leben, dachte Anna, nicht ganz ohne Neid. Als Löwe im Horoskop und Waage im Aszendent wäre sie dem Luxus nicht abgeneigt. In ihren Tagträumen beim wöchentlichen Wohnungsputz malte sie sich manchmal aus, was sie mit Geld, wenn sie es hätte, alles täte.

Oft war sie unzufrieden in ihrem Minidomizil, beneidete die Reichen und strebte stets das Höhere an. Mit dem Tod von Julian hatte sich alles relativiert.

Und als sie im kleinen Bad in Maras Wohnung in die Wanne stieg, um eine Dusche zu nehmen, den halb herunterhängenden

Plastikvorhang zuzog, die rostigen Wasserhähne aufdrehte, übermannte sie eine tiefe Zufriedenheit.

Die beiden verpflegten sich vorwiegend selbst. Nur ab und zu hauten sie auf den Putz und ließen sich kulinarisch verwöhnen. Da machten sich Mutter und Tochter schick, suchten edle Casas aus und benahmen sich, als wären sie in diese elitäre Welt hineingeboren. Beim Anblick der saftigen Rechnung, die das Budget gehörig strapazierte, dachte Anna sich: Morgen kann alles aus sein, wir haben wenigstens gelebt und uns was vergönnt.

Einen Nachmittag verbrachten sie in Cala Benirás, einer bezaubernden kleinen Bucht mit hellem Sandstrand, bekannt für seinen von Trommelmusik begleiteten Sonnenuntergang. Menschen aus verschiedensten Kulturen aller Altersgruppen ergaben ein bunt zusammengewürfeltes Bild. Hippies, Alternative und Konservative vereinigten sich zum gemeinsamen Musizieren. Viele von ihnen hörten nur zu, saßen oder lagen im Sand, tranken Wasser, Bier oder Wein, manche rauchten, manche kifften dazu. Hunde und Kinder tummelten sich ausgelassen im azurblauen Wasser. Und als die Sonne im Meer versank, jubelte und klatschte die Menge. Feuertänzer, Feuerschlucker und Akrobaten beendeten mit ihren Darbietungen diese Sonnenuntergangzeremonie. So eine friedliche, vorurteilsfreie Stimmung hätte Anna gern öfter erlebt.

An Erinnerungen reicher, gesättigt von Tochternähe und Sonne verließ Anna das wunderbare Land. Der Abschied fiel ihr nicht schwer, denn Mara folgte ihr ein paar Tage später nach Hause.

5 | Arbeitsbeginn / Selbsthilfegruppe / Weihnachten

Nach einem Jahr Pause, am 18. Juni 2005 nahm Anna ihre Arbeit wieder auf. 556 Tage waren seit Julians Tod vergangen. Der Theaterumbau befand sich bereits in der Endphase, das ausgelagerte Büro teilte sie wieder mit Leo, ihrem Chef. Die ersten zwei Monate wurde sie halbtägig angestellt, das war ihr recht, denn nach so langer Arbeitsabstinenz fiel ihr anfänglich die Gewöhnung an den Arbeitsrhythmus schwer. Sie wurde in das neue Kartenreservierungssystem eingeschult, das Herbstprogramm stand fest, es galt, Inserenten zu keilen, das Eröffnungsfest zu planen. Zurückgekehrt in die erwerbstätige Welt, fand Anna allmählich wieder Gefallen daran. Die Auszeit hatte ihr gut getan hat.

Ende August bezogen Leo und Anna das neue Büro. Kaum fassen konnte sie die Tatsache, von nun an in diesem wunderbaren Raum ihre Arbeit zu verrichten. Eine paradiesische Arbeitsstätte, durchflutet von unglaublicher Helligkeit mit Blick auf das Foyer. Die durchdachte Anordnung der Möbel mit ihrem schlichten, stilvollen Design wurden von einer großen Pflanze und einem Gemälde ergänzt, die dem Büro einen warmen, künstlerischen Touch verliehen. Wunderbar, perfekt, ich arbeite im schönsten Büro dieser Stadt, jubelte Anna innerlich.

Im September wurde das neue Theater mit einem Dreitagesspektakel eröffnet. VIPs waren geladen, Reden wurden geschwungen, ein tolles Programm präsentiert, der „Tag der offenen Tür" zelebriert. Menschenmengen fanden sich ein, die Bürger der Stadt wollten sehen, was aus dem Off-Theater geworden war. In neuem Kleid, transparent in Glas und Stahl gehüllt, die alte Fabrikfassade erhaltend, stellte sich das Theater als wahres Schmuckkästchen dar. Das angrenzende Restaurant mit einem Wintergarten schmiegte sich wunderbar in das Ensemble ein.

Manche Vereinsmitglieder und Theaterbesucher hatten anfangs Schwierigkeiten, sich auf diese neue Situation einzulassen, denn mit dem alten Theater hatte das neue nichts mehr gemein. Anna fühlte sich wohl. Dieses Haus erinnerte sie nicht an Julian, der als kulturinteressierter Mensch bei jedem Heimurlaub das Theater besucht und immer denselben Platz eingenommen hatte.

Nach dem Eröffnungsspektakel begann das offizielle Herbstprogramm. Den Künstlern, die das alte Theater gekannt hatten, gefiel das neue nicht schlecht. Es fehlte jedoch die Gemütlichkeit des alten, das Zusammensitzen nach der Vorstellung in der engen Garderobe, das Persönliche, das Intime. Denn in der großzügigen Künstlerlounge, die eine Designerkälte ausstrahlte, fühlte man sich weder geborgen noch nah. Und die Künstler, die gerne Kontakte mit den Besuchern pflegen, das Umgarnen, Umschwärmen, das Bad in der Menge lieben, zog es unweigerlich zu dem entfernten Gastronomiebereich. Es zerfledderte sich alles viel zu schnell, die Mehrheit der Crew trauerte den vergangenen Zeiten mit den langen Nächten nach. Auch damit hatte Anna kein Problem, denn seit Julians Tod war ihr Interesse an den Künstlern gesunken. Sie hatte schon genug erlebt, eine neue Zeit war angebrochen.

Wenn Anna vom Tod junger Leute hörte, fühlte sie mit den betroffenen Eltern mit. Sie dachte an den Schmerz, die Leere, die Sehnsucht, die sie befielen, die nichts mehr so sein ließen, wie es früher gewesen war. Der Wunsch auf Austausch mit Menschen, die dasselbe Schicksal ereilt hatte, hatte sich in der Begegnung mit Kristin erfüllt. Beinahe zwei Jahre nach Julians Tod fühlte sich Anna stark genug, um eine Selbsthilfegruppe für verwaiste Eltern ins Leben zu rufen. Ein Artikel über ihre Trauer samt der Einladung zu einem

Treffen erschien. Viele Mütter riefen an und erzählten über den Tod ihrer Kinder, einige kamen in Annas Garten zum ersten Treff zusammen. Ein einziger Vater fand sich ein, und Anna fragte sich, ob die Trauer tatsächlich weiblich sei. Momente der Rührung, der Tränen, der Verzweiflung wurden im Kollektiv erlebt. Die Schicksalsgeschichten unterschieden sich, die Trauergefühle nicht. Das Mitteilen, das Mitfühlen, das Verständnis sorgten bei manchem verwaisten Elternteil für ein wenig Erleichterung.

Anna zündete eine Kerze für alle verstorbenen Kinder an. Die Eltern nahmen sich an der Hand, um in Gedanken an ihre Lieben zu verweilen. In die Stille des lauwarmen Spätsommerabends fegte plötzlich eine wilde Brise Wind herein. Als würden die Kinder ein Zeichen geben.

Anna bot den verwaisten Eltern monatlich ein Treffen an. Der zeitweilige Besuch von Vätern stellte eine Bereicherung dar, denn die männliche Trauer unterschied sich von der weiblichen enorm. Die Väter kannten den Körperschmerz nicht, der die Mütter so sehr plagte. In der Regel akzeptierten sie früher den Tod und fanden sich schneller mit dieser Tatsache ab. Das führte in vielen Fällen eine Ehekrise herbei, die nicht selten mit einer Trennung endete. Fast wäre es Anna mit Paul ebenso ergangen. Mit ihrer Erfahrung, die sie an die Frauen weitergab, gelang es Anna, manche Beziehungseskalation zu verhindern.

Oft suchten verwaiste Mütter nur den Austausch über das Telefon. Sie wollten reden, wünschten sich, dass jemand zuhört, der sie versteht.

Einmal erzählte eine Mutter, dass sie es nicht fertig bringen würde, den Wohnzimmerteppich zu saugen. Über zwei Monate wäre es her, dass ihr Sohn vor dem Elternhaus bei einem Autounfall verunglückt sei. Einen Tag vor seinem Tod hatte er im Wohnzimmer seine Fußnägel gekürzt. Sie hatte diese Nägel nicht einsaugen wollen, das letzte, das von ihm geblieben war. „Es käme mir vor, als würde ich meinen Sohn weg saugen", meinte die Mutter.

Für Mara begann der Ernst des Lebens: Aufgenommen in der Krankenpflegeschule für Psychiatrie zog sie nach ihrem Vagabundenleben wieder nach Wien. Aus der Bekanntschaft mit Philipp, dem Sohn von Annas Kurschattenfreund, kristallisierte sich in rasantem Tempo eine Liebesbeziehung heraus. Und bevor sich Mara in Wien ein Nest suchen wollte, wurde sie von ihrer neuen Liebe in sein Haus eingeladen, um ihr Leben mit ihm zu teilen. Auch wenn nach Annas Meinung alles zu schnell ging, gab sie dem Turtelpaar ihren Segen. Pauls Kommentar beschränkte sich auf seinen Lieblingsspruch, dass nämlich noch viel Wasser den Inn hinunterrinnen werde. Den sagte er jedesmal ein wenig sarkastisch, wenn Mara sich verliebte.

Sobald sich der Weihnachtstrubel einstellte, die Weihnachtshektik ihren Lauf nahm, die Weihnachtsbeleuchtungsketten die Stadt erhellten, Christbäume an allen Plätzen blinkten, sank Annas Stimmung auf Null. Die dritten Weihnachten ohne Julian standen bevor, wieder einmal wollte sie diesem Fest entfliehen. So ganz gelang es ihr nicht. Zumindest für ein paar Tage zog sie sich mit Paul zurück. Am 18. Dezember, an Julians Geburtstag, brachte Anna ihren Hund zu ihrem Vater und fuhr mit Paul in ein Wellnesshotel. Zur Geburtsstunde von Julian tranken sie den obligatorischen Sekt. Die karge Konversation über ihren Sohn, der 26 Jahre alt geworden wäre, störte Anna nicht, Hauptsache sie war an diesem Tag nicht allein.

Am 24. Dezember holte Paul seinen Schwiegervater und Rebeccas Mutter Katharina ab. Die dritten Weihnachten ohne Julian verbrachten sie unspektakulär und still. Sie aßen nach altem familiärem Brauch Schweinsbratwürstel samt Sauerkraut mit Störibrot dazu. Annas Vater, nur mehr ein Hauch von einer Gestalt, wirkte müde und krank. Vielleicht werden das seine letzten Weihnachten sein, dachte Anna und versuchte so einfühlsam wie möglich zu sein.

Sie hatte einen kleinen Christbaum geschmückt, weil Paul es so wollte. Nach dem Tod seiner Mutter, Paul war damals erst 13 Jahre alt, war er um das Weihnachtsfest gebracht worden. Erst mit seiner kleinen Familie hatte er dieses Fest wieder lieben gelernt. Nun will er es nicht mehr missen, selbst nach dem Tod seines Sohnes.

Anna akzeptierte Pauls Wunsch, auch wenn sie dieses Fest gerne aus ihrem Leben gestrichen hätte.

Nach dem Heiligen Abend folgte das große Familienweihnachtsessen, am Stephanitag das Enten-Essen, dann war Silvester dran.

Wieder war ein Jahr vergangen, ein Jahr ohne Julian.

2006

1 | Traum / Theater / Tanz / Ostern

Traum:
20. Jänner 2006
Annas Mutter gab ihr ein kleines, zartes, zerbrechliches Kind. Das
Geschlecht stand nicht fest. Anna drückte es sachte an sich. Für dieses
Kind sorgen zu dürfen erfüllte sie mit Freude und Wärme.

Die Theaterbesucher hatten sich an die neue Stätte gewöhnt, die
Veranstaltungen waren gut besucht, die zweite Spielsaison startete
durch. Das neue repräsentative Areal wurde für Events, Vorträge,
Präsentationen und Feiern gebucht. Die anfänglichen Schwierigkeiten, die sich zwangsläufig mit dem zunehmend professionellen
Theaterbetrieb sowie dem Umbau ergeben hatten, schienen ausgeräumt.

Zeitweise verlor Anna Julian aus ihrer Gedankenwelt, sie erlaubte
sich das, das schlechte Gewissen wurde ad acta gelegt. Anna versuchte wieder auf Menschen zuzugehen, bemerkte jedoch eine
Veränderung. Durch den Tod von Julian hatte sie eine Wandlung
durchgemacht. Menschen, die ihre Energie aufsaugten, ertrug sie
nicht, von Menschen, die negativ dachten, hielt sie sich fern. Die
Robustheit von früher war ihr abhanden gekommen, verletzlich,
fragil war sie geworden.

Während der Vorbereitungen zur ersten Eigenproduktion im
neuen Haus trug sich Anna zaghaft mit dem Gedanken, wieder

einmal dabei zu sein. Ihre schauspielerische Aktivität jedoch war nicht mehr erwünscht, den Grund dafür erfuhr sie nicht. Das kränkte Anna, sie war tief verletzt.

Während der Woche teilte sie sich die Stunden eigenständig ein. In den Mittagspausen lief Anna mit dem Hund die Wälder ab, tankte Energie, atmete durch, ihr Kopf wurde klar, die Gedanken frei. Manchmal überfiel sie die Sehnsucht nach Julian, stets verbunden mit Schmerz. Anna wurde diesen Schmerz nicht los, ergeben lieferte sie sich ihm aus. Die Tränen empfand sie als Reinigung, sie spürte eine seelische Erleichterung.

Die Wochenend-Abende verbrachte Anna meist im Theater. Wie früher besuchte sie regelmäßig die Veranstaltungen. Wenn dann das Publikum vor Begeisterung tobte, mit den Füßen trampelte, sich für Standing-Ovations von den Sitzen löste, um frenetisch zu applaudieren, dann wanderte Annas Blick die Zuschauerreihen entlang. Sie fühlte sich glücklich. Den Gästen wurde ein Programm geboten, das sie die Alltagssorgen vergessen ließ. Obwohl der Applaus nicht ihr gegolten hatte, so fühlte sie sich dennoch bedankt.

Gelegentlich passierte es, dass sie während eines Programms den Saal verließ. Wenn Lieder, Musikstücke oder Kabaretttexte vom Sterben erzählten, holte die Erinnerung sie ein. Wie bei den Kabarettisten Stermann und Grissemann, die an zwei Abenden im Theater gastierten. Im zweiten Teil des Programms kamen Szenen über das Sterben in ihrer bekannt sarkastischen Weise vor. Das Publikum amüsierte sich. Julian hätte auch gelacht, dachte sich Anna, die ihren Platz auf der letzten Stufe, am anderen Ende des Eingangs eingenommen hatte. Ihr reichte es, sie wollte raus, konnte jedoch den Theaterraum, ohne aufzufallen, nicht verlassen. Die letzte halbe Stunde verursachte ihr eine Qual, sie schlang die Arme um ihre Beine und versteckte im Schoß ihr verweintes Gesicht. Erst als alle Besucher hinausgeströmt waren, erhob sie sich und schlich davon.

Stermann und Grissemann gehörten zu den Künstlern, die Anna betreute und bei denen man sich im Laufe der Jahre auf ein Wiedersehen freute.

Julian, ein treuer Fan, hörte jedes Jahr im Radio ihren Kommentar zum Songcontest, zeitgleich mit einer tonlosen Fernsehübertragung. Er zerkugelte sich dabei vor Lachen. Außerdem liebte er das Programm „Salon Helga" auf FM4. Und wenn das Kabarettduo in seiner Heimatstadt auftrat, setzte er alles dran, um dabei zu sein. Die Tatsache, dass seine Mutter die Künstler kannte, erfüllte ihn mit Stolz. Anna wiederum freute sich über diesen Bonuspunkt bei ihrem Sohn.

Sie erinnerte sich an den 26. Oktober 1999. Es war ein Dienstag, der Staatsfeiertag, an dem ein Freundschaftsspiel zwischen Rapid Wien und der heimischen Fußballmannschaft statt fand. Julian besuchte mit Dirk Stermann und seinen Eltern das Spiel. Die Tatsache, mit einem seiner Lieblingskabarettisten ein Fußballspiel seines Lieblingsteams verfolgen zu können, ließ ihn auf Wolken schweben. In der ersten Halbzeit nahmen sie im Rapidsektor Platz. Sie kauften sich ein Bier. Die Rapidler liefen selbstbewusst, mit einem „Wir werden euch schupfen"-Lächeln ein. Die Gesichter der heimischen Mannschaft wirkten angespannt und gezeichnet von Nervosität. Da Julian im Bubenalter selbst auf diesem Rasen gestanden war und nicht einmal schlecht gespielt hatte, fiel die Entscheidung, zu wem er halten sollte, schwer. Anna, die von diesem Sport keine Ahnung hatte, wurde von ihrem Sohn in Fußball eingeführt. Die Spannung stieg, Schweiß bildete sich an Annas Händen. Zu ihrer Verwunderung wurde sie vom Fußballfieber angesteckt. Anna hielt selbstverständlich der Heimatmannschaft die Daumen. Und als sie in ihrem überschäumenden Temperament kein Hehl daraus machte und beim ersten Tor ihrer Favoriten in die Luft sprang, wurde sie sanft von ihrem Sohn zu Boden gedrückt. „Mama, reiß dich zusammen, wir befinden uns im feindlichen Lager", flüsterte er. Da erst wurde sie der Aggression der Rapid-Fans gewahr. Das Spiel endete mit eins zu null für die heimische Mannschaft. Die arroganten Rapidler verließen geknickt das Feld. Anna jubelte innerlich. Obwohl Julians Götter verloren hatten, zeigte er sich über den Erfolg der Amateure erfreut.

Die Münchner Band „Stimulators" gastierte wieder im Theater. Seit dem letzten Auftritt hatte Anna nichts mehr von ihnen gehört. Damals hatte sie die Unbeschwertheit dieser Veranstaltung nicht ertragen können und war ohne sich zu verabschieden geflüchtet. Der Raum hatte sich bereits in einen Hexenkessel verwandelt, als Anna ihn betrat. Die Musik groovte, die Stimmung schien am Höhepunkt. Diesmal störte es Anna nicht, im Gegenteil, die Ausgelassenheit der Tanzenden steckte sie an. Die Musik drang in alle Fasern ihres Körpers ein und nahm Besitz von ihr. Wie von alleine fingen ihre Gliedmaßen an, sich im Rhythmus zur Musik zu bewegen. Vorerst verhalten, zögernd, fast schüchtern. Wie von einem Sog wurde Anna in das Geschehen gezogen. Bis sie mitten drin mit einer Leichtigkeit und Freude tanzte, sich fallen ließ und rundherum die Welt vergaß.

„Mein Sohn will mich tanzen sehen", sagte Anna laut. Sie spürte ihren Körper und verschmolz mit der Musik. Sie tankte Kraft und Energie. Sie empfand Freude und Lust. Für ein paar Stunden bejahte sie wieder das Leben.

Annas Vater hatte sich endlich von seiner langwierigen Krankheit erholt. Er lud seine Familie in sein Haus. Das wunderbare Osterwetter erlaubte es, auf der Terrasse zu dinieren. Nach dem Essen erklärte das Familienoberhaupt feierlich, dass er die ganze Schar für ein Wochenende nach Lunz am See einladen möchte, sozusagen als verspätetes Weihnachtsgeschenk. Großer Jubel und ein Beifallssturm waren die Folge. Jetzt hieß es nur noch einen Termin zu fixieren, bei diesem Clan keine Kleinigkeit. Sie einigten sich auf den 12. August 2006.

Annas jüngste Schwester Victoria kündigte bei dieser Gelegenheit ihre bevorstehende Mutterschaft an. Alle zeigten Begeisterung für das neue Erdenkind, das im November erwartet wurde. Die einen gehen, die anderen kommen, so ist der Kreislauf des Lebens, dachte Anna, deren Augen sich füllten, mit Freuden- und Sehnsuchtstränen.

Die auswärtige Familienzusammenkunft betreffend beschlich Anna ein mulmiges Gefühl. Die Idee einer jährlichen Familienfeier außerhalb des Elternhauses stammte von ihrer Mutter. Sie war schon krebskrank gewesen, als sie anlässlich der Hochzeit ihres jüngsten Sohnes die Vorzüge eines Hotelaufenthaltes mit der Familie genoss. Kein Kochen, kein Putzen, kein Betten überziehen, die gesamte Zeit blieb für Gespräche und Aktivitäten. Annas Mutter wünschte sich, dass sich die Familie einmal im Jahr außerhalb des Elternhauses treffen sollte. Ein paar Monate später starb sie. Die Familie holte den Ausflug nach. Das Ötschertal erkoren sie als Ziel. Da war Julian noch dabei. Ein Jahr später war er tot. Wer wird der nächste sein, dachte Anna. Sie traute sich nicht, Vaters Wunsch zu negieren, noch dazu, wo er seine Freude gänzlich darauf fokussierte. Anna versuchte ihr Angstgefühl einfach auszulöschen. Ganz gelang es ihr nicht.

Am 15. Mai 2006 wurden Agathe und Agnes geboren. Damals, ein paar Tage nach Julians Tod, hatte Anna ihrem Cousin und seiner Frau zu einem weiteren künstlichen Befruchtungsversuch geraten. Er hatte Erfolg gezeigt, und per Kaiserschnitt kamen zwei gesunde Mädchen zur Welt.

Anna schneite oft unangemeldet bei der Jungfamilie herein. Und wenn sie eines der Babys auf dem Arm hielt, den typisch süßlichen Geruch inhalierte, wurde ihr warm ums Herz. Diese Säuglinge spendeten ihr Kraft.

2 | Traum / Zweiter Besuch beim Medium

Traum:
6. Mai 2006
Julian und Mara waren ungefähr 5 und 8 Jahre alt. Julian hatte
einen blauen Pyjama an, Mara eine rosaroten. Eng beieinander lagen
sie da, Anna deckte sie zu. Sie war glücklich, dass die beiden sich
mochten.

Am 31. Mai 2006 fuhr Anna ein zweites Mal zu Celine. Anna
wollte wissen, wie es ihrer Mutter gehe und ob sie mit ihrem Sohn
in Kontakt treten könne.

Wieder sprach Theresa durch das Medium zu Anna. Wieder in
einer grammatikalischen Umständlichkeit, die es schwer machte,
die Botschaften zu verstehen. Zu Hause übersetzte Anna diese
Worte in eine Satzstellung, die verständlich erschien.

Theresa wiederholte, dass für alle Menschen, die von der Erde
gingen, die Möglichkeit bestünde, durch einen Kanal in das Licht
und damit in die höchsten Stätten der Energie und der Liebe zu
gelangen. Sie hätten auch die Möglichkeit, durch ihre Schöpfun-
gen sich in eigenen universellen Gestaltungen wiederzufinden,
also selbst „Filme" zu schaffen, in denen sie so lebten, wie sie es
sich wünschten. In diesem Bewusstseinszustand befände sich ihre
Mutter nun. Sie hätte sich einen Film geschaffen, in dem sie selbst
spielte, und all die Menschen, die sie hinzugerufen hätte, hätten

ihre Rollen übernommen. Es sei ein friedlicher Raum, in dem ihre Mutter sich glücklich wohl fühle.

Viele Verstorbene würden mit ihren Angehörigen durch das Medium sprechen wollen. Diese erdnahen Worte, seien mit dem Urteil der Erde noch belegt, obwohl sie sich bereits glücklich und zufrieden in der selbstgeschaffenen Existenz befänden. Die Erweiterung ihrer Räume vermögen nicht alle zu öffnen. Annas Mutter sei es nicht möglich, Annas Sohn schon. Die Mutter könne in ihrem Bewusstseinszustand über das, wo sie sich befinde, nicht sprechen, weil sie gewisse Tore noch nicht durchlaufen hätte. Ihr Sohn wiederum wisse um die Zusammenhänge der Existenzebenen, wisse, wo er sich befinde. Erst wenn Anna in die Unabhängigkeit zu ihm getreten sei, werde er zu ihr sprechen. Solange sie aber selbst den Aspekt der Trauer, der Verletzbarkeit in sich tragen würde, solange ihre Gefühle erschüttert seien von den Menschenschicksalen, die ähnliche Prozesse durchliefen wie sie, werde das nicht geschehen. Die Wesen der Liebe, die sich in den Lichtstätten befänden, so wie Annas Sohn, wüssten um die richtigen Zeitpunkte.

Theresa bestätigte, dass sich Julian immer wieder in Annas Energiefeld begeben würde, dass er Annas Weg achtete und schätzte und auf ihre Unabhängigkeit wartete. Er sähe ihre Kraft und wie diese zur Veränderung ihres Lebens beitragen würde. Es sei verständlich, dass Anna noch anfällig für Trauer und Tränen sei und auch mit Menschen, die dasselbe Schicksal teilen, mitfühle. Sie solle jedoch nicht wieder ins Wanken geraten, das würde ihr Energiefeld und somit die Kommunikation mit ihrem Sohn beeinflussen. Das Wort sei eine Kommunikationsform in der Erde. In den Sphären, in den Existenzen, wo Julian sich befindet, sei das Wort nicht immer diejenige Mitteilung, die diese Wesen miteinander führen. Sie fühlen das andere Wesen, sie spüren es, sie nehmen es wahr, sie hören seine Melodie, sehen seine Farben, riechen seinen Duft. In dieser Form kommuniziere Julian auch mit Anna. In Bewegungen zu ihr drücke er seine Zärtlichkeit aus, in Gefühlsklängen spreche er zu ihr. Es sei eine Art geistige Kontaktaufnahme, die man sich auch als holografisches Bild vorstellen könne.

Annas Sohn ginge bewusst noch nicht in die Worte, weil diese Wertungen der Erde trügen. Die Worte seien aus den Erfahrungsebenen der Menschen entstanden, daher entstünden oft Missverständnisse in der Erde. Theresa und die anderen Wesen sprechen das Wort neutral, sie sprechen es in Liebe, ohne Wertung. Sie sprechen das Wort in seiner Urform. Die Wesen der Liebesenergie wüssten, dass Liebe und Freiheit zusammengehören, sie unterstützten Anna, um frei zu werden.

Theresa wurde von Anna als Begleitung gewählt. Sie sei schon lange ein begleitendes Prinzip und vermöge dadurch die Zusammenhänge zu durchschauen. Sie verglich ihr Wissen mit dem Reisen. Lebe man ein paar Jahre in einem fremden Land, werde man mit der Kultur und Sprache vertraut. Reise man nur einen Tag in dieses Land, nehme man nur einen Bruchteil davon wahr. Auch Annas Sohn sei in der Vertrautheit der Stätte, von der er gekommen und zu der er wieder zurückgegangen sei.

Anna solle sich von Menschen, die an ihrer Energie zerrten, trennen und ihre Kräfte für sich einsetzen, für ihre Kreativität, für das, was sie zu sagen habe. Obwohl sie in ihrem Arbeitsfeld eingebunden sei, keime in Anna die Sehnsucht nach dem Wort. Sie solle Prioritäten setzen, entweder für ein Leben, wo sie glaube, etwas tun zu müssen, weil es andere wünschten, eingebettet in das gesellschaftliche System, oder für ein Leben, wo sie glücklich sei.

Theresa sprach von einer Form der Revolution, von einer Bewegung, die nur stattfinden könne, wenn man sich traue, über die Grenze zu gehen. Die Angst, kein Geld, keine Freunde, keine Arbeit mehr zu haben, zwinge die Menschen oftmals in eine eigene Bahn. Sie seien wie Marionetten, weil sie glauben, dies oder jenes nicht mehr tun zu können. Sie verlieren ihren Lebensatem und die Freude. Sie wissen nicht mehr, warum sie hier sind, verhalten sich wie die Diener eines Systems und haben sich verloren. Wichtig für alle Menschen sei, dass wieder Mut entstehe, dass sie zu dem stünden, was sie fühlen, denken, wahrnehmen, was sie wirklich tun wollen.

„Seele, deine Priorität kann immer nur für dich sein, nicht für ein System, nicht für eine Gesellschaft. Denn wenn du dich nicht für dich entscheidest, kannst du auch kein Samen für ein System sein. Wenn du nicht für deine Liebe dich trägst in all deiner Form, kannst du nicht die Liebe tragen zu den anderen. Es ist immer dieser Weg, es gibt keinen anderen. Und es ist der Weg, der den Menschen ein Stück weit abhanden gekommen ist."

Anna solle in eine innere Schau gehen und nach Wunsch die Energie ihres Sohnes und ihr Prinzip hinzurufen. Außerdem stehe ihr eine Energie zur Verfügung, die mit Revolution, mit Veränderung viele Male mit der Erde verbunden war. Die in den Sphären den Namen St. Germain trage und auch in der Erde diesen einstmals getragen habe. Diese Wesenheit begebe sich immer wieder in Inkarnationskleider, die mit der Freiheit zusammenhingen. Revolutionen mit und ohne Blut, Texte, die von der Freiheit sprachen, Exkursionen, die neue Länder ergründeten. So war diese Wesenseinheit einstmals Columbus gewesen. Seine Inkarnationen waren immer auf Bewegung ausgerichtet, über die Grenzen gehen, den Mut, anders zu sein, anzunehmen. „Und so hier Seele, diese drei kannst du rufen, deinen Sohn, diese Wesenheit St. Germain und mein Prinzip, so es dir Wunsch ist."

Dann forderte Theresa Anna auf, ihr Leben zu betrachten, hineinzufühlen. Ihre drei Begleiter seien da, um ihre Energien zu verstärken und ihr Bild zu verdeutlichen. Sie manipulierten nicht, sie verstünden sich als Transformatoren ihrer eigenen Energie.

Anna solle sich eine Situation, die sie verändert haben wolle, herausnehmen und gedanklich damit spielen. Als würde sie einen Film, der in ihrem Kopf und Herzen entsteht, kreieren, mit der Sprache, der Bewegung, der Mimik und Gestik seiner Darsteller. Anna solle mit der Schöpfung spielen, die unbegrenzten Gedanken würden sich in der Erde materialisieren.

Es liege an den Menschen, mit den Schöpfungsgesetzen wieder richtig umzugehen. Konsequent solle Anna einen Punkt nach dem anderen durchgehen, die Veränderungen wie einen Film durchspielen, und wenn er ihr nicht mehr gefallen sollte, einen neuen kreieren. Mit dieser Form des Spielens und Fühlens werde ihre Schöpfungsqualität wieder in Kraft gesetzt, und sie könne das Wissen zu nutzen beginnen, dass ein Mensch nur das erlebt, was er selbst schafft. Dass er nur das gestaltet, was er sich selbst zutraut. Dass er nur die Frucht erntet, die er sät. Es werde ihr Spaß bereiten, dieses Spiel. Wie ein Drehbuchautor, der seinen Film inszeniert und dann eingreift, wenn ein Schauspieler die Worte nicht richtig betont oder die Beleuchtung des Bühnenbildes nicht passt. Anna könne diesen Film auch schreiben, ihre drei Begleiter werden ihr als Unterstützende zur Öffnung der Energieräume zur Verfügung stehen. Und wenn sie mit ihrem Film zufrieden sei, solle sie ihn sich noch einmal ansehen und ihn wie einen Vogel auf die Reise schicken. Als ob sie einer Brieftaube statt eines Briefes den Film in den Schnabel stecken und diese ihn in das Universum tragen würde.

„Und dieser Film macht sich auf die Reise, und er wird dann zu dir zurückkommen, Seele, wenn dein Körper und deine Seele reif sind. Und es wird nicht lange dauern, er wird deinen eigenen Zeitraum und deinen körperlichen Zustand achten. Alles, was du aussendest, kommt zu dir zurück. Alles, was du schaffst, wird Formen in der Erde annehmen. Und so gehe also nun mit deinem Leben und schaffe diejenigen Veränderungen, dass du die Zeit für das hast, was du tun möchtest. Für das, was dir wichtig ist, für das, was deine Priorität im Leben ist, Seele."

Auch das Arbeitsleben in der Erde stelle sich für viele als Begrenzung dar. Darüber hinauszugehen erfordere Mut und eine klare Äußerung der Wünsche nach Veränderung. Dann kommt Bewegung in das Leben rein.

In vielen Firmen und Betrieben seien bereits Wesen, die an die kosmischen Gesetze erinnern und sie neu gestalten. Überall auf der Erde gebe es Plätze, wo an das Wissen, das lange existierte, wieder erinnert werde.

„Es geht um deinen Mut und deine Form der Priorität, dass du das, was du tun möchtest, auch tun kannst."

Das ist leichter gedacht als getan, dachte sich Anna bei diesen Worten. Anscheinend wusste Theresa von Annas heimlichem Wunsch, ein Buch zu schreiben. Dass sie nichts vor ihr verbergen konnte, dass Theresa ihre innersten Gefühle kannte, überraschte Anna nicht mehr.

„Dies ist also, was ich dir in die Unterstützung tragen möchte, Seele, und alles andere wird dein Wort sein. Was daraus entsteht, schreibe du dieses, was du in dem Kanal öffnen kannst, in dem Kanal der Quelle, gib die Worte weiter, Seele. So wie es aus deinem innersten Wunsch entsteht. Und diese Worte werden dann in gewissen Konsequenzen auch eine Basis bilden für das, wie du mit den Menschen in eine Berührung gehst. Es ist alles zusammenhängend, es kann nicht das eine vom anderen getrennt werden."

Theresa thematisierte den Sinn der Selbsthilfegruppe, Anna hatte kein Wort davon erwähnt. Die Menschen in dieser Gruppe sollten sich nicht als Trauernde, im Kummer sich treffende betrachten, sondern als diejenigen, die sich erweitern und Flügel bekommen. Sie weiß, dass die Trauer samt ihrem Schmerz die Mütter noch immer gefangen hält. Die Entscheidung sich wieder zu finden, erfordere Mut. Anna und ihre Freundinnen sollten das Augenmerk auf die Kraft, auf die Lebendigkeit und die eigene Schönheit richten und sich gegenseitig eine Unterstützung sein.

Theresa sprach von Wahrnehmungen, von Jesus und seinem Leben, sie gab Anna Anleitungen für Meditationen und ermutigte sie, ihren begonnenen Weg zu folgen. Sie solle sich nicht verurteilen, wenn sie wanke. Theresa stellte den Vergleich mit einem Vogel, der fliegen, und einem Kind, das laufen lernt, her. Der Vogel würde sich aufschwingen, vielleicht gegen eine Scheibe flattern, auf den Boden aufprallen, er werde jedoch nicht aufgeben. Das Kind würde immer wieder fallen, sich die Knie reiben, aufstehen und laufen. Der Vogel wird fliegen, das Kind wird laufen, und Anna wird dahin gelangen, wo sie hin möchte. Sie folgte bereits mit tiefer Kraft ihrem Ruf, für den sie gekommen sei. Theresa bedankte sich bei Anna und verabschiedete sich von ihr.

„Sei also bedankt für alles, was du bereits gegeben hast als Samen und Frucht zu den Menschen. Was du gegeben hast, um weiter zu gehen und das Leben umfassender zu verstehen und dich zu finden und damit das Leben zu finden, denn in einem Blatt kannst du den Baum erkennen wie in einer Perle das Meer. Ich bin bei dir als Theresa und um dich gestaltet sind die Wesen, die ich dir sprach. Der Sohn deines Eigenen, so auch die Mutter, so auch dieses, was einst

eine Freundin war und so diese Wesenheit St. Germain und jeder
ist in seinem Energiefeld. Und du bestimmst, mit welchen Ener-
giefeldern du die deutliche Kommunikation aufnehmen willst."

Ja, ich will fliegen, ich will laufen, ich will mich meiner Aufgabe
besinnen, jubelte Anna innerlich, beflügelt von den Worten des
Mediums.

3 | Vaters Tod / Traum

Am 4. Juni 2006 erreichte Anna die Nachricht, dass ihr Vater zusammengebrochen sei und auf der Intensivstation liege. Sie fuhr sofort zu ihm. An Schläuchen angehängt, die Augen offen, zeigte er keine Reaktion. Es tat Anna im Innersten weh, ihren Vater so ausgeliefert liegen zu sehen. Sie setze sich ans Bett, nahm seine rechte Hand in die ihre und betrachtete sein Gesicht. Seine geöffneten Augen stierten zur Decke, seine Seele schien unendlich weit weg zu sein. Er war ihr so fremd, so ohne Reaktion. Obgleich das Beatmungsgerät das Leben ihres Vaters aufrecht erhielt, wirkte das gleichmäßige Pumpen der Maschinen bedrohlich auf sie.

„Euer Vater war lange Zeit ohne Sauerstoff, vermutlich zu lange." Mathilda, seine Lebensgefährtin, seufzte tief. Sie waren gerade zu Bett gegangen, Vater hatte sich nicht gut gefühlt und war wieder aufgestanden. Er war vor das Haus gegangen, kurz darauf zurückgekommen mit schweißgebadetem Gesicht hatte er nach Luft gerungen. Mathilda war zu Annas Bruder Wolfram geeilt, der im Untergeschoss wohnte, und hatte ihn gebeten, die Rettung zu rufen. Wieder beim Vater, meinte dieser, dass es schon wieder gehe. Bevor sie jedoch das Schlafzimmer erreicht hatten, war er zusammengesackt. „Er röchelte und schnappte nach Luft. Bis die Rettung gekommen ist, verging eine Ewigkeit, oder kam es mir nur so vor, ich weiß es nicht."

Der Notarzt und sein Team reanimierten den Vater und nahmen ihn im Krankenwagen mit. Und nun ist er an den Maschinen angehängt und vegetiert dahin, dachte Anna. Die sechs Kinder beriefen eine Krisensitzung ein und wechselten sich mit den Besuchen ab. Obwohl es schlecht um den Vater stand, gaben die Geschwister die Hoffnung nicht auf. Doch in Anna zeigte ein jeder Gang in die Intensivstation die pure Aussichtslosigkeit auf. Sie sprach zu ihrem Vater, erzählte vom Wetter, den Neuigkeiten in der Stadt oder irgendetwas anderem, obwohl sie nicht wusste, ob er sie hörte. Zeitweise bildete sich Anna ein, eine Regung in seinem Gesicht zu erkennen. Manchmal flossen Tränen aus den Augenwinkeln heraus. Dann flammte eine Sekunde Hoffnung auf, und Anna fühlte sich schlecht, weil sie zu schnell aufgegeben hatte. Doch die konstante Reaktionslosigkeit überzeugte sie schnell wieder vom Gegenteil. Auch die Ärzte ließ sie wissen, dass sie nichts davon hielt, einem Menschen künstlich das Leben zu verlängern. Insgeheim betete Anna darum, dass ihr Vater sterben könne. Es wäre das Letzte, was er wollte, behindert und pflegebedürftig den Rest seines Lebens im Rollstuhl zu fristen.

Am 13. Juni, 916 Tage nach Julians Tod, läutete in der Nacht das Telefon. „Papa ist gestorben", schluchzte Marie. „Sie haben ihn von den Maschinen abgehängt und in ein anderes Zimmer verlegt. Er war stabil, hieß es von Seiten der Ärzte." „Es ist gut so, er hat die Chance zum Sterben bekommen", beruhigte Anna Marie und dankte Gott dafür. Sie zündete im Wohnzimmer viele Kerzen an, legte sich auf die Couch und weinte. Sie weinte bis zum frühen Morgen. Es war nicht allein die Trauer um ihn, ihr wurde bewusst, nun ohne Eltern auf dieser Welt zu sein. Sie weinte, weil sie innerhalb von sechs Jahren Vater, Mutter und ihren Sohn verloren hatte. Anna weinte um alle drei.

Am nächsten Tag fuhr sie mit Paul ins Krankenhaus, um Abschied von ihrem Vater zu nehmen. Die Familie, Mathilda und Vaters Schwestern trafen ein. Der Leichnam war nackt, mit einem Leintuch zugedeckt. Anna ärgerte sich, dass Vater nicht angezogen und ordentlich hergerichtet war. Alle küssten und streichelten sein wachsfarbenes Gesicht. Danach sprach eine Ordensschwester ein Gebet. Anna hatte das Gefühl, dass sich die Seele ihres Vaters noch im Raum bewegte, ähnlich wie beim Erlebnis im Karner bei ihrem Sohn. Spontan sprudelten persönliche Abschiedsworte aus ihr heraus. Ihre Geschwister folgten ihrem Vorbild, und ein jeder sagte, was ihm am Herzen lag. So wurde der Abschied vom Vater sehr persönlich und schön.

Und wieder einmal verschickten sie die Parten, gestalteten ein Erinnerungsbild und bereiteten die Zeremonie des Begräbnisses vor.

Am 22. Juni fand die Verabschiedung statt. Und wieder gingen sie hinter einem Sarg zur Kirche. Die Stadtkapelle spielte, Abgeordnete der Feuerwehr, deren langjähriges Mitglied er gewesen war, standen Spalier. Unzählige Menschen sammelten sich vor und in der Kirche. Der Bürgermeister in Ruhe, Vaters Weggefährte, sprach über sein Leben und Wirken in der Stadt. Wieder einmal stand die Familie vor dem Altar, um persönliche Fürbitten zu sprechen. Und als der Sarg in einem Bestattungswagen von dannen fuhr, spielte die Kapelle das „Ich hatte einen Kameraden" Lied. So, Papa, ich hoffe, dieser Abschied war in deinem Sinn, dachte sich Anna, während sie das Auto aus den Augen verlor.

Die Familie machte sich auf, um im Wirtshaus von Vaters Cousin das obligate Rindfleisch einzunehmen. Im typischen Landgasthaussaal stellten die echten Wagners ihr Sitzfleisch und ihre Trinkfestigkeit unter Beweis und blieben bis zum späten Abend sitzen. Und zigmal ließen sie den Braumeister in Ruhe hochleben. Feierlich prosteten sie ihm zu: „Papa, lass es dir gut gehen dort, wo du bist". Und sie lachten und stellten sich vor, wie er stolz herunterschaut auf seine biertrinkende Schar.

Als die Familie im Elternhaus noch zusammensaß, braute sich ein Gewitter zusammen. Wetterleuchten von bizarrer Schönheit konnte man am Himmel sehen. Und als es ganz gehörig blitzte und leuchtete, meinte Manuel, der Sohn von Annas ältestem Bruder: „Opa feiert mit Oma und Julian sein Wiedersehen."

Mathilda erzählte, dass Vater am Vorabend seines Zusammenbruchs mit seinen Schwestern und Schwägern Karten gespielt hätte.

Dieser Abend sei außergewöhnlich humorvoll und schön gewesen. „Als hätte er seinen nahen Abschied gespürt", sagte Mathilda mit verklärtem Blick. Genau wie bei Julian, dachte sich Anna und spulte die letzten Bilder ab. Die Freude über ihren Besuch, die innigen Gespräche, der Familiennachmittag, der Abend mit den Freunden. Mit seinem Vater hatte Julian noch telefoniert. Als hätte ihr Sohn instinktiv seinen Abschied inszeniert.

Am 24. Juni nachmittags fand die Urnenbeisetzung im engsten Familienkreis statt. Es war ein heißer Sommertag. Als die Bestatterin mit der Urne kam, flüsterte Michael, der Familienclown: „Die sieht aus wie ein Bierfass in Miniatur, passt perfekt zu Papa." Die Geschwister stimmten dem schmunzelnd zu. Die Bestatterin sprach ein paar Worte, dann wurde die Urne von Hand zu Hand gereicht. Als Anna an der Reihe war und ihre Finger das gewölbte Gefäß abtasteten, liefen Lebensbilder im Zeitraffer ab:

Der Vater, ein junger, fescher Mann, ehrgeizig und strebsam, erlernte den Beruf des Brauers. Erfolgreich kletterte er die Karriereleiter hinauf und wechselte vom Brauführer zum Braumeister. Innerhalb von fünf Jahren kamen die ersten vier Kinder zur Welt, zwei Nachzügler folgten. Vater engagierte sich bei sämtlichen Vereinen, in der Politik und in der Kirche. Ein Lebe- und Gesellschaftsmensch, in der Öffentlichkeit stets präsent, der den Meinungsäußerungen anderer Personen einen besonderen Stellenwert einräumte.

Trotz der großen Kinderschar führte die Familie ein angenehmes Leben. In einer Zeit, wo nur einige ein Auto besaßen, für die wenigsten ein Auslandsurlaub erschwinglich war, vermochte sich der Vater beides zu leisten.

Annas humorvolle, unternehmungslustige Eltern nahmen am gesellschaftlichen Leben in der Kleinstadt teil. Wenn sich nach einem Ball die Gasthauspforten schlossen, luden die Eltern ihre nicht heimgehwilligen Freunde zu sich ein, um bis zum Morgen weiterzufeiern. Gulaschsuppe und Getränke standen stets bereit. Anna, oft vom ausgelassenen Lärmen und Lachen geweckt, bot sich ein mehr als illustres Bild. Die Ballkleider der Damen sahen mitgenommen aus, die Pepis saßen schief, die Schminke zerrann auf ihren Gesichtern. Die Herren zeigten sich aufgeknöpft, hatten sich der Krawatten und Sakkos entledigt und tanzten beschwipst mit den Damen.

Wenn Anna, selbst flügge geworden, Geld zum Fortgehen brauchte, zückte Vater stets bereitwillig seine gefüllte Geldtasche. Einen Zwanzig-Schilling-Schein hielt er ihr entgegen, in der Meinung, eine großzügige Geste vollbracht zu haben. Da spitzte sich Annas Mund zu einem zuckersüßen „Aber Papa das reicht doch nicht"-Satz und wickelte ihren Vater mit ihrem schönsten Tochterlächeln ein. Dem Tochtercharme erlegen, zog er bedächtig Geldschein für Geldschein aus seinem Portemonnaie heraus.

Als die Kinder klein waren, standen am Wochenende oft Ausflüge am Programm. Der Ausflugsstress für die Mutter fing um 6 Uhr morgens an, wenn sie Schnitzerl und Henderl für das Picknick backte. Bis alle Kinder angezogen, gestriegelt, geschniegelt, gekämmt und geschnäuzt im Auto saßen und der Vater wartend ungeduldig hupte, stand der Mutter bereits Schweiß auf der Stirn. Sobald Vaters Fuß mit dem Gaspedal symbiotisch verschmolzen war, bestand kaum die Möglichkeit zu einem Stop. Es wurde durchgefahren, die Kinder hatten sich still zu halten, volksdümmliche Musik beschallte den Innenraum. Und wenn sich ein Zank zwischen der Brut zusammenbraute, fuchtelte der Vater wie wild mit seiner Rechten nach hinten und erwischte manchesmal ein Ohr, an dem er zog, oder erntete ein Büschel Haar. Es gab kaum eine Ausfahrt, an der einem seiner Kinder nicht schlecht geworden wäre. Da musste er dann halten, denn ins Auto zu speiben war verboten. Den Notdurft-Drang hatte man sich einzuteilen, und der musste zurückgehalten werden bis zum kollektiven Ausscheidungs-Stop. War man am Ausflugziel angekommen, wurde gepicknickt, alles wieder eingepackt und nach Hause gefahren.

Obwohl der Vater für die Familie wenig Zeit aufwendete, das Auf- und Erziehen zur Gänze die Mutter übernahm, konnte Anna auf eine geborgene Kindheit blicken. Sie war es nicht anders gewohnt, immerhin sorgte der Vater für das Geld.

Nachdem ein jeder die Urne in den Händen gehalten hatte, wurde sie in das Erdenloch gestellt. Blumen wurden nachgeworfen, Erde darauf geschüttet. Lange standen sie still und dachten an den Vater, dem sie zur Hälfte ihr Leben verdankten.

Annas Geschwister bestanden darauf, am 12. August 2006 nach Lunz am See zu fahren. Vater wollte es so, meinten sie einhellig im Chor. Anna fürchtete sich, wer würde der Nächste sein?

Traum:
27. August 2006
Julian sagte zu Anna, dass sie nicht so viel weinen solle, dass es ihm gut gehe. Er legte sich in eine längliche Reisetasche, die an einen Sarg erinnerte, lächelte und machte den Reißverschluss zu.

4 | Marlenes Geburt

Am 20. November 2006, Anna stand gerade am Grab ihres Sohnes, als sie den Klingelton ihres Handys vernahm. „Ich hab ein Mädchen zur Welt gebracht", sagte Victoria mit freudloser Stimme. Vorerst atmete Anna auf, endlich ist es vorbei. Zwei Tage hatte sie die bevorstehende Geburt in Bann gehalten. Trotz starker Wehen wollte die Kleine aus ihrer geborgenen Höhle nicht heraus. Jeden Tag telefonierten sie. Anna erging es wie ihrer Mutter bei Julians Geburt. Am liebsten hätte sie ihrer jüngsten Schwester die Geburtsprozedur abgenommen. „Ist alles in Ordnung?", fragte Anna besorgt. Es folgte ein Schluchzen und Weinen. „Marlene liegt auf der Intensivstation, sie hatte die Nabelschnur um den Hals, war ganz blau und atmete eine Zeitlang nicht", erzählte Victoria tränenerstickt. Wie ein Blitz traf Anna diese Nachricht. „Beruhige dich, Paul und ich kommen gleich. Alles wird gut, glaube mir, alles wird gut."

Dann weinte Anna am Grab ihres Sohnes: Nein, das darf nicht sein. Gott, wenn es dich gibt, dann hilf uns, einen weiteren Tod ertragen wir nicht. Hörst du? Wir haben uns so auf dieses Kind gefreut, willst du uns das vielleicht auch nehmen? Ich bitte dich, lass es leben und sorge dafür, dass es gesund ist. Wir mussten den Tod von Julian und unseren Eltern hinnehmen, einen weiteren Verlust verkraften wir nicht! Dieses Kind soll wieder Fröhlichkeit in unsere Familie bringen. Bitte, Gott, erhöre mich!

Anna machte die Runde mit ihrem Hund. Soll dieses Kind, das gerade erst geboren ist, gleich wieder gehen? Den ganzen Weg betete sie. Zu Hause angelangt, spürte sie eine innere Ruhe.

Ein paar Stunden später nahm sie Victoria in den Arm, das Baby durfte sie noch nicht sehen. Die treue Seele Marie reiste angstgebeutelt vor einer erneuten Tragödie aus Deutschland herbei. Gemeinsam betreuten sie ihre jüngste Schwester und versuchten ihr ein wenig die Mutter zu ersetzen.

Zwei Tage nach der Geburt durfte Anna in die Intensivstation. Das Baby lag in Victorias Armen, an vielen Schläuchen angehängt. Dieser Anblick löste eine Lawine an Erinnerungen aus. Den Vorsatz, keine Tränen zu vergießen, konnte Anna nicht halten.

„Die Kleine ist eine Kämpfernatur", sagten die Ärzte, nachdem Marlene mit unglaublicher Kraft eine Infusionsnadel aus ihrer winzigen Hand herausgezogen hatte.

2007

1 | Trennung / Dachboden räumen

Im Februar hatte sich Phillip von Mara getrennt. Wieder einmal nahm Anna die mütterliche Trösterrolle ein. Mara zog in eine Garconniere in einem Schülerwohnheim. Anna half ihrer Tochter beim Umzug, um den wievielten es sich dabei handelte, wusste sie nicht mehr. Sie genoss Maras Nähe, die vielen Mutter-Tochter-Gespräche und erkannte sich in Mara wieder und umgekehrt. Reif ist mein Mädchen geworden, ob das mit Julians Tod zusammenhängt, fragte sich Anna. 1213 Tage waren vergangen.

Im Frühling nahm sich Anna das Dachbodenausmisten vor. Sie wurde mit der gesamten Kindheit ihrer Kinder konfrontiert. Julians erste Fußball-, Maras erste Ballettschuhe, Julians schwarze, Maras weiße Eislaufschuhe aus Leder zum Schnüren wurden entstaubt und in eine Schachtel gelegt. Zeichnungen und Schulhefte ihrer Kinder sortierte sie aus, von einigen Kinderbüchern und Spielsachen konnte sich Anna nicht trennen. Sie sollten ihren Enkelkindern gehören, doch von Julian würde es keine geben.

Als Anna die Schachteln von Julians Studentenwohnung aussortierte, stieg der Julian-Sehnsuchts-Schmerz ins Unermessliche an. Seine Bücher, seine CDs, seine Spiele, seine Modellautos, eine Schachtel mit Briefen und Karten, seine Foto- und Briefmarkenalben, die Rapid-Merchandisingprodukte, alles Erinnerungen an ihn. Sie öffnete ein Kästchen mit losen Fotos und ließ Bild für Bild durch ihre Finger gleiten. Unzählige Fotos aus Julians Schul- und Studentenzeit zeigten ihn lachend, posierend mit Freunden. Einen Teil seiner Sachen gab Anna weg, einen Teil hob sie auf. Seinen grünen Chesterfieldsessel stellte sie ins Schlafzimmer. Ein Säckchen mit Steinen fiel ihr in die Hände. Ein Überbleibsel aus seiner Mineralien-Sammlerzeit. Anna stellte die Steine in eine Vitrine und hängte diese über den Julian-Altar.

Der Altar, Annas Heiligtum mit Engeln, Herzen, Steinen, Muscheln, Fotos, Kerzen und Blumen ist ein wichtiges Relikt in ihrem Leben geworden. Wöchentlich wurde der Altar von Staub befreit. Dann hielt Anna jeden Gegenstand liebevoll in der Hand, bevor sie ihn an ständig wechselnden Plätzen aufstellte. Es ist zu einem Ritual geworden, das Entstauben, das Berühren, das Verschieben der Objekte. Dabei hielt sie ein imaginäres Zwiegespräch mit ihrem Sohn. Genauso, wenn sie am Grab das Unkraut zupfte, die Erde umgrub, die Rosen stutzte, das Laub entfernte. Diese Zeiten gehörten ihnen allein, Anna und ihrem Sohn.

2 | Toscana II / Traum

Am 29. Mai 2007 fuhr Anna wieder in die Toskana. Einmal wollte sie noch an einem Seminar von Claus teilnehmen. Sie suchte einen Vergleich, wollte wissen, wie es ihr nach 1266 Julian abstinenten Tagen auf diesem Seelentrip gehen würde. Ein Arzt für Naturheilkunde, der unter anderem mit Musik therapiert, würde einen Teil des Seminars halten. Anna war neugierig darauf.

Schon vor Seminarbeginn verbrachte sie mit Kristin ein paar Tage im wunderschönen Italien. Bei einer Fahrt ins Blaue entdeckten sie einen ausgetrockneten Fluss, bevölkert von Millionen von Steinen. Sie machten Halt und spazierten gemächlich das Flussbett entlang. Anna hatte noch nie zuvor eine solche Vielfalt an variantenreichen Steinen gesehen. Gestreift, marmoriert, schneeweiß bis rötlich gefärbt, in sämtlichen Größen und Formen. Die beiden Frauen trennten sich, jede ging ihren Weg. Anna legte den Fotoapparat auf einen Riesenstein, in der festen Annahme, sie würde den Platz wieder finden. Auf der Suche nach Steinen für Julians Grab, entfernte sie sich von dieser Stelle. Mit einigen wunderschönen Exemplaren im Arm kehrte sie zurück und fand die Kamera nicht mehr vor. Etwas irritiert ließ sie ihren Blick über das unendliche Steinmeer schweifen. Verwirrend gleich sah das gesamte Steinareal aus. Anna lief suchend auf und ab, versuchte sich zu erinnern, wo sie die Kamera abgelegt hatte. Schlussendlich verabschiedete sie sich von dem Gedanken, je wieder in den Besitz des Fotoapparats zu gelangen. Sie erzählte Kristin ihr Missgeschick. Die schaute sich suchend um. „Ich bitte meinen Sohn um Hilfe, er hat in seinem Erdenleben stets alles gefunden." Kristin sammelte sich, schloss die Augen und sprach zu Sebastian. Nach einer Weile steuerte sie zielstrebig auf den Stein zu, auf dem Annas Kamera lag.

Dieses Erlebnis hinterfragte Anna nicht, denn sie wusste bereits, dass die Seelen, die gegangen sind, zu Hilfe kommen, wenn sie wollen.

Am nächsten Tag tauchten die beiden ihre Körper in warme Schwefelquellen. Am Abend, in ihrem Quartier, bemerkte Kristin den Verlust eines Ohrsteckers, eines Erinnerungsstückes ihrer Mutter. Sie fuhren am Morgen noch einmal zur Quelle und suchten vergeblich das Gelände ab. „Bitte doch noch einmal deinen Sohn um Hilfe", schlug Anna ihrer Freundin vor. Nachdem Kristin ihre Augen kurz geschlossen und flüsternd die Lippen bewegt hatte, machte sie zielstrebig ein paar Schritte, bückte sich und befreite den Ohrbehang, der tief in der Erde steckte, vom Dreck. Anna und Kristin lächelten sich verschwörerisch an.

Mit dem Beginn des Seminars wechselte das Wetter. Kälte und Regen zogen durchs Land. Dieses Mal logierten sie an einem anderen Platz, noch einige Höhenmeter weiter in einem großzügigen Landhaus mit eigenem Pool. Alles war wieder wunderbar, an die betörende toskanische Landschaft hatte sich Anna bereits gewöhnt, den Ablauf von Claus` Traumreisen-Märchen-Astrologie-Seminar kannte sie schon und ließ sich wieder darauf ein. Die Arbeit mit Willi Jobst war neu.

Als Naturheilarzt zieht er die Ganzheitsmedizin vor, die Körper, Geist und Seele vereint. Er führte die Teilnehmer in seine Arbeit ein: „Der Mensch besteht nur zu einem Milliardstel aus Masse und Materie, der Rest sind Photonen, das heißt Licht und Energie. Vorstellbar als gewaltiges Frequenzgemisch, alles sendet Schwingungen ab. Ob eine Tischplatte, das Essen oder ein Glas Wasser. Alles, was aus Atomen und Molekülen besteht, die elektrische Ladungen bewegen, erzeugen Schwingungsmuster mit einer gewaltigen Ansammlung verschiedenster Frequenzen.

Eine Krankheit kann man sich wie ein Frequenzgemisch mit Löchern vorstellen. Gesund wird man dann, wenn man es schafft, diese Löcher zu stopfen, wieder den ursprünglichen Zustand herzustellen. Ein anderes Bild: Ein Orchester mit 50 oder 100 Musikern und Instrumenten. Plötzlich spielen verschiedene Instrumente falsch oder geben Misstöne von sich. Sie gehören wieder reguliert, neu gestimmt. Das Original-Frequenzmuster muss wieder hergestellt werden. Um ein energetisches Loch zu stopfen, geht man in Resonanz mit etwas, was dieses Loch wieder auffüllen kann. Die Kunst besteht darin, mit einer Methode auszutesten oder festzustellen, um welches Loch es sich handelt und was es stopfen kann. Pendel, Einhandrute, Muskeltest, RAC Pulsreflex, Armlängenreflex, nur um einige Methoden zu nennen, sind hier bewährte biophysikalische Testverfahren.

Es gibt Erfahrungswerte der Menschheit aus hunderttausenden von Jahren, und es gibt den Weg, sich mit der geistigen Welt in irgendeiner Weise in Verbindung zu setzen und von dort die Hinweise zu bekommen."

Willi testete bei seinen Patienten aus, welche Musik mit welcher energetischen Ebene in Resonanz geht. Schon beim Austesten ist er mit der geistigen Welt verbunden. Er stellte Fragen und bekam die Antwort. Es war wie ein Ritual. Alles passierte auf der Basis der Intuition. „Unter Intuition kann man eine Anbindung an die geistige Welt verstehen. Alles funktioniert auf der Ebene der Intuition", erklärte Willi, „es hört sich an, als ob man alles selbst macht, das ist jedoch nicht der Fall. Intuition bedeutet: mit Hilfe aus der geistigen Welt."

Die Komponisten in ihrer Genialität, so Willi, verstünden es, anstehende geistig-spirituelle Entwicklungsschritte der Menschheit energetisch zu erfassen. Die Musik liefere ein geistiges Bild seelischer Prozesse, denn diese archetypischen Muster könne man manchmal nicht beschreiben, und sie seien nicht unbedingt der Logik zugänglich. Vor allem, wenn etwas in die höheren geistig-spirituellen Bereiche geht. „Wie zum Beispiel beschreibt man Gottesliebe? Musik von Schubert kann diese Gottesliebe fassbar machen, ohne dass man sie beschreibt. Vielleicht versteht man so, was darunter gemeint ist.“

Je nach Thema suchte Willi die Musik aus. Nach einem bestimmten Schema, einem System ging er vor und fragte schematisch ab. So kam er ans Ziel, es musste sich nicht um das Hauptthema handeln, sondern konnte auch ein aktuelles sein. Bei Anna kam wieder ihr Trauer-Thema heraus. Willi verordnete ihr das Requiem von Wolfgang Amadeus Mozart.

Der Arzt erzählte von den verschiedenen Seins-Ebenen, auf denen sich das menschliche Leben abspiele. Der materiell-körperlich-physikalisch-chemischen Ebene, der energetischen Ebene, wo energetische oder alternative Methoden wirksam werden, der psychischen Ebene, die sich mit der Gefühlswelt beschäftigt, der geistigen- oder mentalen Ebene, die sich mit Denken, Denkmustern, vorgefassten Meinungen beschäftigt.

„In jedem menschlichen Gehirn sind bestimmte Handlungsmuster, wie man ein Problem angeht, abgespeichert. Manche sind nützlich, manche schädlich, weil sie überholt, nicht mehr passend sind oder in die falsche Richtung gehen. Das Gehirn ist vorstellbar wie ein Kasten mit vielen Schubladen. Sind diese Schubladen leer oder ist nicht das Passende drin, kann das Problem nicht gelöst werden, selbst, wenn man sie tausendmal aufzieht. Es ist angesagt, neue Muster zu erwerben, d.h. sich auf einen neuen Prozess einzulassen. Das ist mit viel Arbeit verbunden. Die meisten Menschen geben sich der Bequemlichkeit hin und schlucken lieber Pillen, als dass sie sich ihr Problem genauer ansehen. Auch wenn es im Moment handhabbar erscheint, wenn es sich notdürftig damit leben lässt, werden die Menschen weder glücklicher noch gesünder, im Gegenteil, sie werden kränker. Sich das Problem genau anzusehen, sich auf den Prozess einzulassen, bedeutet auch etwas zu lernen. Die Chance auf Gesundheit und einen neuen Beginn besteht.“

Anna fragte Willi nach dem Grund ihrer ständig wiederkehrenden Halsentzündung. „Der Hals hat mit dem Halschakra zu tun, es geht ums Reden, ums Mitteilen, um die verbale Kommunikation. Wenn die nicht funktioniert, weil man nicht reden kann, weil niemand zuhört, weil man zu feig, blockiert oder gehemmt ist zu sagen, was ausgesprochen werden müsste, dann materialisiert sich das. Das geht dann von der oberen Ebene nach unten und materialisiert sich z.b. in einer Mandelentzündung. D.h. jedoch nicht, dass die Mandelentzündung das eigentliche Problem ist. Es kann durchaus sein, dass die obere Ebene sich materialisiert, immer weiter runter wandert und man manchmal auch auf dieser Ebene etwas machen muss, vielleicht auch Antibiotika geben. Wenn man jedoch wirklich erfasst worum es geht, braucht man keines. Probleme, die durch die Seins-Ebenen durchgehen, erzeugen Symptome."

Willi kritisierte die Schulmedizin, die nicht versucht, der Sache auf den Grund zu gehen. Die Symptome werden bekämpft bzw. niedergebügelt, das Problem würde häufig nicht gelöst.

„Für manche Menschen ist Kranksein ein sozialer Gewinn", meinte Willi. „Es gibt Patienten, die wollen die Wahrheit nicht hören, dürfen nicht gesund werden, denn dann würde die Umwelt vielleicht etwas erwarten, was sie gar nicht bringen wollen oder können. Da stellt sich die Krankheit als die bessere Lösung für diese Patienten dar."

Willi erzählte, dass er von jeher schon seine Intuition eingesetzt hatte. Das Medizinstudium absolvierte er, um uneingeschränkt Behandlungen durchführen zu können.

Während der Toskana-Woche zeigte sich bei Anna wieder einmal ihr Halsentzündungs-Symptom. Sie verzichtete auf Medikamente, vertraute sich Willi an, und nach einiger Zeit hatte sich die Entzündung aufgelöst. Das verordnete Requiem hörte sie sich jeden Tag mit ihrem Walkman an.

Auch als sie schon längst zu Hause war, sog sie immer wieder diese kirchenmusikalische Totengedenken-Komposition in sich hinein. Jedesmal war Anna ergriffen von dieser musikalischen Vollkommenheit. Anfangs dachte sie dabei ständig an ihren Sohn. Sie empfand eine Zerrissenheit, fühlte sich zweigeteilt, davongetragen in die Unendlichkeit eines unbekannten Landes. Mit der Zeit traten Gedanken und Tränen den Rückzug an. Anna erlebte ein körperliches Entspannungsgefühl, das Gehirn fühlte sich ausgeleert an, sie ließ sich von der Musik in andere Ebenen entführen und war ihrer Seele so nah. Anna tanzte im Löwenzahnmeer, segelte auf Wolken über die Lande, ritt auf einem Schimmel über schneebedeckte Berge, tauchte nackt in die Tiefe des Meeres ein, spürte ein Glücksgefühl von der Zehenspitze bis zur Haarwurzel hin. Sie wurde süchtig nach diesem Requiem. Eine gesunde, wunderbare, traumhafte Sucht, diese Requiemsucht.

Allmählich spürte Anna eine Heilung. Und irgendwann war diese Requiemsucht vorbei.

Traum:
Mittwoch, 11. Juli 2007
Anna hatte das Gefühl, aus ihrem Körper zu gehen. Eine Angst begleitete sie. Sie redete sich ein, dass nichts Schlimmes passieren wird. Plötzlich fand sie Gefallen am Schweben. Sie kam zu einer Türe, die sich öffnete. Dahinter stand ein Mann mit nacktem Oberkörper. Anna dachte, das sei Paul. Als sie näher kam, erkannte sie ihren Julian. Er war ungefähr 17 Jahre alt, seine Augen leuchteten, er lächelte. Annas Herz erwärmte sich. Sie nahm ihren Sohn in die Arme, sie spürte ihn so sehr. Julian erwiderte ihre Umarmung und flüsterte ihr ins Ohr: „Du bist die beste Mama auf der Welt. Weißt du, ich muss jetzt gesund werden." Anna wollte ihn fragen, ob er krank sei. Sie brachte jedoch keinen Ton heraus, obwohl ihr Mund die Worte formulierte. Julian verschwand, als würde er sich auflösen. Zurück blieb ein wunderbares Gefühl.

3 | Schmieden / Traum

Anna hatte endlich die zündende Idee für die Grabgestaltung. Sie besuchte den ortsansässigen Schmied, einen Künstler auf seinem Gebiet. Während Franz den Entwurf zu zeichnen begann, instruierte Anna ihn.

In der Mitte wollte sie einen Kreis aus Glas, auf dem „Wir werden uns wiedersehen" geschrieben steht, dahinter eine Ablage für eine Kerze, damit ihr Schein das Glas erhellt. Üppig geschmiedete Zweige mit Blumen, Knospen und Blättern dran sollten diese Scheibe umranken und sich fließend schließen.

Anna wollte beim Schmieden dabei sein. Paul war mit allem einverstanden, selbst ideenlos zeigte er sich erleichtert, als der Schmied mit Annas Unterstützung das Grabprojekt begann.

Franz arbeitet in einer klassisch handwerklichen Schmiede. Eine wohlige Wärme wehte Anna entgegen, als sie die Werkstatt betrat. Die Kohle in der Esse glühte, der Schmied schlug mit kräftigen Schlägen auf das heiße Eisen am Amboss ein. Anna fühlte sich ins Mittelalter versetzt und betrachtete fasziniert dieses stimmige Bild. Trotz des ohrenbetäubenden Schmiedegeräusches mit seinem Hämmern, Zischen, Klirren und Sprühen ging eine unglaubliche Ruhe von der Arbeit aus. Allein den Bewegungen von Franz zu folgen, seinen Arbeitsschritten zuzusehen, ließ in Anna eine Demut vor diesem Handwerk entstehen. Kraftvoll und zugleich zärtlich formte, bog, trieb und hämmerte der Künstler das Metall. Jedes Blatt, jede Knospe, alles an diesem Schmiedeeisenwerk für Julians Grab war reinste Handarbeit.

Als sie das nächste Mal dem Schmied zuschaute, wie er mit Andacht das Eisen formte, keimte eine ungeheure Lust, selbst zu schmieden, in ihr auf. Der Meister zeigte es ihr. Er hatte zwei Ambosse stehen. Nachdem er ihr die Arbeitsschritte erklärt, ihr gezeigt hatte, wie man das Werkzeug hält, durfte sie das Schmieden probieren. Sie redeten nicht viel, das gefiel Anna, denn das Reden wurde durch stummes Einverständnis ersetzt. Nach diesem Schmiedeerlebnis folgte sie ihrer Intuition und begann eine blühende Blume samt Blättern zu gestalten. Der Künstler ermutigte sie dazu und lobte mit sparsamen Worten.

Anna legte all ihre Liebe in dieses Gebilde hinein und dachte dabei an ihren Sohn. Manchmal hatte sie die Angst befallen, dass Julians Antlitz in ihrem Gedächtnis verblassen könnte. Nun war er wieder ganz bei ihr. Die Abstände zwischen den Zeiten, in denen Anna die Traurigkeit überfiel, wurden länger, die Tage des Schmerzes weniger. Doch wenn der Sehnsuchtsgedanke Besitz von ihr nahm, dann mit voller Vehemenz. Mit dieser kreativen Metallarbeit hatte Anna nun das Gefühl, wieder ein Stück weitergekommen zu sein.

Das Bemalen der Skulptur übernahm die Frau von Franz. Anna assistierte ihr dabei. Mit dem richtigen Gespür mischte Maria die Farben und verlieh dem Kunstwerk eine rege Lebendigkeit.

Und als sie mit Paul vor dem Grab stand, sah Anna Julians lachendes Gesicht vor sich. „Typisch Mama", hörte sie ihn sagen, „du hast dir dein eigenes Denkmal gesetzt."

Traum:
Anna befand sich in einer Arztpraxis. Ein Arzt mit Brille und blütenweißem Mantel horchte sie ab. Dann eröffnete er ihr, dass sie an einer unheilbaren Krankheit leide und nicht mehr lange zu leben habe. Endlich darf ich sterben, dachte sich Anna.

4 | Dritter Besuch beim Medium / Ende der Arbeit im Theater

Am 10. Oktober 2007 fuhr Anna noch einmal zu Celine. „Aller guten Dinge sind drei", so sagt man. Wie es ihrem toten Vater gehe, wollte Anna wissen. Warum sie so oft von Julians Kindheit und Jugend träume, interessierte sie. Wie sie mit ihrer Todessehnsucht umgehen solle, wollte sie erfahren. Die Tatsache, dass sie zu wenig Zeit für sich hatte, und ihre unbefriedigende Arbeitssituation wollte sie besprechen und um Rat fragen.

Wieder meldete sich Theresa, die Anna ermunterte, die tiefe Verbindung, diesen Kontakt in der Direktheit, in der Freiheit und Unabhängigkeit zu ihr zu erhalten.

Ihr Vater befände sich augenblicklich innerhalb eines kosmischen Hospitals, in dem sich viele ausruhen und sich in die energetische Überprüfung ihres Erdenlebens begeben, um dann die neuen Weichen zu stellen von Inkarnationszyklen oder anderen Existenzentscheidungen. Anna könne sich in tiefster Ruhe wiegen, ihr Vater, ihre Verwandten und Freunde seien über die Ebene dichter Astralläufe hinausgegangen. Eine jede Seele habe ihren Weg gefunden in diejenige Erinnerung, die sie sein könne. Alle gehörten zu dem geistigen Familiensystem, zu dem Anna gehöre.

Theresa fing wieder über das Buch zu sprechen an: „Du hast einen Wunsch getragen, nachdem dieser Sohn gegangen ist von der Erde. Und dieser Wunsch hat sich in vielen Worten in diesem Schreiben kreiert. Und Seele, es ist dieses, was du dir als das Zentrum nun nehmen mögest. Es ist nichts wichtiger für dich, als den Abschluss, als dieses das Rund, dieses Dranbleiben für dich also zu verändern. Die Jahre, die da waren, sie waren wichtig, die Tage, die da waren, sie waren wichtig, jedes war wichtig, Seele. Aber nun ist es, dich in das Rund zu geben."

Theresas Worte klangen wie eine Aufforderung. Anna war bestärkt, dass sie ihr bereits angefangenes Buch weiterschreiben solle.

Dann erzählte sie wieder von Julian, seinem scheinbaren Weggehen, den damit verbundenen Veränderungen. Anna solle sich an den Beginn zurückerinnern, als sich ihr Sohn von dieser Erde aufgemacht hat in die Reiche der Feinstofflichkeit und der Glückseligkeit. Diesen tiefen Prozess, der seitdem stattgefunden habe, solle sie betrachten, ergründen was sie damals empfunden habe und wo sie heute stehe. Sie solle die zur Verfügung gestellten Geschenke annehmen, die Öffnung ihres Herzens, das Mitgefühl, die Kraft, die in ihr gewachsen sei, das Zutrauen zu ihrer Größe. Alle diese Formen stünden im Einklang mit ihren Herzen. Diese zuvor verschütteten Potenziale, die im dunklen Raum geschlummert hätten, wären nun ausgegraben und geweckt.

Anna solle akzeptieren, dass sie alles bewusst gewählt habe. Alles, was sie jetzt erlebe, was sie geschaffen habe, sei in Absprache und Einklang mit sich und der Seelenwelt geschehen.

„Du sehnst dich zurück in diese Welt, aus der du gekommen bist. Du sehnst dich zurück in dem Einen, weil dort dein Sohn ist, aber du sehnst dich auch zurück zu dir selbst, Seele, es ist beides. Du sehnst dich so sehr nach etwas, was du scheinbar hier nicht haben kannst. Du erlebst die Liebe in den feinstofflichen Räumen, die von unendlicher Schönheit sind. Wenn du aus deiner Körperlichkeit hinaustrittst, bist du in den Bereichen von Licht und siehst wunderschöne Reiche. Du siehst aber auch diese Momente, wo du einem Arzt begegnest, der von einer Erkrankung berichtet." Anna hatte nichts von dem Traum mit dem Arzt erzählt. „Wenn du mit der Erde haderst, begibst du dich in ein Schwingungsfeld, das sich von der Erde wegbegibt. Du suchst Gründe, um in den feinstofflichen Bereich eintreten zu können. Dieses erlebst du als Traum, als Parallelebene, als Möglichkeit. Was du erlebst, ist aber kein

Traum, sondern eine Wahrheitsebene in einem anderen Bereich einer Möglichkeitsebene. Mit deinem Bewusstsein bestimmst du die Ebene, in die du reist. Auf der Erde genauso wie in den Sphären, da ist kein Unterschied. Wenn du im Umgang mit Menschen in der Energie von Kraft, Fröhlichkeit, Segnung und Liebe bist, wirst du auch hier in der Erde diese Erfahrung, nach der du dich so sehnst, machen."

Theresa weiß um Annas Wunsch, sich wieder in den Urraum ihrer Existenz zurückzubegeben. Sie bestärkte Anna jedoch darin, in der Existenz der Erde zu bleiben, da sie gekommen sei, um sich wieder zu finden. So wie sie ist, ohne die Identität des Menschseins darüber zu legen, sondern sich in der Unbegrenztheit des unendlichen Raumes des Miteinanders zu sehen, den Himmel und Erde zusammenzufügen und zu erkennen, dass es keine Trennung gibt.

Anna ist aber auch gekommen, um das Todesprinzip zu verstehen und dieses den Menschen, die um sie sind, näher zu bringen. In ihrer Lebensgeschichte seien viele ihr nahestehenden Menschen in den Raum einer anderen Existenz gegangen. Der Tod bereitete Anna viel Kummer und ist zu ihrem Lebensthema geworden. Was jedoch als größte Drangsal erscheint, sei ihr größtes Potenzial. Anna könne es wandeln und ihre Erfahrungen anderen zur Verfügung stellen.

Dann riet ihr Theresa noch einmal zu einer Auszeit: „Ich möchte dich ermuntern, dir noch einmal Zeit zu nehmen, noch einmal dich da zurückzuziehen, einige der Monate, um die Veränderung zu nehmen. Du wirst dabei innerliche Prozesse noch einmal durchlaufen, und dieses heißt für dich Heilung zu übernehmen und zu sehen, dass dein Sohn da ist, wo du bist. Zu sehen, dass all die Existenzen von Freunden, von Eltern, die von dir gegangen sind, dass diese nie von dir gegangen sind, sondern bei dir sind. Und dieses ist nicht nur das Trösten, sie sind bei dir, es ist die Wahrheit, sie sind bei dir."

Annas Sohn trägt da, wo er sich jetzt befindet, ein anderes Kleid und nicht mehr das Antlitz, das er auf der Erde trug. Es ist ein Antlitz der Sterne, der Liebe, der Unendlichkeit. Er trägt ein feinstoffliches Feld einer Körperlichkeit, deren Augen Ähnlichkeit zu den Augen der Erde haben. Die Augen seien das einzige, was ihn an die menschliche Gestalt in der Erde erinnere. Er könne sich jedoch in Annas vertraute Gewänder hineinbegeben. Wenn sie es wünsche, könne sie in Verbindung zu seinem Jetzt gehen, zu dem Antlitz, das er jetzt trage, es sei ihre Entscheidung.

Julian spüre Annas Trauer und gebe ihr Trost, indem er in den Träumen so erscheine, wie sie ihn kenne, wie er ihr vertraut sei, als ihr Kind, das sie in den Armen gehalten habe, bis hin zum jungen Mann, bevor er gegangen sei.

Wenn Anna wieder einen Schritt weitergehe, werde sie sein Antlitz in derjenigen Form, seiner Urgestalt, sehen. Er kann sich wandeln, gänzlich nach dem Wunsch in der eigenen Schaffungskraft, die Seelenenergie wird immer die eigene bleiben. So sei das Leben letztendlich zu verstehen.

Und Theresa entwarf das Bild von einem Ozean der Liebe, aus dem Anna geboren wurde. Sie sei ein Tropfen dieses Ozeans, der in ihr ist.

„Dieser Ozean entscheidet sich in unterschiedlichen Zeitformen, sich immer wieder in anderen Aspekten zu erkennen. Da wandert der eine Tropfen auf die Erde, der andere Tropfen wandert zu der Venus, wieder ein anderer Tropfen wandert im feinstofflichen Bereich zu der Begleitung dessen, der in der Erde ist. Wieder ein anderer Tropfen wandert auf ein anderes universelles Geschehen, was nicht mit dem universellen Raum der Erde zusammenhängt. Und so erfährt sich das Meer in Aspekten, in Rhythmen und Zeiträumen, in verschiedenen Existenzformen. Alles dient dem einen Leben, dem einen Wirken, der einen Liebe innerhalb der Erweiterung. Solange ihr euch an etwas festhaltet, was eine Form ist, werdet ihr immer verlieren. Ihr werdet immer das Gefühl haben, Verlust zu haben, denn das Leben ist in Wandlung, das Leben ist in Fluss, Seele."

Dann sprach Theresa noch einmal über das Schreiben und ermunterte Anna dazu. Wenn sie es wünsche, werde Theresa sie unterstützen. Wenn Anna die bisher geschriebenen Zeilen lese und es zu einem Satz oder Abschnitt noch Ideen, Fragen, etwas zu verändern, zu erweitern gebe, dann werde sie ihre Hilfe anbieten. Sie sei an Annas Seite wie eine Freundin, die mit ihr plaudere in einer tiefen Form. Sie wird nicht ihr Wort, sondern wird ihr Annas Wort geben. Sie wird sie in ihren Ideen, Visionen bestärken. Sie sieht sich als Brücke zu Annas Selbst, als ihre Gefährtin, als ein Tropfen dieses Meeres, den sie an Annas Seite gewählt habe.

Es gibt in der Erde, so Theresa weiter, das Wissen um die Möglichkeit, dass kranke Menschen, wenn sie aus ihrem Körper gehen, ihren physischen Körper in ihrem feinstofflichen Feld heilen können. Umgekehrt seien Wesen im feinstofflichen Bereich imstande, auf der Erde zu wirken. Anna könne nun das Angebot annehmen, dass ihr Sohn durch sie wirke, sie entscheide, ob sie das wünsche. Sie wäre ein Anker auf Erden. Sie wäre das, was auf der physischen Ebene für ihn als Verbindungsprinzip mit vielen anderen Wesen bereits existiere.

Annas Sohn habe sich bewusst entschieden und agiere nun in einer feinstofflichen Ebene zum Wirkwerk der Erde. Er sei eine geschulte Seele, die um die Transformationszyklen verschiedener Energieebenen, um Veränderung und Erweiterung in neue dimensionale Felder wisse. Julian war einst und ist jetzt ein universeller Spieler von universellen Räumen für diejenigen Zyklen, in denen neue Energieebenen anstehen. Er habe in der Erde Erfahrungen gesammelt und werde aus der feinstofflichen Energieebene zur Erde wirken.

Die Erkenntnis, dass der Tod ein Leben auf einer anderen Energieebene sei und dass man immer nur geboren wird, gilt es für die Menschen zu begreifen. Man wird zur Erde geboren und zum feinstofflichen Reich. Man wird geboren, um sich nach eigenen Wünschen zu erweitern und um das Liebensgesetz immer deutlicher zum Ausdruck zu bringen.

Wenn Anna eine Schwächung spüre, dann deshalb, weil ihre Seele rufen würde und der Ruf nicht gehört werde. Ihre Seele rufe nach Zeit und Ruhe für sich. Und immer, wenn sie diesem Ruf nachgebe, so bekomme Anna Nahrung auf einer anderen Ebene. Die Menschen, setzte Theresa fort, suchten nach den Sicherheitssystemen in der Erde. Doch diese Systeme würden keine Sicherheit geben. Die einzige Sicherheit, die die Menschen in sich trügen, seien sie selbst, wenn sie ihrer Sehnsucht, ihrem Ruf, ihrer Liebe folgten. Der einzige Auftrag, den jeder Mensch für sich in der Erde gewählt habe, sei, seiner Liebe, seinem Ruf, seinem Mut, seiner Authentizität und dem wofür er gekommen sei, zu folgen. Wenn der Mensch die Sicherheitsmodelle der Erde über dieses Prinzip stelle, so entstehe oft Unzufriedenheit, Schwächung oder Erschöpfung. Die meisten Menschen der Erde erlebe man so. Sie sind erschöpft, da sie an sich vorbei leben. Ihre Seele schreit und schreit, und sie halten sich die Ohren zu, damit sie weder hören noch sich bewegen müssen. Damit sie nicht den Mut aufbringen müssten, den Sprung zu wagen, der sie in ihre eigene Freiheit trägt. Es gibt nur diesen Weg. Es gibt keinen Weg mit der Sicherheit eines doppelten Netzes. Auf dem Weg zu sich selbst braucht man kein Netz und ist trotzdem geschützt. Es ist der Weg ins eigene Vertrauen, den jeder für sich geht. Theresa sowie Annas geistige Familie, ihr Familiensystem, ihr Sohn, ihre Freunde werden sie auf ihrem Weg unterstützen, werden an ihrer Seite sein.

Theresa sprach über die Liebe, die Meisterschaft, über kollektives Karma, über die Leistung und das Funktionieren in der Erde und noch vieles mehr.

Mitte November beschloss Anna, ihren Job im Theater zu beenden. Sie hörte auf ihre Seele, die nicht mehr zu schreien und rennen aufgehört hatte. Ihre Arbeitssituation machte ihr diesen Entschluss ein wenig leichter, zu viele Diskrepanzen hatten Raum eingenommen. Obwohl sie die Arbeit mochte, befriedigten sie die Rahmenbedingungen nicht mehr. Ihr Sehnen nach Zeit und Harmonie nahm sie in Bann. Obwohl sie wusste, dass es in ihrem Alter nicht leicht war, eine adäquate Stelle zu bekommen, setzte sie diesen Schritt. In Paul fand sie einen verständnisvollen Partner. Anna hatte plötzlich keine Angst mehr, ohne Arbeit zu sein, Julians Tod hatte ihr einen neuen Weg gezeigt. Sie lernte auf ihr Innerstes zu hören, an sich zu glauben, dazu gehörte die Veränderung, die ein Bestandteil in ihrem Leben geworden war. Die Worte des Mediums halfen ihr und gaben ihr Mut.

Sie wusste, dass man sich vom Alten lösen muss, wenn man etwas Neues anfängt.

2008

1 | Wandel der Zeit / Buch / Lied / Traum

Es vergeht Stunde um Stunde, Tag um Tag, Woche um Woche, Monat um Monat, Jahr um Jahr viel zu schnell. Anna erinnerte sich an eine Sitzung mit dem Medium, in der ihr die Zeit mit dem damit verbundenen Schwingungsgesetz erklärt wurde. „Die Veränderungen der letzten 10 Jahre entsprechen einem Zeitzyklus von 100 Jahren. Die Erde trägt ein anderes Schwingungsgesetz, wird immer rascher in der Schwingung. Wenn man den Tag betrachtet, hat man das Gefühl, als wären einige Stunden vergangen, dabei ist bereits der Tag in die Abendstunden gelangt. Es hat mit dem Schwingungsfeld zu tun. Man kann sich das wie eine Fahrt in einem Karussell vorstellen. Wenn man sich auf das stehende Karussell begibt, ist dieses Schwingungsfeld übereinstimmend mit dem alten physischen Feld der Erde. Wenn das Karussell sich langsam dreht, bedeutet es, dass dieses dem Übergangsprinzip der Erdmaterie entspricht und dadurch schnellere Schwingungsfelder entstehen. Schwindel und Übelkeit sind oft die Folge. Diese Symptome werden zurzeit von vielen Menschen erlebt. Unterschiedliche Energiequalitäten treffen aufeinander, trennen sich wieder und lösen eine Form der Irritation aus.“

Anna wurde oft gefragt, was sie denn mache, seit sie aus dem Theater ausgeschieden sei. „Auszeit nehmen, privatisieren, Wohnung, Garten, Dachboden und Keller in Ordnung bringen, sich von Dingen befreien, ausmalen, anstreichen, nachdenken und schreiben". Letzteres bereute sie oft verraten zu haben. Erstaunt, überrascht und neugierig zugleich wurde Anna gefragt, was sie denn schreibe. „Ich schreibe ein Buch über meinen Sohn, über das Leben und Sterben, über die Trauerarbeit", antwortete Anna mit einer Selbstverständlichkeit. Die aufgeschriebenen Gedanken, die festgehaltenen Stimmungen, die tagebuchähnlichen Aufzeichnungen nahm sie als Grundlage her. Schon damals, als sie das Schreiben als Trauer-Ablass-Ventil benutzte, kam ihr der Gedanke ein Buch zu schreiben in den Sinn. Doch dafür brauchte sie Zeit, die hatte sie jetzt. Mit der Intension, Menschen desselben Schicksals mit ihrer Geschichte helfen zu können, entschloss sie sich, das Buchprojekt, das sie gefangen hielt, zu beginnen. Anna hatte nicht vergessen, wie verzweifelt sie autobiografische Literatur zu diesem Thema gesucht, wie sie Artikel über Trauer begierig eingesogen hatte, wie ident die beschriebenen Gefühle mit ihren erlebten gewesen waren.

Ein Buch zu schreiben stellte sich jedoch schwieriger heraus, als Anna angenommen hatte. Wo anfangen, in welcher Person schreiben, was ist von Bedeutung, wann gleitet es ab, wen soll es erreichen ...Viele Fragen stürzten auf sie ein. Anna raffte sich auf. Sie schrieb und verwarf. Zeigte sie sich einmal zufrieden, fing sie im nächsten Moment zu zweifeln an. Anna schwebte in Euphorie, um gleich darauf in Melancholie zu verfallen. Eine Woche war sie guter Dinge, ein paar Tage drauf stellte sie alles in Frage. Ein Wechselbad der Gefühle, eine Berg- und Talfahrt der Sinne, eine Achterbahnfahrt der Emotionen begleiteten sie in dieses Neuland, die Schriftstellerei. Manchmal ging es ihr flott von der Hand, dann wiederum schrieb sie den ganzen Tag bloß ein paar Zeilen. Es gab Zeiten, da fiel Anna gar nichts ein, als hätten die Gedanken zu stagnieren beschlossen. Dann schlich sich leise die Einsamkeit samt schlechtem Gewissen ein.

An manchen Tagen und Wochen hatte sie keine Ruh, da tanzten die Gedanken rund um das Buch in ihrem Gehirn, selbst wenn sie den Laptop ausgeschaltet hatte. Sie verfolgten Anna unentwegt, ob beim Spaziergang mit ihrem Hund, beim Wohnungsputz, beim

Autofahren, sogar in den Träumen. Die Schwierigkeit beim Schreiben ist, das Gedachte zu transformieren und in Worte zu fassen. An guten Tagen zog sie der Laptop magisch an, hatte sie eine innere Sperre, machte sie einen weiten Bogen um ihn herum. Da fiel ihr alles Mögliche ein, sie putzte und schrubbte die Wohnung glänzend rein, mistete Kästen und Läden aus, goss ihre Blumen so oft, dass sie beinahe ersoffen, befreite mit einer Glückseligkeit ihre Strickjacke von Millionen von Fusseln. In diesen Augenblicken beneidete Anna Menschen, die einen Job hatten, den sie wie automatisiert verrichten konnten, ohne ständig formulieren und denken zu müssen.

Irgendwann kam sie zu dem Punkt, an dem sie wusste, dass es kein Zurück gibt. Da musste sie durch, sie hatte dieses Julian-Trauer-Kapitel, das sie jahrelang beschäftigt hatte, endlich abzuschließen.

Dem selbstauferlegten Druck konnte sie gerade noch standhalten. Den Erwartungen der Freunde, Familie und den vielen bekannten Menschen wurde sie nicht gerecht. Fragen wie: „Wann ist dein Buch endlich fertig?", „Bei wie vielen Seiten bist du?", „Hast du schon einen Verlag?", „Wann wirst du dir wieder eine Arbeit suchen?" konnte sie nicht mehr hören. Permanent tauchte sie in einen Rechtfertigungstümpel ein. Am liebsten würde sie schreien: „Mein Buch ist fertig, wann ich es will, die Seitenanzahl ist völlig nebensächlich, die Verlagssache kommt ganz zum Schluss, die Jobfrage geht niemanden etwas an, außer Paul, der mich erhält!"

Anna isolierte sich vom Rest der Welt, ließ sich zunehmend gehen, weder schminkte sie sich noch zog sie ordentliche Kleidung an. Den ganzen Tag hing sie in ihrem Jogginggewand herum. Während des Schreibens stieg der Appetit ins Unermessliche, dementsprechend nahm sie zu. Erst merkte sie es nicht, da der Gummizug ihrer Hose nicht auf Widerstand stieß. Als sie jedoch in ihre Jeans schlüpfen wollte, den Reißverschluss nur mit Müh und Not zubrachte, ihre Bauch- und Hüftwülste überquollen, läuteten die Alarmglocken. Als sie auf die Waage stieg, traf sie beinahe der

Schlag. Es wäre kein Wunder, wenn sich mein adretter Gemahl in eine hübsche Krankenschwester verschaut, dachte sich Anna beim Betrachten im Spiegel. Sie fing wieder mit Joga, Laufen und Schwimmen an, setzte sich auf Diät, zeitweise schminkte sie sich und machte sich hübsch für Paul.

Eines Abends, nachdem Anna den Laptop ausgeschaltet hatte, warf sie einen Blick in das Wohnzimmer. Eine regelrechte Schlaf-idylle fand sie vor. Paul lag, selig dahindösend mit angewinkelten Beinen seitwärts auf der Couch, der Kater Felix ausgestreckt am Teppich, Luna, die Hündin, eingerollt und zugedeckt auf ihrer Matratze. Das Hundeschnarch-Geräusch übertönte die leise Musik aus dem TV. Anna lehnte sich schmunzelnd an den Türpfosten und betrachtete einige Minuten das in sich ruhende Bild. Das matte Fernsehlicht und die im Legato züngelnden Flammen im Schwedenofen ergaben die einzigen Lichtquellen im Raum. Noch in Gedanken an ihren Sohn, etwas müde und erschöpft, machte sie sich im Bad für die Nacht zurecht. Ins Wohnzimmer zurückkommend, fand sie die Schlaf-Szene unverändert vor. Plötzlich erhellte sich der Raum, als hätte irgendjemand alle Leuchten eingeschaltet. Anna erschrak, einige Sekunden dauerte der Spuk. War das eine Halluzination, eine Erschöpfungserscheinung, fragte sich Anna. Doch auf einmal wurde ihr klar, dass Julian ihr ein Zeichen geschickt hatte. Mein Sohn wollte mir eine gute Nacht wünschen. Dass sich Seelen mithilfe der Elektrizität bemerkbar machen, hatte sie schon öfter gelesen. Dankbar schlich sie, ohne Paul zu wecken, in ihr Bett. Anna erzählte ihrem Mann nichts davon. Paul hätte an diesen „Hokuspokus" ohnehin nicht geglaubt, war sich Anna sicher und schlief glücklich ein.

Pia, eine Julian-Freundin, eine Sängerin, schenkte Anna und Paul eine CD. Darauf befand sich ein Lied, das sie für Julian geschrieben hatte. Mit glasklarer Stimme sang Pia von ihren Träumen, die sie trösten und in denen Julian ihr sagt, dass er lebt und sie nicht traurig sein soll. Sie sang von seinem Lachen, von seinem großen

Herzen. Davon, dass wir verlassen worden sind von ihm. Sie sang, dass sie so lebt, als wäre er noch da.

Anna fiel der Brief von Eva, einer anderen Julian-Freundin ein, den die Familie nach seiner Beerdigung erhalten hatte. „In der Nacht zum Hl. Abend träumte ich von Julian. Ich saß mit ihm in seinem Zimmer auf dem Bett und fragte ihn, warum er sterben musste. Er legte mir seinen Arm um die Schulter und tröstete mich. Warum, könne er nicht beantworten, aber es sei doch gar nicht so schlimm. Es gehe ihm gut, und wir sollten alle nicht so traurig sein."

2 | Annas 50. Geburtstag / Traum

Kurz vor Mitternacht schien es Paul eilig zu haben. Mit einem geheimnisvollen Lächeln entschwand er in die Dusche, tauchte frisch gewaschen wieder auf, kleidete sich an, parfümierte sich mit einem unwiderstehlichen Duft, zauberte einen herrlichen Mitternachts-Snack herbei, deckte bei Kerzenschein fein den Tisch, köpfte eine Champagnerflasche und stieß mit Anna auf ihren Geburtstag an. Überrascht und zugleich erfreut über diese romantische Anwandlung erlag Anna wieder einmal dem Charme ihres Mannes. Der Höhepunkt, sein Geschenk, das er mit einer lässigen Dreifingergeste aus der Brusttasche seines Hemds fischte: ein kleines Säckchen aus Filz. Etwas aufgeregt schälte sie zwei wunderbare Perlenohrstecker mit Brillanten heraus. Ein erstauntes Raunen entglitt ihrem Mund. Es handelte sich um die zwei übriggebliebenen Perlen einer Kette, die ihr Paul zum vierzigsten Geburtstag geschenkt hatte. Zehn Jahre hatte er die außergewöhnlich großen Perlen aufgehoben, um sie zu Annas fünfzigstem Geburtstag fassen zu lassen. Völlig aus dem Häuschen drückte Anna ihren Paul. Solch eine Überraschung hätte sie ihm nicht zugetraut. „Du bist doch der Beste", hauchte sie ihm zärtlich ins Ohr und erinnerte sich an eines der ersten Weihnachtsfeste mit Paul in ihrem Elternhaus.

Annas Vater hatte die Angewohnheit, am 24. Dezember vormittags noch schnell zum Juwelier zu eilen, um ein Schmuckstück für seine Frau zu erwerben. Zur Beratung nahm er stets eine seiner

Töchter mit. Die Kostbarkeit wurde dann hübsch eingepackt und an den Christbaum gehängt.

Als die Mutter, wie jedes Jahr, ihr obligates Geschmeide glückselig in den Händen hielt, sagte Paul zu Anna: „Da hängt ja noch ein Päckchen dran, ich glaub, das ist für dich." Im Glanz ihrer Augen spiegelte sich der Christbaum samt Gatten wieder. Ein Schmuck von Paul, wie aufmerksam, dachte Anna verzückt. Sämtliche Familienaugenpaare folgten gebannt, wie sie mit auskostender Langsamkeit sorgfältig das Geschenk vom Papier löste. Der Größe nach wird es ein Armreif sein, vermutete Anna insgeheim. Es war wie ein Schlag ins Gesicht, als sie den Deckel der Schachtel abhob. Ein zusammenklappbarer Reisewecker befand sich darin. „Ein Betriebsratsweihnachtsgeschenk", betonte der freudenstrahlende Paul. Anna war den Tränen nah, am liebsten hätte sie ihm den Wecker um die Ohren gehauen, sie bewahrte jedoch Contenance. „Freust du dich nicht?", fragte Paul, dem Annas Enttäuschung nicht verborgen geblieben war. Während sie nach Worten rang, prusteten die Familienmitglieder mit verhaltenem Lachen los.

An diesem Abend konnten sie beide ausgelassen lachen über das damalige, einmalige Weckergeschenk.

Sonnenstrahlen kitzelten Anna wach. Heute werde ich vom Himmel fallen, dachte sie leicht aufgeregt. Es war Dienstag der 19. August 2008. Zu ihrem fünfzigsten Geburtstag hatte sie sich einen Fallschirm-Tandemsprung gewünscht. Als sie das Gartenhaus betrat um ihren Kaffee einzunehmen, fand sie zu ihrer Überraschung eine Torte vor, gebacken von einer Mutter aus ihrer Selbsthilfegruppe. Mittags wurden sie und Paul von Freunden abgeholt und zu einem kleinen Flugplatz nach Bayern gebracht. Die Sonne brannte vom Himmel, keine Wolken in Sicht, ein Sommertag, wie es einer Löwin gebührt. Annas Schwester Marie, ihre Nichte Sophie und Mara schneiten als Überraschungsgäste herein. Alle schienen nervöser als Anna zu sein. Nach einer zweistündigen Wartezeit, die sie auf Liegestühlen und Hängematten verbrachten, während sie die herabschwebenden Menschen betrachteten, wurde Anna in den Hangar geholt. Umarmt und gedrückt von der Familien- und Freundesschar, entließ man sie. Aufmunternde Worte und Wünsche begleiteten Anna, die ihr Flugfallabenteuer mit einem jungen hübschen Mädchen teilte, das aussah wie der Filmstar Angelina Jolie. Die Flugbegleiter stellten sich vor, mit einem abenteuerlich draufgängerischen Blick, die Zigarette lässig im Mundwinkel hängend. Tom, der Größere, schnappte sich „Angelina", Robert, dem Kleineren, blieb Anna. Man duzte sich von Anfang an. Die Frauen wurden in einen Raum gebracht und bekamen einen Overall verpasst. Ein kurzes Trockentraining folgte, die Handzeichen zur Verständigung wurden erklärt. Am Fluggelände herrschte eine besonnene Trägheit vor. Die Männer rauchten wie die Schlote. Mit einer Routiniertheit falteten sie bedächtig die Fallschirme zu. Der Funkverkehr bestimmte die Konversation und die Zeiten der Flüge. Als sie in voller Montur auf das Rollfeld schritten, kam sich Anna leicht verwegen vor. Und während sie auf das Flugzeug warteten, wusste Anna, dass sie in ein neues Leben springen würde. 1714 Tage waren vergangen, sie wollte das schwere Trauerkleid abstreifen, nach vorne schauen und gespannt darauf vertrauen, was die Zukunft brächte. Anna lächelte in die Kamera hinein. Ein Videofilm über ihr Sprungabenteuer gehörte zum Geschenk dazu.

Zu fünft quetschten sie sich in den Laderaum einer kleinen Cessna hinein. Dicht zwischen Roberts Beinen an seine Brust gelehnt, atmete Anna dessen penetranten Nikotin-Atem ein. Wenigstens einen Kaugummi oder ein Erfrischungszuckerl hätte er zu sich nehmen können, dachte Anna. Wahrscheinlich hätte Robert lieber die „Filmschöne" zwischen den Beinen statt mich, vermutete sie und schmunzelte. Und die Cessna steuerte mit einem Höllenlärm eine Höhe von 4000 Metern an. Immer kleiner wurden die Häuser, Felder, Bäume und Wiesen, bis das Erdenbild ihren Blicken entschwand. Es wurde kurz gescherzt, die Handzeichen wurden wiederholt, die Damen an die Begleiter festgeschnallt, die Brillen aufgesetzt. „Jetzt wird es ernst", hörte Anna Robert sagen. Ein leicht mulmiges Gefühl schlich sich in Annas Körper ein. Sie schüttelten einander die Hand. Alle sammelten sich. „Anna, bist du bereit?", fragte Robert. Das klingt ja wie ein Eheversprechen, dachte sie. Sie atmete tief durch und spürte eine Ganzkörpervibration. „Ja, ich bin bereit", sagte Anna, und ein purer Angstanflug holte sie ein, als sie nach unten blickte. Der Kameramann stieg aus und hielt sich am Flugzeugflügel fest, damit er ihren Sprung filmen konnte. Und bevor Anna zum Denken kam, schob Robert sie sanft in den Himmel hinein. Kurz schnappte sie nach Luft. Diese paar Sekunden des total freien Falls bekam sie nicht mit, zu schnell fielen sie. Erst als der kleine Fallschirm gezogen wurde und Anna sich auf ein Zeichen hin in die Vertikale begab, hätte sie schreien können vor Glück. Dieser Zustand des Fliegens war so unbeschreiblich schön, dass sie sich wünschte, für immer da oben zu bleiben. Zirka 50 Sekunden flog sie mit 200 km/h über der Welt. Sie schaute dem Kameramann ins Gesicht, schnitt Grimassen und winkte. In 1500 Meter Höhe öffnete sich der Fallschirm, und Anna schwebte. Robert forderte sie auf, das Steuern des Tandemschirms zu übernehmen. In weiten Bögen segelten sie der Erde entgegen. Leicht wie ein Vogel kam sich Anna vor, Robert am Rücken spürte sie nicht. Wie eine Feder glitten sie zu Boden. Sanft, wie im Trockentraining gelernt, landeten sie. „Gut gemacht", lobte Robert und umarmte Anna. Die Familien-Freundesschar lief winkend über das Feld. Sie küssten und drückten das Geburtstagskind. „Wie war es?" fragten sie mit bewundernder Miene. Überwältigt von diesem atemberaubenden Sprung fiel ihr ein einziger Satz dazu ein: „Es war so unheimlich schön, jedoch viel zu kurz."

Wie eine bunte, weiche Schleife zog sich ihr Geburtstag hin. Als sie nach Hause kam, fand sie auf dem Küchentisch ein Herz aus roten Seidenblättern vor, in dessen Mitte ein Herzkerzenhalter stand. Paul beteuerte, dass er nicht der Gestalter dieser Herz-Performance war. Anna zermarterte sich ihr Hirn, kam jedoch nie drauf, wer ihr diesen Liebesbeweis erwiesen hatte.

Am Abend fielen eine Menge Freunde und Familienmitglieder ins Haus ein. Alle brachten Essen mit, es wurde aufgetischt und gefeiert, Riesensternspritzer auf der Wiese entzündet, Leuchtballone gegen den Himmel geschickt. Anna fühlte sich glücklich und geliebt. Und trotzdem vermisste sie einen so sehr.

Den runden Geburtstag beendete sie mit einem Fest, zu dem Anna weit über hundert Gäste eingeladen hatte. Es fand im Theater statt, eine Life-Band spielte, ein wunderbares Buffet wurde kredenzt, der Fallschirmsprung abgespult, ein Filmzusammenschnitt ihres Schauspiellebens gezeigt. Anna bedankte sich bei der Familie und bei ihren Freunden für die Unterstützung in ihrer schweren Zeit. Namentlich wolle sie nur einen nennen, nämlich Paul, ihren Gemahl, mit dem sie seit 29 Jahren zusammen war.

Es wurde ein fulminantes Fest, durchzogen von Ausgelassenheit, überschäumender Fröhlichkeit, gespickt mit einem Hauch von Wehmut. Das Tanzen stand im Mittelpunkt, so wie Anna sich das gewünscht hatte. Sie wollte zeigen, dass sie wieder im Leben steht, dass sie wieder tanzen und sich freuen kann, dass ihr Sohn es so will.

Traum:
Julian stand mit seinen Freunden in einer Altbauwohnung im Vorzimmer. Die meisten Jugendlichen rauchten. Es herrschte eine vergnügte, ausgelassene Stimmung vor, als Anna diesen Raum betrat. Es täte ihr Leid, dass in den anderen Räumen Rauchverbot sei, sagte Anna zu den Freunden. Dann stellte sie sich zu Julian, himmelte ihn an und wollte ihn umarmen. Die Annahme, dass Julian diese intime Geste unangenehm sei, hielt sie davon ab. Die Tatsache, dass er am Leben sei, stimmte sie überaus glücklich.

3 | Das Elternhaus

Anna schottete sich für ein paar Tage in ihrem Elternhaus zum Schreiben ab. Marie und ihr Mann hatten es gekauft, nachdem der Vater gestorben war. Erleichert und froh war Anna darüber. Allein der Gedanke daran, dass fremde Menschen darin wohnen würden, löste in ihr ein Entwurzelungsgefühl aus.

Geschichten voller Leben hafteten den Gemäuern an. Da waren Zeiten von wunderbar getragener Leichtigkeit und Zeiten, von unheimlichem Schmerz geprägt. Viele Erinnerungen zogen vorbei.

Die unzähligen Familienfeste, bei denen der komplette Clan versammelt war. Wo es nicht selten passierte, dass Freunde, Tanten, Onkel, Cousins und Cousinen sich dazugesellten. Jeder Gast war willkommen, jeder Gast fühlte sich herzlich aufgenommen.

In der Küche herrschte stets ein reges Treiben vor, es wurde gekocht, gebacken, gebraten, gegrillt. Die herrlichsten Aromen durchströmten das Haus. Dann wurde aufgetischt und getafelt. Vater, der Mundschenk, selbst der beste Gast, hatte stets die Kamera in Griffnähe. Kaum saß die Familie bei Tisch, schoss er schon ein Bild. „Fotografieren beim Essen gehört verboten", merkte Anna an. Vater tat, als höre er ihre Worte nicht, und knipste wild drauf los. Erst nach dem üblichen Selbstauslösefoto konnte sich die Familie entspannt dem kulinarischen Teil hingeben.

Annas Mutter, eine attraktive Frau mit molliger Statur und großem Busen, strahlte mütterliche Wärme aus. Die umgebundene

Schürze und die vom Kochen geröteten Wangen waren bei diesen Festen untrennbar mit ihr verbunden. Stets gut gelaunt, niemals einem Gläschen Prosecco abgeneigt, erzählte die Mutter gerne den einen oder anderen Witz und fühlte sich beschenkt mit einem außergewöhnlichen Talent: Worte, ganze Sätze konnte sie, ohne zu überlegen, von hinten nach vorne rezitieren. Wie sie da drauf gekommen war, wusste sie nicht. Ohne nachzudenken, sprudelten die Wörter in umgekehrter Buchstabenreihe aus ihr heraus. „Sobald ich ein Wort höre, sehe ich das Spiegelbild vor mir", antwortete sie, wenn sie gefragt wurde, wie sie das mache. Wörter wie Donaudampfschifffahrtsgesellschaft und Co stellten keine wirkliche Herausforderung dar. Vergnügliche Abende verbrachte die Familie damit, wenn sie nach den schwierigsten, verzwicktesten Wörtern suchten und damit die vertracktesten, schrägsten Sätze bildeten, die dann die Mutter in einer komplett anderen Sprache wiedergab. Zur Kontrolle wurden die Sätze aufgeschrieben. Verblüfft wurde jedes Mal festgestellt, dass Mutters Kauderwelsch stimmte. „Wir melden dich bei „Wetten dass" an, schlugen ihre Kinder vor. Doch es kam nicht mehr dazu.

Bevor die Mutter an Krebs erkrankte, befiel Anna manchmal eine heimliche Angst. Kann soviel Familienglück und Harmonie ewig währen, fragte sie still in sich hinein. Dass sich das Blatt eines Tages in diesem Ausmaß wenden würde, hätte selbst Anna nicht zu denken gewagt.

Und während sie in Erinnerungen schwelgte, hörte sie das Lärmen, Lachen und Weinen, fühlte die Liebe, die Zärtlichkeit, das Sterben, die Schmerzen, die Ohnmacht, die Traurigkeit. Sie sah die Eltern und ihren Sohn ganz deutlich vor sich und fühlte sich ihnen verbunden und nah.

4 | Mara/Steinhof/Traum

Mara hat endlich einen Beruf, Mara hat mit gutem Erfolg ihre Ausbildung absolviert, Mara ist Krankenpflegerin für Psychiatrie. Erleichterung gepaart mit unheimlichem Stolz breitete sich in den elterlichen Gemütern aus.

An einem herrlich sonnendurchfluteten Spätsommertag fuhren sie nach Wien zur Diplomfeier ihrer Tochter, die im Festsaal des Wiener Rathauses stattfinden würde. Nach endlosen Begrüßungen, Festansprachen und Reden, von einem kammerorchestralen Musikbogen umrahmt, wurden die Diplome überreicht. Hunderte von Burschen und Mädchen staksten, schlenderten, watschelten zur Bühne. Händeschüttelnd, lächelnd, grinsend stellten sich die Absolventen samt Direktoren und Politikern dem Blitzlichtgewitter. Es verging eine Ewigkeit, bis Maras Name ertönte. Mit selbstsicherem Gang schritt sie zur Bühne, beobachtet von leuchtenden Elternaugenpaaren. Annas Herz klopfte vor Aufregung, ein paar Tränen entschwanden gerührt ihren Augen, genau wie damals, als Julian sein Maturazeugnis erhielt.

Mara begann ihre Arbeit im Sozialmedizinischen Zentrum Baumgartner Höhe. Auch Anna hatte dort gearbeitet. „Damals wurde dieses Gelände „Steinhof" genannt", erzählte Anna ihrer Tochter. Es war im Jahre 1977, sie war 19 und unerfahren, als sie mit ihrer Freundin Rebecca einen Job als Erzieherin im Kinderpavillon 15 annahm. Unvergessene Bilder drängten sich auf: Vergitterte Fenster, verschlossene Türen, riesige Schlafsäle, trostlose Aufenthaltsräume. Kinder am Boden sitzend oder an die Wand gelehnt, lethargisch ihre Körper wiegend mit hoffnungslos leeren Blicken irgendwelche Punkte anstierend. Kleine Menschenwesen mit deformierten Körpern und entstellten Gesichtern, einsam in ihren Betten liegend. Als schienen sie alle verlassen und vergessen von ihren Familien zu sein. Von heilpädagogischen Therapien war man weit entfernt. Anna und Rebecca fanden weder Spiel- noch Bastelmaterial vor. Die Kinder wurden beinahe wie Tiere gehalten, das Essen nahmen sie auf dem Boden ein. Diese Schar geistig-körperlich Behinderter hatte keine Lobby, die Krankenschwestern beschränkten sich auf ein Mindestmaß an Versorgung, Liebe und Zuneigung wurden ausgespart. Rebecca und Anna mischten auf, rührten um, Bewegung kam in Gang. Sie liebten die Kinder, und diese liebten sie. Bis zum Schluss blieben sie angefeindet von der Schwesternschaft. Nach einem Jahr mühseligen Aufbaus an Veränderungen wurde Rebecca schwanger. Alleine wollte Anna in diesem Wespennest nicht verharren. Die beiden hatten Positives bewirkt: Ein Sonderkindergarten wurde installiert, heilpädagogisch ausgebildetes Personal engagiert, wertvolles Spielmaterial zur Verfügung gestellt.

Nun gibt es keinen Kinderpavillon mehr, erfuhr Anna von Mara. Das ist gut so, dachte sich Anna, die den Spiegelgrund-Kindereuthanasiegeruch damals noch gerochen hatte.

Traum:
Anna hielt Julian im Arm. Er war ca. drei Jahre alt und strahlte sie mit seinen blauen Augen an. Seine kleinen Arme um ihren Hals gelegt, drückte er unentwegt seine Mutter fest an sich. Dann legte Julian seinen Kopf mit seinem blonden Schopf auf Annas Schulter. Sie lief, hüpfte, hob ihren kleinen Sohn hoch und schubste ihn mit einem kleinen Ruck ein Stückchen in die Luft. Julian jauchzte vor Vergnügen. Nach diesem ausgelassenen Spiel grub sich Julians Kopf fest in Annas Brust. Sie spürte seine Umklammerung. Es war ein unglaublich schönes, wohliges, warmes, inniges Gefühl. Anna spürte es noch, als sie die Augen aufschlug, dieses Gefühl, das sie komplett vergessen hatte.

2009

1 | Abschied Mara / Luna

Am 1. Jänner 2009 brach Mara mit ihrer besten Freundin zu einer fünfmonatigen Asienreise auf. Prinzipiell gefiel Anna die Idee einer Abenteuerreise, ihr selbst hatte in jungen Jahren eine Welterkundungstour vorgeschwebt. Doch damals lief ihr Paul über den Weg, und kurz darauf kam Julian zur Welt. Die Reisepläne wurden verschoben. Mara sollte ihr Junggesellinnenleben genießen, wer weiß, wie lange sie die Gelegenheit dazu noch hat, dachte Anna. Einzig die Wehmuts-Sehnsuchts-Maschinerie, die sie mit ihrer langen Abwesenheit in Gang setzen würde, verursachte in Anna ein zweischneidiges Gefühl.

Kurz vor Reiseantritt erkrankte ihre Tochter. Anna durfte ein paar Tage ihre mutterfürsorgliche Umklammerung an Mara praktizieren. Beim Abschied drückte und küsste Anna tapfer ihr Kind. Sie machte es kurz, wollte Mara keine Schuldgefühle bescheren. Erst im Auto, Richtung Heimat, weinte sie. Angst um Mara hatte Anna nicht, sie wusste, dass Julian auf seine Schwester aufpassen würde.

Luna war alt geworden, fast über Nacht, kam es Anna vor. Ihre von Arthrose befallenen Beine verhinderten ein flottes Gehen. Die schneeweiße Schnauze, die darunter hängende Halsfalte zitterten wie das Goderl alter Leute. Schrullig war sie geworden, der Altersstarrsinn setzte ein. Sie legte sich mitten auf die Straße oder schlug partout einen anderen Weg beim Spaziergang ein. Nicht das Frauchen ging mit dem Hund Gassi, sondern umgekehrt. Sehnte sie sich nach Streicheleinheiten, heulte sie solange, bis sie diese bekam. Luna war ins Welpenalter zurückgefallen. Anna verwöhnte sie übertrieben und unterstützte ihre Launen. Oft rutschte die Hündin auf nassem Stein oder am Parkettboden aus. Dann lag sie am Boden, alle Viere von sich gestreckt und schaute drein, als ob ihr diese Situation peinlich wäre. Tatsächlich verfügen Hunde über eine Mimik. Wurde Luna gestreichelt, zog sich ihre Schnauze zu einem Grinsen hin, wurde sie geschimpft, mimte sie einen mürrisch beleidigten Blick.

Obwohl Anna nie eine besondere Affinität zu Tieren hatte, entwickelte sie mit den Jahren eine Affenliebe zu ihrem Hund. Sie kochte sogar für Luna, wenn sie an Verdauungsproblemen litt. Lunas Schrulligkeit färbte auf Anna ab. Ihr Tonfall nahm ungewohnte Höhen an, ihre Satzstellung hörte sich befremdlich an, als hätte sie von Grammatik noch nie etwas gehört, Substantive verniedlichte sie, ihren Kosewort-Erfindungen waren keine Grenzen gesetzt. Manchmal stellte sie sich selbst in Frage. Das I-Tüpfelchen stellte die selbst ernannte Verwandlung vom Frauchen zur Mutti dar. Würde mich ein Fremder hören, würde er die Einweisung in die Psychiatrie beantragen, dachte sich Anna oft.

2 | Kirche / Geistheiler

Annas Seele hatte sich beruhigt, die Arbeit am Theater vermisste sie nicht, keinen Tag bereute sie diesen Schritt.

Sie führte ein unaufgeregtes, jedoch kein langweiliges Leben, schrieb an ihrem Buch, ging mit dem Hund spazieren, gab sich der Hausarbeit hin und verwöhnte ihren Mann. Sie wagte den Rückschritt in die Gattenabhängigkeit und mutierte wieder zum Weibchen im Heimchen am Herd. Anna fand sogar Gefallen daran, zeigte sich zufrieden mit ihrem Leben. Julians irdischen Tod hatte sie akzeptiert, ihr Gefühlszustand war stabilisiert, sie hatte zur inneren Ruhe gefunden.

Während des Studierens der gesamten Medium-Botschaften lernte sie Zusammenhänge begreifen und freundete sich mit der Vermittlerrolle an. Ihr wurde bewusst, dass sie auf dem Papier einer Religion angehörte, mit der sie nichts mehr verband. Sie trat aus der Katholischen Kirche aus.

Anna war nach dem katholischen Wertesystem erzogen. Schon als Kind fand sie die Religion samt Kirche suspekt. Die Figuren mit schmerzverzerrtem Antlitz in den Gotteshäusern, Fratzen mit aufgerissenen Augen und Mündern bescherten ihr Unwohlsein und Angst. Dagegen fand Anna Gefallen an den Ritualen, den Priester- und Ministrantengewändern, dem Glockengeläut, den Prozessionen, der weihrauchgeschwängerten Luft, die sie wie den Benzingeruch auf Tankstellen inbrünstig eingeatmet hat.

Das endlos dauernde Kirchenzeremoniell ließ Anna, je nach Programmpunkt, in Ehrfurcht verfallen, oder ihre Gliedmaßen fingen vor Langeweile zu zappeln an. Der Mund öffnete sich im Stakkato zum Gähnen, die Augen suchten verschwörerisch nach Gleichgesinnten zu einem Tratsch, bis Anna von der Mutter zur Räson gebracht wurde. Den „Lasset die Kinder zu mir kommen"-Jesus-Satz verstand Anna nie. Denn weder wollte dieser Jesus von ihr etwas wissen, noch war ein Mitwirken bei der Heiligen Messe gefragt.

Gruselig fand Anna die Fegefeuer- und Höllenbilder, die armen Seelen und Teufelsgestalten in den Religionsbüchern in ihrer Volksschulzeit. Manipuliert von der Suggestion des befreienden Erlösungsgefühls des Beichtens, dachte sich Anna Sünden aus, um die Absolution auszukosten. Wäre da nicht die gittergeflochtene Holzwand gewesen, hätte sie dem Pfarrer direkt ins Ohr gelogen. Wenn sie, je nach Sündenfall, ihre Vaterunser und Gegrüßet-seist-du-Maria reumütig gebetet hatte, fühlte sie sich von Reinheit durchflutet und frei.

Obwohl Paul keiner Konfession angehörte, kamen sie dem Elternwunsch nach einer kirchlichen Zeremonie nach. Sie bereuten es nicht. Klein-Julian, in Unzucht gezeugt, wohnte quengelnd der schlichten, jedoch schönen Trauung bei.

Julian und Mara wurden getauft, die Kinder sollten nicht ausgeschlossen sein aus der ländlich katholischen Gemeinschaft.

Wenn man sich einmal auf die spirituellen Pfade begibt, wird man unweigerlich von Menschen, Situationen und Ereignissen angezogen, die mit diesem Thema korrespondieren.

So erfuhr Anna von einem Herrn, der sich als Geistheiler bezeichnet. Neugierig geworden, rief sie ihn an, gab ihm ihre Geburtsdaten durch und fuhr nach ein paar Wochen zu ihm.

Anna parkte ihr Auto vor einem gelben Haus, das in einer biederen Wohnsiedlung stand. Ein älterer, freundlicher Herr öffnete Anna die Tür. Kein Guru mit wallendem Haar, Bart, Turban und Kaftan-Gewand. In seiner Freizeitkleidung, mit einer Stoppelfrisur, die Brillen an einer Kette baumelnd, glich er einem Beamten, einem dienstbeflissenen, akribisch genauen.

Herr Rodin nahm Anna die Jacke ab, bot ihr Filzpantoffeln an und wies ihr höflich den Weg nach oben. In seinem ordentlich aufgeräumten Zimmer bot er ihr einen Stuhl an und goss ihr Wasser in ein bereitgestelltes Glas. Sie fasste sofort Vertrauen zu diesem Mann, in dessen Augen sich Güte, Weitsicht und Ruhe spiegelten. Sein Habitus strahlte unaufdringliche Zurückhaltung und Weisheit aus.

Hier ist also meine Akte, dachte Anna sich, als Herr Rodin den Schnellhefter mit etwas zittriger Hand von der Tischplatte hob. Auf der Vorderseite das Radix, das Anna schon von ihrem Lebenshoroskop her kannte. Fein säuberlich, in schöner Handschrift geschrieben, lagen noch einige Blätter daneben. „Jeder Mensch sucht sich sein Leben und damit seine Eltern aus", begann Herr Rodin mit seinen Ausführungen. „Er kommt mit einem Karma aus vergangenen Inkarnationen auf die Welt. Das nennt man Karmisches Horoskop, und das werde ich nun besprechen", sagte er mit ruhiger Stimme. Wenn Anna etwas unklar sei, solle sie Fragen stellen. Mit Annas Schwachstellen wolle er beginnen. Sämtliche Organe und Körperteile, von der Bauchspeicheldrüse bis zur Wirbelsäule zählte er auf. Annas Gesichtsfarbe begann zu erblassen. „Mein Gott, bin ich wirklich so krank?", fragte sie. „Ich sage nicht, dass Sie krank sind", beruhigte Herr Rodin, es geht hier um Ihre Schwachstellen, denen Sie entgegenwirken können!" „Was soll ich tun?", fragte sie. „Sich der Aufgabe besinnen, für die Sie auf diese Welt gekommen sind." „Und die wäre?" „Sie müssen hinaus zu den Menschen, ihre Erfahrungen weiterleiten, den Austausch suchen. Sie wissen schon viel", stellte er fest. Ob sie sich imstande fühle, alleine zurechtzukommen oder ob sie seine Hilfe in Anspruch nehmen wolle.

Anna wollte wissen, wie seine Arbeit ausschaue, ob er Stimmen höre oder Wesen sehe. Herr Rodin erzählte, dass er mittels eines Pendels die Antworten von der geistigen Welt bekomme. Zuerst würde er ihr Karma lösen. Er wisse im Vorhinein nie, was passieren werde. Bedingung für eine Zusammenarbeit sei die Bereitschaft zur Veränderung. Sein Honorar, das Anna sehr niedrig fand, würde der Gesetzmäßigkeit des Universums entsprechen. Anna fühlte sich wohl, folgte ihrer Intuition und beschloss sich diesem Geistheiler anzuvertrauen.

Am Nachhauseweg dachte Anna über diese Sitzung nach. Die Fülle an Informationen erschlug sie beinah. Drei Dinge hatten sich eingeprägt: Sie sollte vom Bewerten anderer Menschen Abstand nehmen, Materialismus sei nicht angesagt, Reichtum hätte sie schon in einem anderen Leben gehabt, Liebe sei der Schlüssel zum höheren Selbst.

In den nächsten Sitzungen brachte Herr Rodin einige Brustwirbel, die aus dem Gleichgewicht gekommen waren, in die ursprüngliche Position. Er behandelte sie mit einer Farbtherapie, ließ ihr Vitamin D zukommen, erhöhte ihre Schwingungsfrequenz und nahm ihr den Sodbrennschmerz. In Gebeten bat er die geistige Welt um Heilung, Reinigung und Ordnung. Nach jeder Therapie fragte Herr Rodin die geistige Welt, wer Anna zur Verfügung stehe. Und jedesmal kam die Antwort: Gott. Seitdem wiegte sich Anna in einem grenzenlosen Gottesvertrauen.

Nachdem ihre Therapie beendet war, bat Anna den Geistheiler um Informationen über ihren Sohn:

Julian befinde sich in der 6. Dimension. Ihm gehe es gut, Anna könne beruhigt sein. Er habe seine Aufgaben erfüllt, mit seinen Inkarnationen sei er fertig. Es stehe ihm frei, noch einmal auf die Erde zu kommen. Er sei vollkommen rein, habe nichts mehr mitzuschleppen, könne von Neuem beginnen, falls er das wolle.

Er habe sein „inneres Du" gelebt, dazu habe er seinen Rückzug benötigt; auch seine Anhänglichkeit sowie seine extreme Familienverbundenheit hätten damit zu tun. Seine Wertvorstellungen in Bezug auf Sexualität und Beziehung seien mit einer Verletzung aus einem früheren Leben verstrickt. Annas wirkliche Liebe zu ihm solle ihm die Freiheit schenken. Er sei nicht mehr erdverbunden, deshalb solle Anna ihn rufen, wenn sie ihn wirklich brauche. Dann werde er durch sie wirken.

Anna wollte zum Abschluss noch wissen, wo ihr weiteres Berufsleben sie hinführen würde. „Sie leben im Jetzt, es ergibt keinen

Sinn, danach zu fragen. Es wird für Sie so kommen, wie es richtig sein wird. Es wird sich ergeben wie ein Dominoeffekt", sagte Herr Rodin.

Eines fand Anna bemerkenswert: Seit ihrer spirituellen Suche nahm sie die Umwelt bewusster wahr, hatte sich Gott angenähert, das tägliche Gebet war Bestandteil in ihrem Leben geworden. Der Vorsatz, ein wertfreier Mensch zu werden, hatte sich manifestiert. Der Schlüssel dazu ist sehr einfach und wird LIEBE genannt.

3 | Traum / Studentenverbindung / Traum

Traum:
15. März 2009
Anna fand Julian nackt, nass und kalt unter der Tuchent im Bett.
Er war ca.10 Jahre alt. Sie trocknete ihn ab, steckte ihn in einen
Pyjama, umarmte und herzte ihn. Als er angezogen vor ihr stand,
wirkte er plötzlich älter. Wir müssen dir einen neuen Pyjama kaufen,
sagte Anna. Sie war überaus glücklich und zufrieden. Ihre Welt hatte
wieder gestimmt.

Ein junger Mann aus Wien wandte sich mit folgenden Zeilen an
das Stadtamt: „Sehr geehrte Damen und Herren! Vor gut 9 Jahren
habe ich den jungen Studenten Julian Bachmann in Wien kennen
gelernt. Erst viel später erfuhr ich, dass er tragisch verstorben ist.
Dies müsste zwischen 2001 und 2003 gewesen sein. Daher meine
Frage, können Sie mir in einer Chronik, Meldeamt, Friedhof etc.
ein genaues Todesdatum übermitteln. Außerdem würde mich seine
letzte Ruhestätte interessieren, falls eine solche zu recherchieren
ist. Ich bin Ihnen für jede Information über Julian dankbar und
verbleibe mit besten Grüßen."

Der Bürgermeister brachte Anna persönlich dieses Schreiben ins
Haus, das ihn sehr berührt hatte, wie er sagte.

Anna rief diesen Herrn an, eine sympathische Stimme meldete
sich. Er zeigte sich überrascht und klang etwas unsicher, als sich

Anna als Julians Mutter zu erkennen gab. Als Archivar der Studentenverbindung, der Julian eine Zeitlang angehört hatte, stellte er sich vor. Genauso unspektakulär wie sein Eintritt in diese Verbindung war sein Ausscheiden aus derselben. Ohne Erklärung, ohne Verabschiedung war er den Treffen ferngeblieben, erzählte der junge Mann. Typisch Julian, er hatte nicht den Mut, ihnen den Grund seines Austrittes zu sagen, dachte Anna. Sie erzählte dem Herrn, dass der übermäßige Alkoholkonsum seiner Studentenbrüder nach diversen Vorträgen ihn veranlasst hatte, diese Verbindung zu verlassen. Nach einer kurzen Pause bestätigte dieser freundliche Mensch die Trinkfreudigkeit seiner Kollegen. Er beteuerte jedoch, dass der Alkoholgenuss keine Bedingung sei, um Mitglied in diesem Verein zu sein. Anna erzählte ihm von Julians Veränderung, nachdem er sich dieser Studentenverbindung angeschlossen hatte. Vor seinem Eintritt war er offen und liberal gewesen, dann hatte er arrogante, konservative, fremdenfeindliche, unsoziale, elitäre Züge angenommen.

Nur ein Mitglied der Katholischen Glaubensgemeinschaft habe Zutritt zu diesem Club, war eines ihrer Prinzipien, die die Basis ihrer Weltanschauung seien. Anna stellte diese in Frage. Denn wenn sich diese Studentenverbindung zur Nächstenliebe und sozialem Engagement verpflichtet fühle und dies predige, warum waren dann diese bereits vorhandenen Attribute bei ihrem Sohn kurzfristig gelöscht worden. Er solle das nicht als Vorwurf verstehen, sondern als Feststellung akzeptieren, bat Anna diesen Herrn. Auch wenn der Archivar vorerst von Annas Monolog überfordert war, verlief die Unterhaltung korrekt, man zollte sich gegenseitig Achtung und Respekt.

Er werde über Annas Worte nachdenken, werde sie weitergeben. Er wollte ihr auch ein Buch über die Verbindung schicken. Auf die Frage, wie Julian auf ihn gewirkt habe, antwortete der Archivar. „Ihr Sohn war schüchtern, nett, zuvorkommend, er agierte im Hintergrund."

Anna bedankte sich dafür, dass er sich nach Julians Verbleib erkundigt hatte und teilte ihm mit, dass sie ein Buch über ihren Sohn schreibe. Er würde es gerne lesen, auch wenn die Verbindung nicht gut wegkomme, ließ er Anna wissen. Dieser junge Mann hat Charakter, dachte Anna.

Traum:
Julian lief Anna entgegen. Sein Gang kam ihr eigenartig vor. Als sie auf seine Füße blickte, sah sie, dass die Fußspitzen leicht gebogen nach unten zeigten. Anna sagte zu Julian, dass er unbedingt zum Ortho-päden müsse. Er sah seine Mutter entgeistert an. Auf einmal begriff Anna, dass ihr Sohn nicht ging, sondern schwebte.

4 | Wieder im Haus

Viereinhalb Jahre waren vergangen, seit Anna das erste Mal das Ferienhaus ihres Freundes betreten hatte. Viele Tränen hatte sie geweint in diesem Haus, das ihr Zuflucht gab in der schweren Zeit. Die Gemäuer, diese stillen Beobachter, hatten sie abgeschirmt und in ihrer Verletzlichkeit geschützt.

Anna hatte jede Jahreszeit in diesem Haus und seiner Umgebung erlebt. An diesen Naturschauspielen konnte Annas Seele auftanken, ihre Gedanken sich klären. Sie hatte sich stets wohl gefühlt in ihrem Rückzugsdomizil, doch wirkliches Glück verspürte sie nie. Ständig von einer Schwere gefangen, von psychischen Schmerzen heimgesucht, nahm sie das Geschenk, in diesem Haus sein zu dürfen, dankbar an, konnte es jedoch nicht in vollem Maß genießen.

Nun war Anna ein ganzes Jahr nicht mehr im Haus gewesen. Einige Monate war es leer gestanden. Anna weckte es aus dem Dornröschenschlaf. Als würden sich die Räume freuen auf sie. Als würde Anna ein Dankes-Ächzen vernehmen, während sie die warme April-Luft in die Zimmer ließ, die Wände und Böden von Staub, Spinnweben und Insekten befreite. „Ich bin wieder da", rief sie in fröhlichem Ton mit einer unbekannten Leichtigkeit. 1954 Tage waren seit Julians Abschied vergangen. Sie brauchte nun nicht mehr ihren Altar zu platzieren, sie hatte Julian ausschließlich in ihrem Herzen.

Anna packte Luna ins Auto ein und fuhr in die Weinberge mit ihren sanften Hügeln hinauf. Am höchsten Punkt parkte sie. Über die schmalen Wiesenwege, übersät mit Löwenzahn und Gänseblümchen, spazierte sie mit ihrem Hund. Die zarten Knospen an den Reben erwachten bereits aus ihrem langen Winterschlaf. Empfangen von einem Vogelkonzert, gestreichelt von einer Brise Wind, legte sich Anna ins Gras. Die Sonne schien ihr ins Gesicht. Luna legte ihren schweren Körper neben ihr nieder. In zwei Wochen verbringe ich mit Paul den Urlaub wieder am Meer, dachte Anna. Nach Andalusien wird sie die Reise führen, drei Wochen lang. Viele Durststrecken hatten sie hinter sich gebracht in den vergangenen Jahren. Beinahe hätten sie sich verloren, ihre Beziehung aber hatte nun eine neue Qualität bekommen. In sechs Wochen kommt mein Mädchen von ihrer Abenteuerreise nach Hause, freute sich Anna. Auch Mara hatte ihren Weg gefunden, durchzogen von einem Hauch Spiritualität. Eine thailändische Heilerin hatte ihr die Chakren geöffnet. Die Energieflüsse bescherten ihrem Körper Wohlbehagen, mit Joga gelangte sie zu neuer Beweglichkeit. Auf dem Dach der Welt, in Nepal, wolle Mara ihre Reise beenden.

Anna hat sich an ein Leben ohne Julian gewöhnt, hat seine physische Abstinenz in dieser Welt verstanden. Auch den Sehnsuchtsschmerz, ihren immer wiederkehrenden Begleiter, akzeptierte sie. Die Angst, dass die Erinnerung an ihren Sohn verblassen könnte, plagte Anna nicht mehr. Julian war ihr so nah. Sie freute sich auf ein Wiedersehen mit ihm. Vorerst hatte sie jedoch noch viel zu tun. Sie wird ihr Buch fertig schreiben und der Welt mitteilen, dass der Tod nicht das Ende ist.

Nachwort

Am 26. Mai 2009 drückten Anna und Paul ihre Tochter an sich. Frisch, gesund, von der Liebe erfasst, kehrte Mara von ihrer Asienabenteuerreise nach Hause.

Während ihrer Trecking-Tour in Nepal, inmitten der schneebedeckten Gebirgszüge des Himalaya, hatte sie ihre neue Liebe entdeckt. Und bevor Paul seinen Standardsatz anbringen konnte, dass noch viel Wasser den Inn hinrunterrinnen würde, konterte Mara scherzend mit einer Staumauer, die sie zu bauen vorhatte. Sie war sich sicher, dass John der richtige Partner fürs Leben sei.

Eine Woche später stand Mara mit ihrem englischen Freund vor der Tür. John, sportlich, stämmig gebaut, mit fröhlichen Augen, einem herzlich unkomplizierten Habitus, exzellenten Manieren, der sich in der Berg- sowie der Managerwelt mit einer Leichtigkeit bewegte, fand bei den Eltern Gefallen. Er verwöhnte, vergötterte ihre Tochter und entführte sie ein halbes Jahr später in sein Heimatland. Anna und Paul nahmen es gelassen, Großbritannien befand sich nicht am Ende der Welt, ihre Tochter war glücklich, gesund und verliebt.

Annas Hündin sollte sanft in den ewigen Schlaf entlassen werden. Sie war eine treu ergebene Freundin, die ihr Frauchen bedingungslos liebte, die die einsam und leer gewordenen Zeiten mit ihr teilte, die ausdauernd vor ihrem Krankenbett wachte, den lodernden Trauerschmerz mit rauer Zunge auszulöschen versuchte. Wie oft zog die Hündin mit ungestümem Spieltrieb Anna in ihren Bann. Während diesen wilden Tollereien vergaß sie für Momente ihre Traurigkeit, unzählige Male wurde sie zum Lachen verführt, zuweilen hauchte Luna ihrem Frauchen wieder Lebensfreudefunken ein.

Annas sehnlichster Wunsch, dass Luna sie bis zum Ende des Buchprojekts begleiten sollte, hatte sich erfüllt.

Zwei Wochen nach dem Abschicken des Manuskriptes zeigte Luna, dass der Moment des Abschiedes gekommen war. Ihr körperlicher Verfall zeichnete sich schon länger ab. Die täglichen Spaziergänge minimierten sich, ähnlich einem Schneckenhaus, verliefen sie in immer enger werdenden Kreisen. Aus der Friedhofsrunde wurde eine Buchenwaldrunde, aus der Buchenwaldrunde eine Teichrunde. Aus der Teichrunde ein paar Schritte zum Bach, es hatte sich ausgerundet. Der Bach lockte zum Trinken an, manchmal fiel Luna hinein. Dann hörte Anna ein klägliches Hilfegebell und zog das Lunakalb heraus. Das setzte oder legte sich gerne ins hohe Gras, reckte den Kopf, schnupperte mit zitternder Schnauze, spitzte die Ohren und blickte sich mit weiser Miene um. Lunas Appetit war verschwunden, die Schlafstunden dominierten den Tag. Oft schmiegte sich Anna an ihre Hundefreundin, streichelte zärtlich das schwarzgraumelierte Fell, kraulte die weißgewordene Kopf-, Hals-Partie und flüsterte eine „Schlaf doch einfach ein"-Erlaubnis in das Hundeohr. Anna wollte Lunas Todeszeitpunkt nicht bestimmen.

Am Donnerstag, den 24. Juni 2010 in der Früh wusste Anna, dass ihre Hündin sterben würde. Ihre Beine vermochten den Körper nicht mehr zu tragen. Anna gab der Ärztin für die Sterbehilfe Bescheid, setzte sich neben ihre treue Gefährtin, beruhigte mit Streicheln, bedankte sich für die fünfeinhalb Jahre ihrer Anwesenheit, erzählte von Mara, ihrer Tierheimbefreierin, die in diesen letzten Stunden gerne dabei gewesen wäre. Gerade, als der Todeskampf begann, trat die Ärztin ein. Mit einer Überdosis Narkotikum verhalf sie ihr zu einem ruhigen Übergang. Den Kopf in Annas Schoß schlief Luna friedlich ein. Auch Tiere sind im Besitz einer Seele, auch mit Luna wird es ein Wiedersehen geben, war Anna überzeugt. Sie ließ Lunas Körper im Tierkrematorium verbrennen. Von Lunas Sterben tief bewegt, zimmerten die Nachbarskinder ein Kreuz aus Holz. Anna kaufte ein Kinderbuch, das von der Freundschaft mit einem Hund erzählte, der wie Luna an Altersschwäche gestorben war. Die Kinder wechselten sich beim Buchlesen ab, Anna sprach über den Tod, der zum Leben gehört. Die Kinder waren sich einig, dass sich Lunas Seele im Himmel befand und von dort oben winkte. Nachdem Anna die Asche in das Erdenloch gestreut hatte, schüttete jedes Kind eine Schaufel Erde nach. Ein Lavendelstock wurde eingegraben, die Kinder legten Wiesenblumen darauf.

Anna war traurig und befreit zugleich. Luna war zum richtigen Zeitpunkt in ihr Leben getreten und hatte zum richtigen Zeitpunkt diese Welt verlassen. Anna befand sich in Aufbruchsstimmung.

Paul, der sich selten an seine Träume erinnert, erzählte Anna: „Ich träumte von Julian. Er war mir ganz nah. Er lächelte mich an und sagte: Papa, ich bin nicht gestorben, ich lebe."